Die UGA-Connection

Corona-Mord

Bert Schönauer

Die UGA-Connection

Corona-Mord

Bibliografische Information der Deutschen Nationalbibliothek:

Die Deutsche Nationalbibliothek verzeichnet diese Publikation
in der Deutschen Nationalbibliografie; detaillierte bibliografische
Daten sind im Internet über http://dnb.dnb.de abrufbar.

© 2020   Bert Schönauer
Lektorat / Korrektorat: cle-Lektorat
Coverfoto: Christoph Leinweber
Herstellung und Verlag: BoD – Books on Demand, Norderstedt
ISBN: 9783752646719

Prolog

Akono Torunarigha berührte vorsichtig seine verbrannte Stirn. Seit mittlerweile zwölf Tagen hockte er mit den beinahe fünfzig anderen Flüchtlingen in dem maroden Holzkahn mit dem altersschwachen, stinkenden Dieselmotor. Die Sonne brannte unerbittlich vom wolkenlosen Himmel und bescherte selbst ihm, dem dunkelhäutigen Afrikaner, unangenehme Verbrennungen.

Vor fast drei Wochen waren sie von einem der Flüchtlingslager in Maiduguri im Norden Nigerias aufgebrochen und mit dem Bus vier Tage lang in brütender Hitze nach Saint-Louis im Nordwesten des Senegal gefahren. Dort hatten sie weitere zwei Tage im Bus ausharren müssen, bis die Schleuser sie endlich an Bord des Seelenverkäufers ließen. Die Hitze und die fehlenden Möglichkeiten, sich waschen oder ihre Notdurft vernünftig verrichten zu können, hatten alle an die Grenze ihrer Belastbarkeit getrieben. Drei von ihnen, darunter ein Kind, sogar darüber hinaus – sie waren während der Bootsüberfahrt gestorben und von den Schleusern einfach über Bord geworfen worden. Akono hatte das alles ohnmächtig mitansehen müssen. Obwohl ausgebildeter Arzt, konnte er mangels Ausrüstung und ohne jegliche Medikamente niemandem auf dem Boot helfen. Lediglich reden konnte er und versuchen, den Menschen, die aus dem unbeschreiblichen Elend ihres Flüchtlingslagers gleich in die nächste Katastrophe geraten waren, ein wenig Hoffnung zu machen. Hoffnung darauf, dass es in Europa besser werden würde. Aber selbst dabei fühlte er sich unbehaglich, wusste er doch, dass sich der Traum eines besseren, sichereren Lebens für die meisten nicht erfüllen würde.

Plötzlich vernahm er Aufruhr im vorderen Teil des Bootes. Die Menschen riefen aufgeregt durcheinander. Offenbar war Land in Sicht. Akono stand auf und versuchte, an den anderen Passagieren vorbei einen Blick zu erhaschen. Es sah tatsächlich so aus, als steuerten sie auf eine Insel zu. In der Ferne sah er braune Berge mit unregelmäßigen Schattenspielen – mittlerweile waren ein paar vereinzelte Wolken aufgezogen – und davor kleine weiße Flecken. *Das müssen Häuser sein, Dörfer, Städte,* folgerte er. *Vielleicht die Kanarischen Inseln?*

War das die Freiheit?

01

»Die Scones sind wunderbar, Peter!«, schwärmte Kriminalkommissarin Sandra Sabitzer und bestrich ein weiteres kleines Stück des köstlichen englischen Gebäcks südafrikanischer Art mit Butter und Marmelade.

Der Gelobte lächelte.

»Das freut mich zu hören, Sandra. Ist glaube ich das erste Mal, dass du sie probierst, nachdem du dich lange erfolgreich davor gedrückt hast.«

»Schuldig im Sinne der Anklage«, lachte Sabitzer. »Nach unserem ersten gemeinsamen Fall musste ich dringend Diät halten, sonst hätte ich am Ende Sven als weltbesten FSO-Schwimmer abgelöst.«

Die übrigen Besucher der heutigen Lesung in der Dillenburger Buchhandlung Ohnezahn schauten verständnislos drein.

Peter Kuhlmann, gebürtiger Südafrikaner, ehemaliger Elitesoldat und Scharfschütze, heutiger Inhaber der Buchhandlung sowie offensichtlicher Meisterbäcker, beeilte sich, die Abkürzung zu erklären.

»FSO bedeutet ›Fett Schwimmt Oben!‹«, grinste der mittelgroße, drahtige und ansonsten recht unauffällige Mann, den man fast nie ohne seine geliebte Pfeife von Poul Winslow antraf, in die Runde. »Unser Sven hier beherrscht das so gut, dass er im Schwimmbad bewegungslos Zeitung lesen kann. Nicht wahr, Svennie?«

»Das stimmt. Schließlich lebe ich nach dem Motto *Alles, was man mit einem Motor erledigen kann, macht man nicht selbst.* Also musste ich mir im Schwimmbad etwas anderes einfallen lassen, um jegliche Anstrengung zu vermeiden«, grinste der Kommissar, neben Jürgen Emmerich das vierte anwesende Mitglied der *UGA-Connection.*

Gustavsen war ein großgewachsener, kräftiger Mann Ende vierzig. Vor seiner heutigen Position als Kriminalhauptkommissar im mittelhessischen Dillenburg hatte er bereits eine bemerkenswert bunte Laufbahn hinter sich gebracht. Nach einer Ausbildung zum Handwerker hatte er zum Kaufmann umgeschult und als Vertreter für Landmaschinenzubehör die ganze Welt bereist. Bei einer seiner vielen Dienstreisen in die USA hatte sein Leben eine drastische Wendung genommen, als er ein kleines jüdisches Mädchen aus den Händen amerikanischer Neonazis befreite. Dadurch lernte er seinen heutigen besten Freund, den Holländer Willem van Meulen, genannt Wim, den Onkel der kleinen Naomi, kennen und wurde von diesem später als Berater für eine übernommene marode Firma angestellt. Diese führte er innerhalb weniger Jahre bis in die berühmten Fortune 500 und hatte anschließend finanziell ausgesorgt. Dann schloss er sich durch Wims Neffen Jo der Sajeret an, einer israelischen Eliteeinheit zur Terrorismusbekämpfung, und nahm an diversen sogenannten Black Ops teil. Das waren Geheimoperationen, die üblicherweise von Regierungen eines Landes angeordnet wurden, um bestimmte Interessen durchzusetzen, deren

Ausführung jedoch entweder gegen geltendes Recht verstieß oder öffentliche Empörung hervorrief und daher glaubwürdig abstreitbar sein musste.

Bei diesen Einsätzen hatten sich die Männer kennengelernt, die sich schnell durch ihren gemeinsamen christlichen oder jüdischen Glauben verbunden fühlten, Freunde wurden und sich heute in Anlehnung an Wims Wohnsitz auf der Kanareninsel Lanzarote scherzhaft die *UGA-Connection* nannten. Diese Verbindung war in eine von Wim und Gustavsen geführte und finanzierte offizielle Firma im Bereich Sicherheit und Personenschutz aufgegangen, kümmerte sich jedoch unauffällig auch um Missstände, derer die eigentliche Obrigkeit nicht Herr wurde. Sie unterstützten Mobbingopfer, standen Menschen in Notlagen gegen zahlungsunwillige Versicherungen bei und kümmerten sich um alle denkbaren Fälle, bei denen sie der Ansicht waren, dass jemand übervorteilt, betrogen oder unterdrückt wurde oder in irgendeiner anderen Form in Not geraten war. Bisheriger Höhepunkt dieser Arbeit war der Neubau eines Hauses für eine türkische Familie, deren Domizil durch einen Brand vollständig vernichtet worden war und die keine Feuerversicherung besaß.

Neben diesen Aktivitäten unterstützte die *UGA-Connection* Gustavsen auch bei der Aufklärung diverser Kriminalfälle. Denn dieser war mittlerweile zur Kripo nach Dillenburg gewechselt. Wie es Wim mit seinen vorzüglichen politischen Kontakten geschafft hatte, dass sein Freund ohne adäquate Ausbildung diesen Posten bekam, wusste keiner so richtig. Aufgrund seiner bisher makellosen Aufklärungsquote waren jedoch alle Beteiligten zufrieden, und Gustavsens direkter Vorgesetzter, Erster Kriminalhauptkommissar Ebert, ließ ihm sämtliche Freiheiten, stand er doch selbst mit den Ergebnissen nach außen hin hervorragend da.

Im Rahmen eines aufsehenerregenden Mordfalls im vergangenen Jahr war auch Sandra Sabitzer, die junge Kriminalkommissarin, feierlich in die Truppe aufgenommen worden. Außerdem gab es mittlerweile noch zwei weitere Frauen, nämlich Sabrina Hampe, die Leiterin der Spurensicherung und Pathologin der Dillenburger Kripo in Personalunion, sowie Anja, die Ehefrau Wolframs. Dieser war früher ebenfalls Elitesoldat gewesen und lebte heute mit ihr in Wims Anwesen oberhalb Nanzenbachs, das sie schmunzelnd als *deutsches UGA-Hauptquartier* bezeichneten. Anja und Wolfram waren auch die Einzigen aus dem Team, die immer in Nanzenbach gelebt hatten. Wolfram fungierte als Kampfsporttrainer sowie Sicherheitsbeauftragter, Anja nannte sich selbst scherzhaft *Schnittstellenmanagerin,* was die amerikanisierte Version des Mädchens für alles darstellen sollte, wie ihr der weitgereiste Gustavsen erklärt hatte. Nichtsdestotrotz war sie kein Anhängsel, sondern ein vollwertiges Mitglied der Truppe, das auch schon an Außeneinsätzen teilgenommen hatte. Die anderen waren jedoch auch keineswegs traurig darüber, dass Anja obendrein eine hervorragende Köchin war und sie bei jeder sich bietenden Gelegenheit kulinarisch verwöhnte.

Sabitzer, eine zierliche, sportliche Brünette Ende zwanzig aus dem Grenzgebiet zwischen Siegerland und Westerwald, war gemeinsam mit Gustavsen in diesen jahrzehntealten Mordfall gestolpert, hinter dem Ernesto, Wims Schwager, steckte und der sie schnell in Lebensgefahr brachte. Sie hatten den Fall innerhalb kürzester Zeit gelöst und Ernestos gesamte Gangsterbande hochgenommen, der Drahtzieher selbst war ihnen jedoch entkommen.

Jürgen Emmerich war ein nur durchschnittlich großer, schlanker Mann mit gepflegten dunkelblonden Haaren. Heute Apotheker kurz vor dem Ruhestand, war er früher ebenfalls Elitesoldat, Scharfschütze und außerdem Sanitäter gewesen. Meist hielt er sich unauffällig im Hintergrund und überließ wie sein Freund Peter das Reden Gustavsen und Wim – die dieses Privileg nur zu gern ausnutzten.

Die anderen Teilnehmer am heutigen Zusammentreffen waren vornehmlich ältere Herrschaften aus Dillenburg und Umgebung, entweder Literaturfreunde oder mit den Ausrichtern befreundet – manche waren vielleicht aber auch nur wegen der tatsächlich köstlichen Scones da, mutmaßte man.

02

Es war Sommer. Auch das Leben im beschaulichen Dillkreis war in den letzten Monaten vom Corona-Virus bestimmt worden. Zum großen Glück hatte die Regierung nach anfänglichem Zögern konsequent die richtigen und notwendigen Maßnahmen ergriffen, um Deutschland vor Horrorszenarien wie in Italien, Spanien oder den USA zu bewahren – und war dafür anschließend öffentlich in nie dagewesener Weise angegriffen worden, obwohl sämtliche Zahlen und Fakten ihr Vorgehen eindrucksvoll bestätigten und das Ausland wieder einmal bewundernd auf Deutschland schaute.

Mittlerweile waren viele Maßnahmen wieder gelockert worden. So war es jetzt auch wieder möglich, die gewohnten Lesungen bei Ohnezahn abzuhalten. Sabitzer war sehr gespannt, hatte sie doch bei ihrem ersten Besuch in der Buchhandlung erfahren, dass an diesem Tag eigentlich ihr Vorgesetzter hätte lesen sollen, was aber aufgrund des Auftauchens von Alejandros Leiche im Nanzenbacher Weiher kurzfristig nicht zustande gekommen war. Umso mehr hatte sie sich auf diesen Tag und das gemütliche Zusammensein mit ihren neuen Freunden und Kameraden gefreut.

Besonders angenehm überrascht war sie nun von der Anwesenheit der vier älteren Nanzenbacher Herren, die sie anlässlich der Ermittlungen zu ihrem ersten Mordfall im vergangenen Herbst im dortigen Jägerheim beim Doppelkopfspiel kennengelernt hatte.

Dieser Herbst hatte es in sich gehabt. Nach einigen beschaulichen, stressfreien Monaten bei der Dillenburger Kripo war es für die junge Frau plötzlich Schlag auf Schlag gegangen. Ausgangspunkt war der Leichenfund im Biebersteiner Weiher in Nanzenbach, der sie, ehe sie es sich versah, per Privatjet auf die Insel Lanzarote führte. Dort geriet sie gemeinsam mit Kommissar Gustavsen prompt in Lebensgefahr und wurde anschließend in die verschworene Gemeinschaft aufgenommen, die sich die *UGA-Connection* nannte.

Innerhalb einer Woche lösten sie den mehr als drei Jahrzehnte alten Mordfall und brachten die Bande des Drahtziehers und Mörders Ernesto zur Strecke; nur dieser selbst konnte flüchten und war seither wie vom Erdboden verschluckt.

Zu allem Überfluss entwickelte die junge Frau plötzlich auch noch romantische Gefühle für ihren viel älteren Vorgesetzten, den sie bis dahin überhaupt nicht als Mann wahrgenommen hatte. Diese Zuneigung beruhte offensichtlich auf Gegenseitigkeit, was auch die anderen Teammitglieder registrierten und immer wieder frotzelnd zum Ausdruck – und Sabitzer damit ständig zum Erröten brachten.

Seither hatte sich jedoch außer einem gelegentlichen Wangenkuss nichts weiter zwischen ihnen ereignet. Beide schienen irgendwie vor dem entscheidenden Schritt zurückzuschrecken. Dies war für Sabitzer sowohl spannend als auch manchmal verunsichernd. An der Situation hatte sich auch nichts geändert, als das gesamte Team inklusive ihrer Familienmitglieder über Silvester Urlaub auf

Lanzarote machte. Markus, der ehemalige Kampfflieger und heutige Pilot der sogenannten *UGA Airways*, Jürgen und Sabrina hatten jeweils ihre gesamte Familie, in Jürgens Fall bereits mit Enkelkindern, mitgebracht; dazu kamen Anja und Wolfram sowie zur Freude des alleinstehenden Peter auch Ariane Hohmann, die sympathische Frau aus Hirzenhain, die, wie sich im Laufe der Ermittlungen herausgestellt hatte, von dem im vergangenen Herbst aufgeklärten Mord gleich zweifach geschädigt worden war. Denn sie hatte mit Alejandro, den Wim zur Observierung seines Schwagers Ernesto nach Nanzenbach geschickt hatte und der enttarnt und ermordet worden war, ihren besten Freund und gleichzeitig auch noch ihren Ehemann verloren, weil Ernesto diesen als Mörder Alejandros präsentiert und ebenfalls ermorden hatte lassen. Obendrein hatte die arme Frau mehr als dreißig Jahre lang mit dem ungerechtfertigten Makel leben müssen, eine Affäre mit Alejandro gehabt zu haben, worauf, so die Vermutung der einheimischen Bevölkerung, ihr Ehemann zur Tat geschritten war. Von ihr war durch die Aufklärung eine Riesenlast abgefallen, und seither war die Verbindung zur *UGA-Connection* nicht mehr abgerissen – worüber sich neben Peter auch Sabitzer herzlich freute, hatte sie die nette Endvierzigerin doch von Anfang an gemocht.

Alle miteinander verlebten – aufgeteilt in Gustavsens Ferienanlage in Nazaret und Wims Haus in UGA – einige wunderbare Tage. Auch Gustavsens mittlerweile erwachsene Kinder Helena und Josia waren dabei und erwiesen sich als ziemlich klug und sehr nett. Sie hatten schnell erkannt, dass es da ein ganz besonderes Band zwischen ihrem Vater und der jungen Polizistin gab, was sie aber, obwohl diese nicht viel älter war als sie selbst, erkennbar nicht störte. Im Gegenteil, sie verstanden sich von Anfang an blendend miteinander, und so wurde der gemeinsame Urlaub auf der Trauminsel zum Hochgenuss.

Endlich hatten sie auch Zeit für die Ausflüge, die Gustavsen versprochen hatte. Sie besuchten die Feuerberge, ritten natürlich auf den Dromedaren, die, wie der Kommissar erklärte, ausgerechnet in UGA gehalten und gezüchtet wurden. Sie bestaunten die Vorführungen, als Bedienstete eine Gabel Heu in ein Erdloch warfen, das in Sekundenschnelle lichterloh brannte, oder einen Eimer Wasser in ein Loch kippten, woraufhin unverzüglich eine Fontäne gen Himmel schoss, und genossen die mit reiner Erdwärme gegrillten Hähnchenschenkel im dazugehörigen Restaurant.

Sie besuchten all die anderen Sehenswürdigkeiten und fuhren auch für einen Tag mit der Fähre auf die Nachbarinsel Fuerteventura und an einem anderen nach Teneriffa in den Loro Parque. Als ihre vorläufigen Lieblingsorte auf den Kanaren definierte Sabitzer den faszinierenden Kaktusgarten – was sie selbst am meisten überraschte, hatte sie doch eigentlich überhaupt kein Faible für Botanik oder Gartenarbeit –, vor allem jedoch Jameos del Agua, wo sie die blinden, weißen Albinokrebse bestaunten. Und wo Wim alle überraschte, indem er den unterirdischen, in einer Lavahöhle befindlichen Konzertsaal mitsamt dem kompletten Areal für einen

Abend mietete und ein kostenloses Essen für alle Interessierten inklusive einer biblischen Andacht durch Osvaldo, den früheren Armeepriester, und einem Karaoke mit christlichen Liedern ausrichtete. Dieser Abend war, wie man an den fröhlichen Gesichtern der anwesenden Urlauber erkennen konnte, ein voller Erfolg gewesen, und Sabitzer dachte noch heute freudig daran zurück.

Anfang des neuen Jahres passierte in Dillenburg und Umgebung nicht viel. Die Freunde trafen sich zwei- bis dreimal pro Woche im *UGA-Hauptquartier*, um zu trainieren und Gemeinschaft zu haben. Sabitzer ging noch etwas häufiger hin, weil sie leidenschaftlich gern schwamm und außerdem gern die Gelegenheit wahrnahm, sich von Wolfram, dem Sicherheitsmann und Trainer, intensiv in brasilianischem Jiu Jitsu und israelischem Krav Maga unterrichten zu lassen.

Dann kam Corona, und entsprechend der Auflagen der Regierung mussten die persönlichen Kontakte heruntergefahren werden. Glücklicherweise geschah dasselbe auch bei der Kriminalität, sodass die Kommissare kaum in unangenehme Situationen gekommen waren. Mittlerweile waren einige der Beschränkungen aufgehoben worden, und indem sie sich alle auf eigene Kosten regelmäßig testen ließen, konnten sie es bald wieder riskieren, sich persönlich zu treffen. Trotz der positiven Entwicklung achteten sie jedoch weiterhin auf Distanz und Hygiene, um nicht etwa unerkannt als Virusüberträger zu fungieren und womöglich gefährdete

Personen anzustecken. So lief es auch bei Ohnezahn, wo Peter gehörig umgeräumt, ein Einbahnstraßensystem installiert und die Sitzgelegenheiten so angeordnet hatte, dass den Vorschriften Genüge getan und der größtmögliche Schutz gewährleistet wurde.

03

»So, ihr Lieben«, ergriff nun der Gastgeber das Wort, »ich denke, wir können jetzt anfangen. Sven wird uns heute etwas von Adrian Plass lesen. Wer ihn nicht kennt, Adrian ist ein christlicher englischer Autor, der sich auf unnachahmlich humorvolle, teilweise sarkastische, aber immer sehr tiefgründige und liebevolle Weise mit den Eigenheiten der Christen auseinandersetzt. Sein wohl bekanntestes Werk ist das *Tagebuch eines frommen Chaoten*. Trotz des scheinbar trivialen Titels absolut lesenswert, wie ich finde, weil uns Christen damit in einer nie verletzenden Art sehr gekonnt der Spiegel vorgehalten wird – was wir oftmals sehr nötig haben! Heute jedoch geht es um ein anderes Buch, nicht wahr, Sven?«

»Richtig«, sagte der Kommissar und räusperte sich. »Heute lese ich uns etwas aus dem Buch *Ansichten aus Wolkenkuckucksheim.*«

Er schlug das Buch auf und begann die Geschichte zu lesen, in der es darum ging, dass Adrian sich einen Müllcontainer bringen ließ, um seine Garage und den Garten aufzuräumen, um dann festzustellen, dass einige seiner Freunde und Nachbarn – teilweise heimlich in der Nacht – die Gelegenheit genutzt hatten, ihren eigenen sperrigen Abfall kostengünstig bei ihm abzuladen. Dies erzürnte Adrian über die Maßen, und er schimpfte wie Rumpelstilzchen persönlich.

»Und das tat er«, schlug Gustavsen das Buch zu, »bis er eine Stimme hörte, die ihn fragte, ob er einen menschlichen Müllcontainer sehen wolle. Und dann sah er vor seinem geistigen Auge einen

Hügel. Darauf stand ein Kreuz, an dem ein Mann hing und unermessliche Qualen litt. Dieser Mann ermunterte jedoch die Umstehenden mit lauter Stimme, ihm ihren eigenen Müll, ihre Sünden, ihr Versagen, ihren Ungehorsam zu bringen. Er würde das alles für sie entsorgen.

Adrian fragte daraufhin seine innere Stimme, wer das alles bezahlen solle. Der Mann in seinem Inneren antwortete, er *habe* den Preis bezahlt, und Adrian solle jetzt gehen und sich um seinen Garten kümmern.«

Gustavsen machte eine Pause und griff nach seiner Kaffeetasse. Sabitzer kannte ihren Vorgesetzten mittlerweile lange genug, um zu wissen, warum. Denn als er wieder zu sprechen begann, konnte jeder im Raum an seiner brüchigen Stimme hören, wie bewegt er war.

»Tja, Leute, das ist es, worauf es ankommt. Jesus ist ans Kreuz gegangen, um meine Sünden, alles, was mich von Gott trennt, auf sich zu nehmen. Und das war eine Menge und ist es noch heute. Da reicht ein Abfallcontainer nicht aus. Und Er hat es auf sich genommen. Ich musste nichts dafür tun. Hätte ich sowieso nie geschafft – oder hat es von euch schon mal jemand fertiggebracht, beispielsweise ein Jahr lang die Zehn Gebote zu halten? Denn das wäre die Alternative gewesen, um letztlich in den Himmel zu kommen: immer und zu jeder Zeit Gottes Gebote einhalten. Das hat kein Mensch jemals fertiggebracht, selbst die größten Figuren in der Bibel nicht. Schaut euch David an; dieser Kerl sieht die Frau eines seiner Heerführer beim Sonnenbaden, wird scharf auf sie, nimmt sie sich einfach, und um das Ganze offiziell zu machen, lässt er ebendiesen Heerführer in der nächsten Schlacht ganz vorne stehen – ihr wisst ja, im Krieg und im Kino sind die besten Plätze hinten – wo er zwangsläufig umgebracht wird.

Und genau über diesen David heißt es in der Bibel: ›Er war ein Mann nach Gottes Herzen!‹ Wie kann das sein? Nach so einem Ding?

Es ist der Glaube. Nur der Glaube. Nichts anderes ist nötig, um in Gottes Gegenwart treten zu dürfen. Das sollten wir nie vergessen. Und anhand des Beispiels vom Müllcontainer sollten wir noch etwas anderes nicht vergessen: Wir könnten ja, weil wir durch unseren Glauben gerettet sind und das ewige Leben im Himmel versprochen bekommen haben, jetzt fröhlich weiter sündigen; es kann uns ja nichts mehr passieren. Aber genau deshalb müssen wir uns manchmal vor Augen führen, was es Jesus gekostet hat. Dann verbietet sich jeder leichtfertige Umgang mit Sünde von selbst! Amen.«

Genau in dem Moment, als einige der Anwesenden ebenfalls leise *Amen* sagten, klingelte Sabitzers Handy. Sie schaute entschuldigend in die Runde und nahm das Gespräch an. Nach einigen Sekunden sagte sie »Wir sind unterwegs!« und drückte das Telefonat weg. Sie schaute Gustavsen an, beide standen auf, nickten in die Runde und verließen rasch die Buchhandlung.

04

»Was ist passiert?«, fragte Gustavsen seine Assistentin, nachdem sie schweigend bis zum großen Parkplatz hinter der Bäckerei Stoll gelaufen und dort in seinen rotbraunen Ford Flex geklettert waren.

»Sabrina hat angerufen. Ein als Selbstmord getarnter Mord in Frohnhausen, sagt sie. Und meint, du wüsstest, wo die sogenannte Auerhahnhütte liegt.«

»Ja, das weiß ich«, entgegnete der Kommissar und fuhr los. An der Pathologie am Europaplatz vorbei und durch den Schlossbergtunnel sowie über die Dietzhölzbrücke ging es durch den stockenden Feierabendverkehr Richtung Frohnhausen.

»Die flehen seit vielen Jahren um eine Ortsumgehung. Das ist wirklich eine Katastrophe«, sagte Gustavsen. »Eine gute Freundin von mir hat mal hier an der Hauptstraße gewohnt, und das auch noch am Ortsausgang. Wenn sie im Sommer bei geöffnetem Fenster nicht schlafen konnte, hat sie sich auf die Fensterbank gesetzt und Autos gezählt statt Schafe. Furchtbar.«

An der Kreuzung in der Ortsmitte von Frohnhausen ordneten sie sich links ein und bogen ab, als die Ampel grün zeigte. An der ehemaligen Grundschule vorbei ging es bergan Richtung Weidelbach. Nach knapp drei Kilometern durch den Wald bog der Kommissar erneut links ab. Die Straße führte in einer Rechtskurve zu einer größeren Kreuzung, von der gleich vier Waldwege abgingen. Auf der gegenüberliegenden Seite der Kreuzung stand eine rotweiße Hütte im Fachwerkstil mit einem vorgezogenen Erker, der auf vier Pfählen ruhte.

Um die Hütte herum sah man das Absperrband der Polizei, außerdem standen davor ein Streifenwagen und Sabrina Hampes dunkelgrauer Hyundai Tucson.

Gustavsen parkte den Ford am Straßenrand, und die beiden stiegen aus.

Sie wurden bereits von Ulli Fischer, dem Polizeioberkommissar und ehemaligen Nanzenbacher, sowie dessen Kollegin Susanna Taubert erwartet.

»Hallo Kümmel, hallo Sandra«, grüßte Fischer die beiden Neuankömmlinge.

Gustavsen und Sabitzer grüßten ebenfalls und nickten auch der jungen Wachtmeisterin zu, bevor der Kommissar fragte: »Was haben wir hier? Ich hörte von Mord, der als Selbstmord getarnt wurde?«

»Das ist zumindest Sabrinas Theorie«, ließ sich die rothaarige, relativ kleine Streifenpolizistin vernehmen.

»Ja, und im Laufe der Jahre kann ich mich an keine falsche von ihr erinnern«, versetzte der Kommissar und strebte der Rückseite des Hauses zu, nicht ohne zu bemerken, dass die Vordertür augenscheinlich aufgebrochen worden war.

Hinter dem Haus waren Sabrina und ihre Mitarbeiterin Nadine Peukert zugange, während Mario Weishaupt, der andere Dillenburger Spurensicherer, sich an einem geöffneten Fenster im ersten Stock des Gebäudes zu schaffen machte.

Als die Kommissare nach oben blickten, mussten sie ob des grauenhaften Anblicks, der sich ihnen bot, schlucken. An einem dicken Seil, das aussah wie ein klassisches Seemannstau und offenbar an einem der Dachsparren im Innern des Hauses befestigt war, hing eine männliche Leiche. Offenbar ein Mann mittleren Alters, braunhaarig, mit grotesk verzerrten Gesichtszügen und heraushängender Zunge. Die Haut war im wahrsten Sinne des Wortes leichenblass; offensichtlich hing der Mann schon eine ganze Weile dort.

Die beiden Kommissare nickten den Spurensicherern und der Pathologin nur kurz zu und betrachteten stumm das Bild an der Hauswand. Schließlich schüttelte sich Gustavsen und fragte kurz:

»Sabrina, warum Mord und nicht Selbstmord?«

Erst jetzt registrierten die beiden, dass die leitende Pathologin und Chefin der Dillenburger Spurensicherung aschfahl im Gesicht war.

»Hey Sabrina, was ist los mit dir?«, fragte Sabitzer und drückte die Schulter ihrer Freundin.

Diese schaute gedankenverloren zu der Leiche, straffte sich dann und setzte ihr professionelles Gesicht auf.

»Ich bin aus zwei Gründen sicher, dass es Mord war«, sagte sie mit fester Stimme. »Der erste Grund ist, dass ich den Mann kenne. Das ist Jens-Uwe Klein, ein Schulfreund von mir – ich bin ja gebürtige Frohnhäuserin – und der Mann einer guten Freundin. Um es kurz zu machen, ich habe ihn erst vorletzte Woche getroffen; er war nie im Leben der Typ für Selbstmord, hat in sich geruht, seine Frau und die beiden Kinder …«, jetzt brach ihre Stimme, und eine Träne lief die Wange herunter. Sie holte tief Luft und redete weiter. »Für ihn war die Familie alles, und er hätte sich niemals so davongestohlen. Außerdem hatte er sich gerade erst ein Motorrad gekauft, eine Honda Varadero, in die er total verliebt war. Deshalb war ich mir von Anfang an sicher, dass er sich nicht umgebracht hat, und deshalb – jetzt kommt Grund zwei – habe ich sofort sehr genau hingeschaut. Seht euch mal die Strangulationsmerkmale von dem Seil am Hals an und sagt mir, ob euch daran etwas auffällt.«

Sabitzer stellte sich seitlich zur Leiche, die lediglich einen halben Meter über dem Boden hing.

»Es kommt mir so vor, als seien diese Striemen weniger schräg, als sie bei einem Selbstmord sein müssten«, mutmaßte sie und schaute Sabrina fragend an.

»Du hast es erfasst, Sandra«, bestätigte die Rechtsmedizinerin anerkennend, während Gustavsen etwas verständnislos von einer zur anderen blickte.

»Kommt, klärt mich auf, Mädels, was bedeutet das?«, grummelte er ungeduldig.

»Ganz einfach, Sven«, antwortete Sabrina. »Wie würdest du aus einem Fenster springen, wenn du dich umbringen wolltest?«

Gustavsen überlegte kurz und sagte: »Ich denke, so wie ich in ein Schwimmbecken springen würde.«

»Kopfüber oder Füße voraus?«, schaltete sich Sabitzer ein.

»Nicht kopfüber, da hätte ich Angst vor zu starken Schmerzen oder dass das Seil sich straff zieht, mich aber trotzdem nicht umbringt.«

»Genau das ist es«, sagte Sabrina. »Man würde mit den Füßen zuerst runterspringen, und dabei würde sich der Körper ziemlich senkrecht halten. Das ist aber hier nicht der Fall, die Striemen am Hals deuten darauf hin, dass Jens-Uwe mehr oder weniger in einem Fünfundvierzig-Grad-Winkel aus dem Fenster geflogen ist. Und deshalb gehe ich davon aus, dass ihn jemand hinausgestoßen hat. Vielleicht auch mit einem Tritt von hinten«, sagte Sabrina traurig.

»Jetzt, wo du es sagst, leuchtet mir das ein«, sagte Gustavsen nachdenklich. »Und schon sind wir beim Motiv. Du sagst, er war glücklich mit seiner Familie und seinem neuen Moped, und er war sowieso nicht der Typ für Suizid.«

»Richtig«, sagte Sabrina fest.

»Okay, Liebe scheidet demnach vermutlich aus. Bleibt das Geld. Wie sieht es da aus? Was machte er beruflich?«

»Geldsorgen haben Kleins sicher keine. Er ist Doktor der Medizin und hat irgendeinen leitenden Job bei Sa-med in Marburg. Birgit – das ist seine Frau – hat ein kleines Nagelstudio in der Ortsmitte.«

»Sa-med? Das ist doch dieses Biotech- oder Pharmaunternehmen in den Gebäuden der Behring-Werke, oder?«, versuchte sich der Kommissar zu erinnern.

»Genau«, sagte Sabrina.

»Corona«, sagte Sabitzer.

»Was ist mit Corona, Sandra?«, fragte Gustavsen stirnrunzelnd.

»Corona ist das Motiv!«, sagte die junge Frau mit fester Stimme. »Das ist zumindest meine erste Arbeitshypothese. Wenn heute ein leitender Mitarbeiter eines Pharmaunternehmens ermordet wird, dann geht es um Corona, um Impfstoffe, Medikamente, Studien, was weiß ich. Und wenn man sieht, wie aufgeheizt die Stimmung im Land gerade genau deswegen ist, und weiß, wieviel Geld im Spiel ist, dann springt mich das als Motiv geradezu an. Allerdings müssen wir selbstverständlich den Ball flach halten, solange wir noch so wenig wissen, das ist klar.«

Gustavsen schaute seine kluge Mitarbeiterin, die auch im Weiher-Fall im letzten Jahr einige Male ihre hervorragende Intuition unter Beweis gestellt hatte, versonnen an.

»Was du da sagst, ergibt von vorne bis hinten Sinn«, bestätigte er. »Aber du hast recht, wir dürfen nicht von Anfang an den Tunnelblick aufsetzen. Als Erstes …«, er seufzte, »… kommt wohl jetzt der Besuch bei der Familie. Sabrina, würdest du …«

»Ich bin dabei, klar!«, sagte die hochgewachsene, schlanke Frau Mitte vierzig mit dem Pagenschnitt entschlossen, bevor sie sich nach einem letzten traurigen Blick auf den Toten abwandte und Nadine Peukert ihren Autoschlüssel übergab.

»Ich fahre mit Sven und Sandra und du kannst das Auto mit nach Hause nehmen, wenn ihr hier fertig seid«, trug sie ihrer Mitarbeiterin auf.

»Wird gemacht, Boss«, sagte Frau Peukert.

Bevor sie in Gustavsens Auto stiegen, wurde der Kommissar auf zwei Waldarbeiter aufmerksam, die auf der anderen Straßenseite zugange waren. Er überquerte schnell die Straße und näherte sich ihnen. Beide trugen die typischen orange-grünen Arbeitsanzüge. Der Größere sah sich um, als er Gustavsen kommen hörte.

»Ach, Kümmel, du bist das«, begrüßte er den Kommissar. »Was geht denn da drüben an der Hütte vor?«

Gustavsen erkannte erst jetzt den Nanzenbacher, der in der Grundschule eine Klasse unter ihm gewesen war.

»Hallo Jörg, lange nicht gesehen. Da drüben geht nichts Gutes vor, das steht mal fest. Seid ihr schon länger hier am Arbeiten?«

»Schon den ganzen Tag, wir säubern die Waldränder von den Windrädern bis zur Straße«, antwortete Jörg.

»Ist euch irgendetwas Ungewöhnliches aufgefallen heute?«

»Nee, ich wüsste nicht«, sagte der Waldarbeiter und kratzte sich am Kopf. »Alles wie immer. Ein Haufen Spaziergänger, aber sonst?«

»Vielleicht der Golf?«, mischte sich nun sein Kollege in die Unterhaltung ein.

»Golf? Was ist damit?«, merkte Gustavsen auf.

»Ach ja, der Golf«, grinste nun Jörg. »Ja, das war ein echter Könner. Ist mit seinem tiefergelegten TCR losgefahren wie ein Irrer und prompt voll auf dem Waldweg aufgesetzt. Das dürfte teuer werden.«

»Könnt ihr das noch etwas besser beschreiben? Welche Farbe? Kennzeichen? Und wer saß drin?«, hakte Gustavsen nach.

»Es war ein weißer GTi TCR, Marburger Nummer. Mehr habe ich mir nicht behalten. Und es saßen zwei Männer drin, stimmt's, Dirk?«

»Stimmt!«, bestätigte der Kollege. »Und ich weiß die Nummer leider auch nicht.«

»Trotzdem danke, das hilft uns vielleicht schon mal weiter«, sagte der Kommissar und machte Anstalten, sich zu verabschieden.

»Aber was ist denn jetzt dort passiert, Sven?«, fragte Jörg hinter ihm her.

»Mord oder Selbstmord. Scheußliche Sache«, sagte Gustavsen.

»Mensch, deinen Job wollte ich auch nicht haben. Ich wünsche dir viel Erfolg und dass du die Kerle erwischst.«

Gustavsen winkte und lief wieder über die Straße.

05

Nachdem sie sich auch von den beiden Streifenpolizisten verabschiedet hatten, stiegen sie in den Flex und fuhren hinunter in den Ort. Gustavsen informierte seine Mitfahrerinnen kurz über die Unterredung mit seinem Schulkameraden.

»Birgit weiß übrigens bereits Bescheid, nicht dass ihr euch gleich wundert«, warnte Sabrina die beiden Kommissare vor. »Sie hat Jens-Uwe schon gestern Abend als vermisst gemeldet und mich dann genau in dem Moment angerufen, als ich vor der Leiche stand. Und ich konnte sie in dem Moment nicht belügen.«

»Das ist total verständlich«, beruhigte sie Gustavsen.

Dirigiert von Sabrina bog der Kommissar am Ortseingang links ab und nahm sofort die nächste Abzweigung nach rechts. Nach zweihundertfünfzig Metern hielt er vor einem rotbraunen Klinkerhaus mit Doppelgarage, vor welcher ein schwarz-weißer VW T-Roc stand.

Die drei stiegen aus und gingen zur Haustür. Noch bevor sie klingeln konnten, ging diese auf und eine mittelgroße dunkelblonde, sympathisch wirkende Frau, der man aber ansah, dass sie geweint hatte, stand vor ihnen. Wortlos ging Sabrina auf sie zu und nahm sie fest in den Arm.

Als sich die beiden Frauen wieder voneinander lösten, schaute die Frau die beiden Kommissare an. *Das sind die schlimmsten Momente für jeden Polizisten*, dachte Gustavsen, *und je jünger, desto schlimmer.* Und wurde überrascht, als die Frau ihm ein freundliches Lächeln schenkte und ihm fest die Hand drückte.

»Ich bin Birgit Klein, bitte kommen Sie!«, sagte sie mit fester Stimme und gab auch Sabitzer die Hand.

Sie führte ihre Besucher in ein einladend und gemütlich gestaltetes Wohnzimmer und bot ihnen Platz an.

»Sind sie so nett und trinken Sie einen Kaffee mit mir?«, fragte sie. »Ich habe gerade frischen gekocht.«

Als die drei nickten, ging sie zur Küche und kam bald darauf mit einem Tablett zurück, auf dem eine Kaffeekanne, vier Tassen mit Untersetzern sowie Milch und Zucker standen.

Sie verteilte die Tassen, schenkte nacheinander allen ein und forderte sie auf, Milch und Zucker je nach persönlichem Geschmack selbst zu nehmen.

Nachdem sie alle einen tiefen Schluck genommen hatten, holte Frau Klein tief Luft und sagte zu Sabrina:

»Also los, Sabrina, bringen wir's hinter uns. Sag mir, was passiert ist.«

Sabitzer und der Kommissar tauschten einen verstohlenen Blick; sie waren erstaunt, wie gefasst die Frau auftrat, die gerade zur Witwe gemacht worden war.

Sabrina holte ihrerseits Luft und sagte:

»Zuerst einmal möchte ich dir Sven Gustavsen und Sandra Sabitzer von der Dillenburger Kripo vorstellen.«

Ihre Gastgeberin lächelte.

»Ich weiß, wer Sie sind, Sabrina hat schon viel von Ihnen erzählt. Und Ariane Hohmann ebenfalls; die ist nämlich auch eine Freundin, die ich aus der Frauenstunde unserer Gemeinde kenne.«

Gustavsen und Sabitzer waren noch immer überrumpelt. Schließlich räusperte sich der Kommissar und sagte:

»Ehrlich und auf gut deutsch gesagt ist das ein beschissener Anlass, sich kennenzulernen, Frau Klein. Ich möchte Ihnen meine tiefempfundene Anteilnahme aussprechen.«

»Ich ebenfalls«, schloss sich Sabitzer an.

»Vielen Dank«, sagte Frau Klein. »Nennen Sie mich einfach Birgit, in Ordnung?«

Wieder einmal war Sabitzer von der unkomplizierten Art der Menschen im Dillkreis überrascht. *Mein Vater würde ganz schön staunen, wie die muffeligen Hessen sein können,* dachte sie und schmunzelte innerlich. Allerdings war sie noch mehr von der offenkundigen Stärke dieser Frau beeindruckt, und es fiel ihr schwer, dieses Verhalten ausschließlich aus Sicht eines Mordermittlers zu beurteilen – und die Ehefrau automatisch als Verdächtige anzusehen.

Nun schaltete sich Sabrina wieder ein.

»Birgit, es ist genauso abgelaufen, wie ich es dir vorhin am Telefon bereits angedeutet habe. Jens-Uwe hat sich entweder an einem Seil an der Auerhahnhütte erhängt oder ist dort auf diese Weise ermordet worden.«

»Er hat sich niemals selbst umgebracht«, sagte Birgit mit Bestimmtheit. Nun glitzerten doch Tränen in ihren Augen. »Er war der ausgeglichenste und optimistischste Mensch, den man sich denken kann. Gerade erst haben wir uns über das Abitur unserer Tochter gefreut, das trotz Corona termingerecht durchgeführt werden konnte. Außerdem hatte er seit ein paar Wochen dieses Motorrad und war total happy, wenn er damit durchs Hinterland cruisen konnte. Nein, mein Mann hatte nicht den geringsten Grund, aus dem Leben zu scheiden. Er hatte niemals Depressionen oder so etwas, er hatte mit an Sicherheit grenzender Wahrscheinlichkeit keine Leichen im Keller. Er wusste sich von uns allen geliebt. Das alles Entscheidende aber ist, dass er sich von seinem Herrn geliebt wusste. Er war ein ganz leidenschaftlicher Jesus-Anhänger und glücklich damit.«

Nun schaute sie nacheinander die beiden Kommissare an.

»Ihr habt euch, das konnte man euch ansehen, seit eurer Ankunft gefragt, warum ich so gefasst wirke, stimmt's?«, fragte sie mit einem Lächeln.

»Nun, äh, …« stammelte Gustavsen.

»Es ist ganz einfach«, fuhr die Witwe fort. »Wir haben ja in den letzten Wochen wegen Corona keine Präsenz-Gottesdienste gehabt. Deshalb haben wir uns umgeschaut, wo es Online-Veranstaltungen gibt. Und die evangelische Kirchengemeinde Frohnhausen hatte kürzlich eine Vortragsreihe laufen, in der ganz viel von Liebe und Vergebung die Rede war. Tja, und daran habe ich mich gestern

Abend erinnert, als Jens nicht nach Hause kam. Natürlich konnte ich – ebenso wie unsere Kinder – keine Minute schlafen. Also haben wir die Predigtreihe nochmal gehört. Und nun kann ich einfach nicht anders als erstens anzunehmen, dass Jens jetzt im Himmel ist und vermutlich auch nicht mehr zurück wollte, und zweitens den Menschen, die ihn ermordet haben, zu vergeben. Und für mich selbst am meisten überraschend ist, dass das nicht nur eine Entscheidung ist, gegen die meine Gefühlswelt angesichts dieses schlimmen Verlustes Sturm läuft, sondern dass ich bei aller Trauer – ich war bereits heute Morgen sicher, dass Jens nicht mehr lebt – tatsächlich unglaublich ruhig bin. Dabei ist mir klar, dass noch schlimme Zeiten kommen werden und vielleicht auch ein Zusammenbruch, aber auch dann will ich versuchen, die Bitterkeit nicht an mich herankommen zu lassen. Ja, das ist die ganze Geschichte«, sagte die sympathische Frau und atmete tief durch.

Sabitzer und Gustavsen waren tief beeindruckt und sagten das ihrer Gastgeberin auch.

»Da hat Gott dir in der Tat genau den Richtigen geschickt«, sagte der Kommissar. »Ich habe diese Vorträge auch gehört, kenne den Referenten auch persönlich, und vor allem mein Sohn war total begeistert von ihm.«

»Meiner leider nicht so sehr«, sagte Birgit nun traurig. »Ihn hat das Ganze furchtbar getroffen, und er steckt mitten in der Pubertät. Ich hoffe und bete, dass er klarkommen wird. Aber ich denke, ihr

müsst jetzt eure Fragen stellen nach dem Motiv und so weiter, o-
der?«

»Ja, das ist leider so«, sagte Sabitzer. »Hatte Ihr Mann …«

»Dein Mann!«, sagte Birgit.

»Nein, äh, ich bin nicht verheiratet«, stammelte Sabitzer, bevor
ihr dämmerte, dass ihr das schon einmal passiert war.

»Also, dein Mann, klar. Hatte dein Mann vielleicht Feinde, hatte
er irgendein Problem auf der Arbeit oder sonstige Probleme?«

»Absolut nichts«, sagte die Witwe. »Ich habe mir den ganzen
Tag den Kopf zerbrochen, warum er sich umbringen oder warum
es ein anderer tun sollte. Aber mir fällt überhaupt nichts ein. Wie
gesagt führen wir ein wirklich harmonisches Familienleben, haben
eine lebendige Gemeinde, in der wir uns wohlfühlen, sind gesund,
haben keine Geldsorgen. Im privaten Bereich kann ich mir absolut
nichts vorstellen. Dabei ist mir durchaus klar – ich lese auch gerne
Krimis …«, lächelte sie, »… dass man natürlich nie vollständig ausschließen kann, dass jemand unerkannt ein Doppelleben führt.
Aber wie gesagt, ich würde die Hand für meinen Mann ins Feuer
legen.« Sie atmete tief durch.

»Ebenso in der Firma. Er geht sehr gerne dorthin, versteht sich
sowohl mit den Mitarbeitern als auch mit den Vorgesetzten. Der
Firma geht es gut, und sie pflegen ein sehr gutes Miteinander, ver-
anstalten immer wieder Grillpartys und so. Also auch hier beim
besten Willen kein Motiv erkennbar.«

»In der Pharmaindustrie wird ja eine Menge Geld gemacht«, übernahm Gustavsen. »Und gerade in der aktuellen Zeit gibt es sicher einen Wettlauf, wer zum Beispiel den ersten wirksamen Impfstoff gegen Corona auf den Markt bringt. Somit also großer Druck auf die Forscher, könnte ich mir vorstellen, oder?«

»Das kann sein, aber mein Mann war ja gar kein Forscher. Er hatte mit diesem Bereich überhaupt nichts zu tun«, antwortete Birgit.

»Wie jetzt?«, wunderte sich Sabitzer. »Ich denke, er ist Doktor der Medizin?«

»Ist er ja auch. Beziehungsweise war er«, lächelte Birgit traurig. »Sorry, dass ich ständig zwischen Vergangenheit und Gegenwart hin- und herspringe; es ist einfach noch zu frisch. Aber zurück zum Thema. Also bei Sa-med war er COO, das heißt auf neudeutsch *Chief Operating Officer*, da geht es hauptsächlich um Organisation und Betriebssteuerung mittels Software etc. Jens hatte nämlich auch eine Affinität zu Computern und hat sich selbst immer als fanatischen Optimierer bezeichnet. Und somit hatte Sa-med einen, der wusste, worauf es in der Pharmaindustrie ankommt, und gleichzeitig in der Lage war, dies auch umzusetzen.«

Verwundert schaute Birgit die beiden Kommissare an, auf deren Mienen sich Nachdenklichkeit und so etwas wie Enttäuschung widerspiegelte. Gustavsen wiederum blickte zu seiner Assistentin, als wolle er sagen, *das war's wohl mit deiner Corona-Theorie.*

»Okay«, sagte Gustavsen, »dann wissen wir jetzt erst mal Bescheid. Hast du denn – außer Sabrina natürlich – jemanden, der dir beisteht? Eltern oder Geschwister?«

Jetzt glitzerte es verdächtig in Birgits Augen.

»Leider nein. Mein Vater lebt nicht mehr, mit meiner Mutter habe ich seit langer Zeit keinen Kontakt mehr. Lange und üble Familiengeschichte. Ich habe nur noch eine Zwillingsschwester, von der ich aber auch schon jahrelang nichts mehr gehört habe. Aber Sabrina und meine Gemeinde sind für mich da, das weiß ich. Und ich habe ja auch noch meine Kinder.«

Nun brachen bei der bisher so tapferen Frau doch noch alle Dämme; sie vergrub das Gesicht in den Händen und schluchzte laut. Sabitzer stand spontan auf und legte ihr den Arm um die Schulter.

Auch Gustavsen stand jetzt auf und fasste die trauernde Witwe an den Händen.

»Birgit, ich möchte dir danken. Du warst uns bei aller Trauer ein beeindruckendes Zeugnis für deinen Glauben. Wir wünschen dir alles erdenklich Gute, und wenn wir irgendetwas für dich tun können – ich weiß, das klingt abgedroschen, ist aber ernst gemeint –, lass es uns wissen, ja?«

»Vielen Dank, Sven.« Birgit war nun auch aufgestanden und schüttelte sich kurz. »Und nein, aus deinem Mund klingt es überhaupt nicht abgedroschen, ich weiß von eurer Arbeit und dem Projekt mit dem Haus für die türkische Familie!« Nun grinste sie sogar für einen kurzen Moment. »Nein, es war nicht Ariane, die gepetzt hat, sondern ich habe in der Gemeinde zufällig einen Wortfetzen aufgeschnappt. Ich werde aber nichts verraten.«

Gustavsen sagte nichts weiter, nahm die sympathische Frau zum Abschied in den Arm und verließ das Haus. Sabitzer tat es ihm nach, während Sabrina noch eine Zeitlang bei ihrer Freundin bleiben und ihr beistehen würde.

06

Im Auto atmeten sie erst einmal tief durch.

»Das war also dein erster Kondolenzbesuch«, sagte Gustavsen seufzend. »Geh nicht davon aus, dass die künftigen genauso glimpflich ablaufen.«

»Oh nein, das werde ich nicht«, versicherte Sabitzer. »Das war jetzt wirklich beeindruckend. So eine starke Frau, das ist unglaublich.«

»Das ist es«, bestätigte Gustavsen, »ich könnte das mit Sicherheit nicht.«

Sie fuhren langsam dorfabwärts.

»Was hältst du von einem Besuch beim Bayern-Grill? Ist ja gerade Essenszeit«, fragte der Kommissar.

»Gern«, sagte Sabitzer, »ich habe tierisch Hunger.«

Gustavsen lenkte den Flex durch das Frohnhäuser Straßengewirr, erreichte schließlich die Industriestraße, die er bis zur Einmündung auf die Bundesstraße hinunterfuhr. Dort bog er rechts ab und hielt nach kurzer Zeit auf der rechten Seite an. Die beiden Kommissare stiegen aus und gingen durch eine Art Gartenlaube zu dem Schnellimbiss, von dem die Zugezogene bereits so viel Gutes gehört hatte. Vor dem Imbiss standen einige Kunden und warteten, während andere auf Bierzeltgarnituren an der rechten Seite des Grundstücks hockten und hingebungsvoll aßen.

Relativ schnell waren sie an der Reihe, und der hochgewachsene Mann hinter der Theke in der typisch bayrischen Tracht begrüßte den Kommissar herzlich.

»Hallo Sven, das freut mich aber, dass du mich mal wieder beehrst – auch wenn der Anlass ein trauriger ist, wie ich hörte«, sagte er.

»Ja, da hast du leider richtig gehört«, sagte Gustavsen leise und machte mit einem Handzeichen deutlich, dass er vor den anwesenden Leuten nicht weiter über den Fall sprechen wollte. Der Imbissbesitzer verstand und lächelte nun die junge Kommissarin freundlich an.

»Guten Abend, ich bin der Heinz, und du?«

Sabitzer war mittlerweile daran gewöhnt, so empfangen zu werden, und sagte: »Hi, ich bin Sandra.«

»Freut mich, dich kennenzulernen, Sandra. Was kann ich euch beiden machen? Curry mit großer Pommes?«, fragte Heinz mit einem listigen Grinsen.

»Lass mal, Heinz, Sandra hat schon mal bei Sabrina gesehen, was bei dir eine große Portion Pommes bedeutet. Und heute hat sie ihre Handballmannschaft zuhause gelassen, deshalb bitte zweimal klein«, lachte Gustavsen.

»Kommt sofort«, bestätigte der Mann vom Bayern-Grill schmunzelnd und machte sich ans Werk.

Die beiden Kommissare setzten sich zu zwei Einheimischen an eine Bierzeltgarnitur und warteten auf ihr Essen.

»Scheußliche Sache an der Auerhahnhütte, was?«, fragte unvermittelt einer der beiden, ein großer, breitschultriger Mann mit blonden Haaren.

»Das kann man wohl sagen«, bestätigte Gustavsen seufzend, ohne einen Gedanken an die Frage zu verschwenden, wie es sein konnte, dass sich das bereits herumgesprochen hatte. »So einen Anblick braucht man nicht alle Tage. Und dann noch die trauernde Familie besuchen, das ist dann das Sahnehäubchen. Furchtbar.«

»Naja, ob die wirklich so sehr trauert, ist noch die Frage«, ließ sich plötzlich der andere Mann am Tisch vernehmen, ein hagerer Mann Anfang fünfzig mit schütterem, braunem Haar und fliehender Stirn.

»Wie meinst du denn das, Malte?«, merkte der Kommissar auf. »Warum sollten die nicht trauern?«

»Vielleicht solltest du dich einfach fragen, warum der sich umgebracht hat«, antwortete der Mann.

Sabitzer setzte an, etwas zu sagen, aber Gustavsen bedeutete ihr mit einer unauffälligen Handbewegung, den Mund zu halten.

»Das klingt, als wüsstest du irgendetwas, das wir nicht wissen«, sagte er zu dem Mann, der nun unverhohlen vor sich hingrinste und dabei nicht gerade sympathisch wirkte.

»Nun, ich nehme an, der saubere Jens-Uwe ist aufgeflogen und sein Doppelleben ans Licht gekommen. Die fromme Fassade ist eingestürzt. Und das kommt dann dabei raus.« Nun schaute er regelrecht triumphierend drein und schien sich an den ratlosen Gesichtern am Tisch zu weiden.

»Was für ein Doppelleben meinst du, nun sag schon!«, insistierte Gustavsen.

»Na, die Tatsache halt, dass er sich eine eigene Nutte gehalten hat!«, platzte der Mann heraus.

In diesem Moment trat Heinz, der Inhaber des Bayern-Grill, mit zwei großen Tellern an den Tisch.

»Zweimal Manta-Platte rot-weiß, bitteschön. Guten Appetit euch beiden. Und lasst euch keine Räuberstorys von dem Kerl da erzählen!«, sagte er mit einem mahnenden Blick auf Malte.

Die beiden Kommissare schauten sich an und fingen erst einmal an zu essen, bevor Gustavsen das Gespräch wieder aufnahm.

»Das ist eine schwere Anschuldigung, die du da von dir gibst, Malte, ist dir das klar?«, fragte er den Mann, der immer noch grinsend an seiner Bratwurst herumkaute und dabei ein paar unregelmäßige und schlecht gepflegte Zähne sehen ließ.

»Jaja, ist schon klar, ihr Frommen haltet ja zusammen. Bloß immer alles unter den Teppich kehren und bloß nicht das Ansehen eines Toten beschmutzen. Alles eine einzige Mafia. Ganz Frohnhausen ist verseucht davon. Dabei seid ihr euch alle selbst nicht einig, oder warum gibt es wohl so viele Gemeinden im Ort? Sonntagmorgens muss man ja aufpassen wie ein Luchs, um nicht irgendeinen von euch über den Haufen zu fahren, wenn die Völkerwanderung in die vielen Kirchen einsetzt. Aber jetzt, wo es einen von euch erwischt hat, haltet ihr alle zusammen. Typisch. Was nicht sein darf, kann auch nicht sein. Ist klar.«

Gustavsen hörte sich die Tirade in aller Ruhe an und konzentrierte sich auf seine Currywurst. Nachdem er sich vergewissert hatte, dass es seiner Assistentin ebenfalls schmeckte, wandte er sich wieder an den Einheimischen.

»Malte, hast du eigentlich mal was davon gehört, dass ein Christ kein besserer Mensch ist, sondern ein Sünder, der lediglich den entscheidenden Vorteil hat, dass seine Sünden vergeben sind? Hast du auch einen, der dir deine Sünden vergibt, oder begehst du keine?«

Als der Angesprochene nicht antwortete, fuhr der Kommissar fort.

»So, und jetzt erzähl mir mal, was du bezüglich dieses vermeintlichen Doppellebens weißt oder zu wissen glaubst. Ich bin nämlich, dafür solltest du mich gut genug kennen, ausdrücklich niemand, der irgendetwas unter den Teppich kehrt. Also, was weißt du oder glaubst du zu wissen?«

Der Mann wirkte jetzt ein ganzes Stück kleinlauter.

»Es ist ganz einfach«, sagte er dann. »Jens-Uwe Klein hat in Gladenbach eine Nutte …«

»Ich würde den Terminus *Prostituierte* bevorzugen«, meldete sich nun Sabitzer nun zum ersten Mal in schneidendem Tonfall zu Wort.

»Meinetwegen«, brummte Malte. »Also, er hat in Gladenbach eine
… Prostituierte, die er regelmäßig besucht.«

»Woher weißt du das?«, schaltete sich Gustavsen wieder ein.

»Ich arbeite bei Steiner in Gladenbach, und mein bester Kumpel
arbeitet auch dort und wohnt in der Bahnhofstraße. Er hat eine
Werkstatt, in der wir oft an unseren Motorrädern herumschrauben.
Gegenüber sind vier Mehrfamilienhäuser, und in einem davon
wohnt eine Frau, die anschafft. Und ich habe den Klein jetzt schon
mehrfach dort hineingehen sehen; manchmal kam er mit dem
Auto, in letzter Zeit öfters mit seiner neuen blauen Varadero. Er ist
dann jedes Mal ein, zwei Stunden geblieben und wieder gefahren.
Und mein Kumpel hat ihn auch schon mit der Nu…, ähem, der
Frau wegfahren sehen. Tja, jetzt guckst du, Gustavsen, was? Und
die werte Assistentin auch. Wahrscheinlich habt ihr euch von dem
Heile-Welt-Gequatsche schön einlullen lassen, und jetzt schaut ihr
blöd aus der Wäsche. Tja, Leute, man kann den Menschen halt nur
vor die Stirn gucken. Und ganz besonders den Frommen!«

Mit diesen Worten stand der unsympathische Mann auf und
verließ den Bayern-Grill. Sein blonder Nebenmann, der die Unterhaltung still verfolgt hatte, schloss sich ihm an.

Die beiden Kommissare aßen schweigend zu Ende und brachten
dann das benutzte Geschirr zurück an die Theke.

»War es recht?«, fragte der Besitzer und lächelte die junge Kommissarin an.

»Es war klasse, und reichlich, vielen Dank«, antwortete Sabitzer und strich sich über den Bauch. »Das gibt jetzt wieder eine Runde Extra-Training.«

»Ach was, das hast du doch nicht nötig«, grinste der Mann. »Da müssten dein Chef und ich aber noch ein bisschen mehr trainieren, stimmt's, Sven?«

»Wem sagst du das?«, seufzte Gustavsen. »Mach's gut, Heinz.«

»Macht's gut, ihr zwei«, winkte der freundliche Mann ihnen nach.

Als sie im Auto saßen, schauten sie sich an.

»Gibt das jetzt wieder so einen Fall wie letztes Jahr, als wir längst sicher waren, wie es abgelaufen ist, und dann mit dieser Eifersuchtstheorie konfrontiert wurden?«, fragte Sabitzer stirnrunzelnd.

»Das könnte gut sein«, stimmte Gustavsen zu. »Aber womöglich mit dem Unterschied, dass diesmal an der Sache was dran sein könnte. Schließlich ist ja das Motiv Impfstoff mehr oder weniger Geschichte. Und was der Typ da eben erzählt hat, klang schon ziemlich überzeugend, obwohl ich dem nicht weiter traue, als ich einen Pommes-Automaten werfen kann. In jedem Fall müssen wir dem nachgehen.«

»Das müssen wir«, bestätigte Sabitzer. »Und es wäre ein harter Schlag für meine Menschenkenntnis, wenn Birgit uns vorhin derart getäuscht hätte.« Sie schüttelte ratlos den Kopf.

»Da gewöhnst du dich besser schon mal dran, Sandra. Malte ist zwar ein echter Kotzbrocken vor dem Herrn, aber er hat zweifellos recht, wenn er sagt, dass man Menschen nicht weiter als bis zur Stirn schauen kann.«

»Ja, das befürchte ich auch so langsam«, seufzte Sabitzer.

»Allerdings könnte es natürlich auch sein, dass Birgit – gesetzt den Fall, Maltes Anschuldigung erweist sich als zutreffend – gar nichts davon wusste. Ich bin nämlich nicht sicher, ob es stimmt, was immer in den Frauenzeitschriften steht, dass man nämlich immer intuitiv spürt, wenn der Partner auf Abwegen ist.«

»Du liest Frauenzeitschriften?«, grinste Sabitzer.

»Ja klar, beim Friseur«, grinste Gustavsen nun ebenfalls. »Man muss doch informiert sein.«

07

Als Gustavsen das Büro betrat, stand seine Assistentin bereits vor dem Flipchart an der Wand und skizzierte die bisherigen Erkenntnisse zum Fall Klein.

»Guten Morgen, Sven«, sagte sie und lächelte ihren Vorgesetzten an.

»Guten Morgen, Sandra.« Gustavsen gähnte. »Ein Königreich für einen Kaffee.«

»Ich habe bereits welchen gekocht«, grinste die junge Frau, »allerdings ist der vermutlich stärker als deine übliche Earl-Grey-Bodenseh-Mischung.«

»Jaja, ich alter Kaffee-Warmduscher«, grummelte der Kommissar gespielt missmutig. »Aber heute Morgen brauche ich offenbar tatsächlich etwas Stärkeres.«

»Da fällt mir ein, warum hast du als Bayern-Fan eigentlich diese Sportfreunde-Lotte-Tasse?«, fragte Sabitzer.

»Naja, die Sportfreunde Lotte haben vor einigen Jahren mal als unterklassige Mannschaft im DFB-Pokal für Furore gesorgt. Und als sie dann gegen den BVB spielen sollten, habe ich sämtliche Dortmund-Anhänger in meinem Freundeskreis wochenlang aufgezogen, weil die Borussia wegen unbespielbarem Platz oder so nicht zum ersten Termin angetreten ist. Das hat dann irgendwie unser Team mitbekommen und mir zum nächsten Geburtstag ein komplettes Fan-Equipment der Sportfreunde geschenkt. Und dann sind sie abgestiegen«, grinste Gustavsen, der sich mittlerweile eine

Tasse eingeschenkt und den ersten Schluck des starken Gebräus gekostet hatte.

»Hm, gar nicht so schlecht, der Muckefuck«, sagte er anerkennend. »Wie weit sind wir mit unserem Fall?«

»Tja, genaugenommen wissen wir derzeit noch so gut wie gar nichts. Sabrina hat bereits angerufen; sie führt noch am Vormittag die Obduktion durch. Ich habe ihr gesagt, dass wir diesmal nicht teilnehmen, in der Hoffnung, das war in deinem Sinn.«

»Ja, das war es. Mir reicht der Anblick von gestern allemal. Gespannt bin ich nur, ob Sabrina Anzeichen von Gewalteinwirkung feststellt. Falls ja, würde das die Mordtheorie erhärten, und dann wäre die Frage nach dem Motiv offen, nachdem die Variante mit den Forschungsgeheimnissen ja offenbar nicht zuzutreffen scheint. Falls nein, müssen wir uns zunächst auf das vermeintliche Doppelleben stürzen.«

»Oder ...«, gab Sabitzer zu bedenken, »... es gibt noch eine dritte Variante.«

»Welche wäre das?«, fragte der Kommissar.

»Mord aus Eifersucht.«

»Du meinst, Birgit könnte ...«

»Vielleicht. Oder der Sohn. Ich habe doch auf deine Empfehlung hin sämtliche Harry-Bosch-Krimis gelesen. Und in dem Fall mit dem Anwalt, der in der Hochbahn erschossen wurde, war es genauso. Da war der Sohn sauer, weil der Papa eine Affäre hatte.«

»Oh Mann«, stöhnte Gustavsen, »hätte ich dir doch bloß nichts von Harry Bosch erzählt. Aber du hast recht, wir müssen mal wieder alles für möglich halten.«

»Ganz genau«, bestätigte Sabitzer. »Wir werden wohl Klinken putzen müssen, um das Ganze aufzuklären, fürchte ich.« Sie schüttelte ratlos den Kopf.

»Hältst du denn Birgit immer noch für glaubwürdig?«, fragte Gustavsen.

»Absolut! Ich habe gestern Abend noch lange über das Gespräch mit ihr nachgedacht. Und ja, vielleicht bin ich zu naiv, aber ich kann mir nicht vorstellen, dass diese Frau ein falsches Spiel spielt.«

»Blieben also zunächst einmal die Möglichkeiten Selbstmord aus Scham oder Mord durch den Sohn. Natürlich müssen wir im Auge behalten, dass es doch die Verbindung zum Impfstoff gibt, aber das wird schwierig zu ermitteln, schätze ich.«

»Ja, das schätze ich …« Sabitzer wurde vom Klingeln des Telefons unterbrochen. Gustavsen schaute aufs Display und hob ab.

»Hola Andres, alter Gauner!«, dröhnte er vergnügt in den Hörer. »Warte, ich mache laut, dann kann Sandra mithören.« Er drückte einen Knopf.

»Hola Sandra, hola Sven. Wie geht es euch?«, ertönte die freundliche Stimme des Kommissars der spanischen *Policía Canaria* auf Lanzarote.

»Hola Andres«, antwortete Sabitzer. »Uns geht es sehr gut. Aber wie geht es dir und deinen Landsleuten in diesen Zeiten? Euer

Land wird ja schlimm von diesem Virus heimgesucht, wie wir hören. Ist es auf Lanzarote auch so schlimm?«

»Ja, du hast recht, Sandra, es ist eine absolute Tragödie, was sich in Spanien abspielt. Wir schauen alle neidisch nach Deutschland und können überhaupt nicht fassen, dass es bei euch ständig Demonstrationen für mehr Freiheit gibt. Sind die alle verrückt geworden? Hier auf Lanzarote gibt es deutsche Residents, die den ganzen Tag auf ihr Heimatland schimpfen, obwohl sie hier wochenlang nicht einmal spazieren gehen durften. Es ist unglaublich. Allerdings sind wir auf den Inseln vergleichsweise verschont geblieben. Gott sei Dank. Allerdings gehen die Zahlen im Augenblick wieder hoch, und wir sind ein wenig besorgt, dass womöglich wieder eine Reisewarnung ausgesprochen wird, die unserer Tourismusbranche endgültig den Garaus macht. Übrigens hat mein Anruf indirekt sogar mit Corona zu tun, colegas. Ich habe hier einen jungen Mann aus Afrika sitzen, einen Arzt, der mir eine ziemlich krasse Story erzählt hat. Ihr beide solltet euch so schnell wie möglich in euren Flieger setzen und hierherkommen!«

»Langsam, Andres, langsam«, sagte Gustavsen. »Kannst du uns erst mal aufklären, worum es geht?«

»Nicht am Telefon!«, antwortete der spanische Polizist mit Bestimmtheit. »Nur so viel vorab: Ist es richtig, dass ihr an einem Mordfall dran seid, der sich in dem Dorf ereignet hat, wo der Bayern-Grill ist?«

Sabitzer schaute fassungslos ihren Vorgesetzten an.

»Woher weißt du das, Andres? Das Ganze ist noch total frisch, und es gibt keinerlei Pressemitteilung dazu. Außerdem wissen wir noch gar nicht, ob es Mord ist.«

»Kommt einfach her, dann werdet ihr es erfahren«, sagte der *Lanzaroteño* und legte auf.

Sabitzer war die erste, die ihre Fassung wiederfand. Ohne ein weiteres Wort drückte sie eine Kurzwahl.

»Ich nehme an, Sven, wir machen uns sofort auf die Strümpfe, oder?«

Jetzt erst schien Gustavsen wieder aufnahmefähig zu sein.

»Ja, ruf Markus an«, sagte er nur.

»Schon in der Mache.«

Anderthalb Stunden später saßen sie in der braun-weißen, firmeneigenen Embraer Legacy 650 E mit der Aufschrift *UGA Airways* auf der Seite. Markus Henrich, der Pilot, ein dunkelblonder, schlanker Mann Mitte vierzig, der sich grundsätzlich in Cargohosen und Polohemden kleidete, war glücklicherweise gerade zum Training bei Wolfram in Nanzenbach gewesen und hatte keine weiteren Termine, sodass er unverzüglich zum Siegerland-Flughafen fahren und die Maschine startklar machen konnte.

Markus stammte aus dem Dillenburger Ortsteil Niederscheld und war früher beim Kommando Spezialkräfte gewesen, wo ihm auch Jürgen aus dem Nachbarort Eibach über den Weg gelaufen war. Er hatte Erfahrungen mit Kampfflugzeugen gesammelt, sich aber dann hauptsächlich auf das Fliegen von Hubschraubern fokussiert. Darüber hinaus war er ein Nahkampfspezialist, dem aus der *UGA-Connection* lediglich Wolfram gewachsen war. Mittlerweile war auch er über vierzig, verheiratet, hatte zwei Kinder und war in Gustavsens und Wims Unternehmen als Sicherheitsberater und natürlich Pilot fest angestellt.

Sabitzer hatte nach dem Silvesterurlaub in weiser Voraussicht einen kompletten Satz Kleider in Gustavsens Ferienanlage gelassen und musste deshalb außer ihrem Tablet quasi kein Gepäck mitnehmen. Der Kommissar war auf Lanzarote ohnehin vollständig ausgerüstet.

Während des Fluges sinnierten die beiden Ermittler darüber, was Andres' rätselhafte Andeutungen wohl bedeuten mochten.

»Ich bin höchst gespannt, was uns dieser afrikanische Arzt zu sagen hat. Und mich beschleicht das Gefühl, dass Jens-Uwes Tod womöglich doch in Richtung Corona geht«, mutmaßte Gustavsen.

»Ja, das könnte ich mir auch vorstellen«, stimmte Sabitzer zu.

»In jedem Fall rieche ich, dass wir hier in etwas Größeres hineingeraten sind. Und schon wieder sind es der Dillkreis und Lanzarote. Das kann sich kein Buchautor ausdenken«, grinste sie.

»Aber diesmal kommt auch noch Afrika hinzu«, fiel der Kommissar lachend ein. »Soll also niemand sagen, wir würden unseren Horizont nicht erweitern.«

»Trotzdem dürfen wir die anderen Optionen nicht außer Acht lassen!«, mahnte Sabitzer.

In diesem Moment gaben die Bordlautsprecher ihre typische Melodie von sich.

»Leute, ich habe Sabrina in der Leitung und stelle auf laut«, sagte Markus knapp.

Eine Sekunde später hörten sie die Stimme der Pathologin.

»Hallo, ihr drei. Ich wollte nur kurz mitteilen, wie die Obduktion verlaufen ist.« Sie bemühte sich hörbar um einen geschäftsmäßigen Ton, aber ihre Zuhörer spürten ihr ab, dass die heutige Tätigkeit ihr bei aller Professionalität nicht leicht von der Hand gegangen war. Gustavsen griff sich einen Hörer, der an der Wand hing und mittels Kabel mit der Bordanlage verbunden war.

»Lass hören, Sabrina«, sagte er.

»Okay.« Die Rechtsmedizinerin atmete tief durch. »Todesursache Strangulation durch das Seil. Hämatome an den Oberarmen und im Rücken. Meine Theorie lautet, das Opfer ist mit Gewalt, und zwar von zwei kräftigen Männern, in Position gebracht und durch einen heftigen Tritt in den Rücken aus dem Fenster befördert worden. Das ist für mich eindeutig und gerichtsfest. Fingerabdrücke gibt es keine, DNA eine ganze Menge, aber diese stammt von so vielen Menschen, dass eine Zuordnung erst Sinn macht, wenn man ein paar Verdächtige hat.

Weiterhin ist Jens-Uwes Auto mittlerweile gefunden worden. Es stand neben der Selbstbedienungs-Waschanlage in der Kasseler Straße. Darin ein halb gegessenes Menü vom nahen McDonald's. Es ist davon auszugehen, dass er sich auf der Heimfahrt von einem

Treffen mit einem Freund in Frankfurt – das ist von besagtem Freund sowie dem Personal des koreanischen Restaurants, in welchem sie sich getroffen haben, bestätigt worden – noch etwas dort geholt hat und auf dem Parkplatz essen wollte.

Falls ihr euch darüber wundert oder euch fragt, woher ich das weiß: Dieser Freund ist auch mir gut bekannt, deshalb habe ich ihn – und anschließend auch den Koreaner, den ich vermutlich aus dem Schlaf geklingelt habe – kurzerhand angerufen, um mir vorab ein Bild des Geschehens machen zu können; nicht dass ihr glaubt, ich wollte euren Job übernehmen. Der Freund hat mir also erzählt, dass das eigentliche Essen beim Koreaner relativ früh beendet war und die beiden sich danach noch lange unterhalten haben. Scheinbar hatte Jens-Uwe nach der Heimfahrt bereits wieder Hunger. Übrigens hat der Freund betont, dass Jens-Uwe bester Laune war, als sie sich voneinander verabschiedet haben, und auch sonst kein Wort von irgendwelchen Problemen gesagt hat. Das zum Thema Selbstmord.« Sabrina holte hörbar Luft.

»Wie auch immer, in jedem Fall muss er in irgendeiner Form beschattet worden sein, wenn wir von einem geplanten Mord ausgehen. Nach einer spontanen Tat sieht das Ganze jedenfalls nicht aus, denn ich kann mir nur schwer vorstellen, dass man bei einem Mord im Affekt solchen Aufwand betreibt, um es wie einen Suizid aussehen zu lassen. Außerdem wirkt es auf mich wie die Tat von eher zweitklassigen Kriminellen, die auf der einen Seite versuchen, professionell zu arbeiten, auf der anderen jedoch immer wieder dumme Fehler machen. Etwa so wie die Burschen aus Ernestos Truppe, die wir letztes Jahr festgesetzt haben.«

Beim letzten Satz horchte Gustavsen, der den Bericht seiner Freundin mit unbewegtem Gesicht verfolgt hatte, auf.

»Das war tolle Arbeit, Sabrina«, sagte er anerkennend. »Und deine Schlussfolgerungen werden wir mal speichern. Mal sehen, wohin das Ganze uns führt.«

»Das ist mein Stichwort«, antwortete Sabrina. »Wohin führt es *euch* denn gerade? Ihr sitzt ja offenbar im Flieger.«

Gustavsen bestätigte das, berichtete von Andres' Anruf am Morgen und bedankte sich abschließend bei der Pathologin für die ausführlichen Informationen. Dann beendeten sie das Gespräch.

»Du hast gar nichts von dem angeblichen Doppelleben erwähnt, Sven«, sagte Sabitzer.

»Richtig. Ich habe auch ein bisschen schlechtes Gewissen dabei. Normalerweise haben wir ja voreinander keine Geheimnisse. Aber irgendwie habe ich das Gefühl, wir sollten diesen Anschuldigungen zuerst nachgehen, bevor wir irgendwelche Pferde scheu machen und die Trauer womöglich noch unnötig verstärken. Sabrina wird mir das hoffentlich nachsehen.«

»Das wird sie sicher. Aber mit ein paar versalzenen Kümmelbrötchen zur Strafe wirst du wohl rechnen müssen«, grinste Sabitzer. »Aber wie gehen wir jetzt vor? Wie kriegen wir raus, was da wirklich gelaufen ist, *ohne* die Pferde scheu zu machen?«

»Ich hätte da eine Idee«, sinnierte Gustavsen. »Falls Jens-Uwe tatsächlich eine andere Frau ausgehalten hat, musste er das ja irgendwie finanzieren. Wenn wir gleichzeitig unterstellen, dass Birgit davon keinen Schimmer hat, dann hat er die Ausgaben dafür vor ihr verborgen. Nach meiner Erfahrung geht das nicht, wenn man gemeinsame Konten hat und so weiter. Deshalb wäre vielleicht eine Möglichkeit, dass er das irgendwie mit der Firma gedeichselt hat. So was machen Männer auf Abwegen schon mal. Hab ich zumindest gelesen.«

»Beim Friseur, nehme ich an?«, grinste seine Assistentin.

»Genau da!«, bestätigte Gustavsen.

08

Als sie die wohlbekannte Schleife spürten, die Markus beim Lande-
anflug auf den César-Manrique-Airport Lanzarote fliegen musste,
um die Landebahn von Süden her anzusteuern, machten sich Gustavsen und Sabitzer bereit für die Landung. Gewohnt sanft und
routiniert setzte Markus den brasilianischen Vogel auf und dirigierte ihn zu der vorgegebenen Parkposition. Die beiden Kommissare verabschiedeten sich von Markus, der nach Erledigung der
Formalitäten alleine nach UGA fahren würde, und stiegen aus.
Nach einer raschen Passkontrolle hatten sie bald das Flughafenge-
bäude hinter sich gelassen und strebten zum Langzeitparkplatz,
wo Gustavsens blauer Kia eSoul wartete. Vor dem Einsteigen atmete Sabitzer noch einmal tief ein und genoss die herrliche Luft.
Die Sonne schien und am Himmel sah man wieder die Schäfchen-
wölkchen, die für die wunderschönen Schattenspiele auf den braunen Bergen am Horizont verantwortlich zeichneten.

Es ist unglaublich, dachte die junge Kommissarin, *ich bin erst zum
vierten Mal hier, aber es fühlt sich schon an wie nach Hause kommen.*
Unwillkürlich fiel ihr Blick auf ihren Vorgesetzten, der sie zärtlich
ansah, so als wisse er genau, dass auch er einer der Gründe für ihr
Wohlbefinden war. Sie schauten sich über das Autodach hinweg
tief in die Augen, bis Sabitzer sich dazu zwang, den Blick abzu-
wenden und ins Auto zu steigen.

Schweigend fuhren sie los in Richtung Westen. Sabitzer ließ ihr Fenster herabsurren und genoss den angenehmen Luftzug. Gustavsen fuhr ungewöhnlich langsam, als wollte er den Augenblick mit seiner jungen Assistentin solange wie möglich auskosten.

Nach zwanzig Minuten fuhren sie in die gekieste Einfahrt vor Wims Haus in UGA und hielten vor dem Hauptgebäude an. Willem van Meulen, holländischer Jude, Geschäftspartner und Freund Gustavsens, das einzige männliche Mitglied der *UGA-Connection*, welches keine Vergangenheit als Elitesoldat vorweisen konnte – was man ihm anhand seines Leibesumfangs auch ansah –, stand bereits in der Tür und wartete mit einem breiten Grinsen auf die Neuankömmlinge. Diese wurden, nachdem sie ausgestiegen waren, mit Umarmungen begrüßt, Sabitzer sogar mit einem Kuss auf die Wange.

»Herzlich willkommen, ihr beiden. Es ist schon wieder Monate her, dass ihr hier wart«, sagte Wim gespielt vorwurfsvoll.

»Du hast recht, Wim«, seufzte Sabitzer. »Ich habe vorhin erst wieder realisiert, wie sehr ich Lanzarote vermisst habe. Und dich natürlich auch!«

Sie gingen durch den langen Hausflur hindurch in den Innenhof, wo sie ebenfalls bereits erwartet und freudig begrüßt wurden. Neben Wims Bediensteten Benito und Lina, dem einheimischen Ehepaar, begrüßten auch Osvaldo, der katholische Priester von UGA, sowie Andres Bein von der *Policía Canaria* die beiden Kommissare mit herzlichen Umarmungen. Dann wandte sich der mittelgroße und schlanke schnurrbärtige, wie immer in Jeans und weißes Polohemd gekleidete Polizist einem weiteren Anwesenden zu.

»Sandra, Sven, ich möchte euch Doktor Akono Torunarigha aus Nigeria vorstellen. Akono, das sind Sven Gustavsen und Sandra Sabitzer von der Polizei in Dillenburg.«

Der Arzt aus Nigeria war mittelgroß und von schlanker Statur, kahlköpfig und hatte ebenholzfarbene Haut. Er war in khaki-farbene Jeans und ein rotes Polohemd gekleidet und trug eine randlose Brille mit runden Gläsern. Sein Blick war klar und fest, als er nacheinander Sabitzer und Gustavsen in die Augen sah und per Handschlag begrüßte.

»Ich bin Akono und freue mich, Sie kennenzulernen«, sagte er in fließendem Deutsch mit einem leichten Akzent, den Sabitzer nicht zuordnen konnte, der Gustavsen aber sofort hellhörig werden ließ.

»Hallo, Akono«, sagte Sabitzer lächelnd, »ich bin Sandra, und wenn wir uns schon beim Vornamen anreden, können wir auch gleich Du sagen, oder?«

»Von Herzen gern!«, sagte der Nigerianer und schaute dann zum Kommissar.

»Hi, Akono, ich bin Sven, und ich weiß, worum es hier geht!«, lächelte auch Gustavsen den sympathischen Afrikaner an, bevor er breit grinsend und triumphierend in die Runde blickte, die ihn ratlos anstarrte.

»Kommt jetzt wieder so eine Gustavsen-Spezial-Theorie?«, frotzelte Osvaldo und grinste nun ebenfalls.

»Könnte schon sein, Osvaldo«, schoss der Kommissar lachend zurück. »Schließlich muss ich euch Zweiflern immer mal wieder zeigen, wer hier der Meisterdetektiv ist.«

»Na komm schon«, sagte Wim seufzend, »und beglücke uns mit deiner Weisheit. Akono, daran musst du dich leider gewöhnen, ich sag's dir besser gleich.«

Der Doktor aus Nigeria sah verunsichert von einem zum anderen, und es war ihm anzusehen, dass er keine Ahnung hatte, wovon diese Leute redeten.

»Also los, Sven«, drängte Sabitzer, »lass es schon raus.«

»Es ist ganz einfach«, sagte Gustavsen gemütlich. »Akono hat in Deutschland studiert, genauer gesagt in Marburg. Dort hat er Jens-Uwe Klein getroffen, entweder im Studium oder in einer christlichen Gemeinde. Die beiden waren befreundet. Und deshalb weiß Andres auch bereits von dem Mord gestern. Richtig?«

»Das ist alles genau richtig«, sagte Akono verwundert. »Aber woher wissen Sie das?«

»Woher weißt *du* das!«, sagte Gustavsen.

»Na, weil ich dabei war«, antwortete Akono.

»Nein, ich meinte, wir duzen uns doch bereits, oder nicht?«, grinste der Kommissar.

»Ach so, ja natürlich. Also, woher weißt du das alles?«

»Dein Akzent hat dich verraten. Du hast während deines Studiums im hessischen Hinterland gelebt, aber nicht direkt in Marburg, sondern in der Gladenbacher Ecke, schätze ich. Tja, und den Rest konnte man sich leicht zusammenreimen – vorausgesetzt, man ist so ein außergewöhnlicher Kriminaler wie ich«, klopfte sich Gustavsen verbal selbst auf die Schulter.

Akono wirkte etwas überfahren und sagte nichts.

»Nimm ihn bloß nicht ernst, Akono«, warnte ihn Wim lachend. »Er verträgt das Fliegen nicht so gut, deshalb redet er nach einem längeren Flug immer komisches Zeug. Aber jetzt lasst uns erst einmal essen, danach reden wir übers Geschäft.«

Sie setzten sich zu einem späten Mittagessen um den runden Holztisch, und das einheimische Ehepaar in Wims Diensten brachte auf dessen Wink hin Platten mit warmen und kalten Tapas. Dazu gab es Wein und Clara, die spanische Version des Radler, und eine große Kanne Wasser.

Während des Essens erzählten sich die Freunde – zwischenzeitlich war auch Markus, der Pilot, eingetroffen – gegenseitig, was sie seit ihrem letzten Zusammentreffen erlebt hatten. Natürlich war auch Corona zwangsläufig ein Thema, zu dem besonders Osvaldo, der Priester und Seelsorger, einiges beizutragen hatte.

Nach dem Essen brachten Benito und Lina Kaffee und süßen spanischen Milchreis mit Zimt.

09

»Also«, sagte Gustavsen und rieb sich genüsslich den Bauch, »worum geht es? Warum sind wir hier? Wir haben ja bereits eine Theorie und sind gespannt, ob die zutrifft.«

»Nun«, räusperte sich Andres, »dann fange ich mal an. Ihr habt sicher mitbekommen, dass im Moment die Fluchtrouten aus Afrika zu den Kanaren wieder ziemlich stark frequentiert sind. Wir werden derzeit beinahe jeden Tag an den Hafen im Süden gerufen, weil irgendeine schrottreife und völlig überladene Schaluppe dort anlandet. Wir sind nicht mehr weit weg von 2015, fürchte ich.

Wie auch immer, wie es der Zufall wollte, war ich gestern auch dort, als sich auf einem der Boote ein medizinischer Notfall ereignete. Einer der Flüchtlinge hatte einen Herzinfarkt, wie sich später herausstellte. Als wir, nachdem der Mann kurz vor dem Verlassen des Bootes zusammengebrochen war, hektisch nach einem Arzt riefen, meldete sich einer aus einem anderen Boot – Akono. Er sei Arzt und könne helfen. Gesagt, getan, Akono hat den Mann behandelt und stabilisiert, bis ein Rettungswagen kam und ihn abtransportierte. Er ist übrigens außer Lebensgefahr, Akono«, nickte Andres dankbar zu dem Nigerianer hinüber.

»Gott sei Dank!«, sagte dieser nur.

»So kamen wir beide ins Gespräch, und dann sagte mir Akono, er müsse mit mir reden und außerdem ein Telefongespräch führen. Kein Problem, wir düsten zu meiner Dienststelle, und in meinem Büro führte Akono ein Gespräch. Und zwar auf Deutsch, wie ich noch im Hinausgehen mitbekam. Dieses Gespräch verlief offensichtlich nicht besonders erfreulich, denn als ich wieder ins Büro kam, war Akono ziemlich blass, wenn ich das so sagen darf …«, er sah den dunkelhäutigen Afrikaner entschuldigend an, dieser lächelte aber nur und winkte ab, »… und außerdem am Weinen. Tja, und den Rest kann er euch jetzt selbst erzählen.« Andres griff nach seinem Wasserglas.

»Okay, dann mache ich weiter. Es war so, wie Andres berichtet hat. Aber am besten fange ich ganz vorne an. Was Sven vorhin vermutet hat, stimmt genau. Ich habe in Marburg Medizin studiert, und Jens-Uwe war mein Kommilitone. Außerdem war er überzeugter Christ und hat mich in seine bevorzugte Gemeinde mitgenommen. Später habe ich mich ebenfalls zum christlichen Glauben bekehrt und bin seither ein glücklicher und überzeugter Jesus-Nachfolger. Gewohnt habe ich – auch hier hat Sven richtig geraten – in der Nähe von Gladenbach, in einem kleinen Ort namens Römershausen.«

»Den kenne ich«, warf Gustavsen ein, »dort habe ich sogar Verwandte! Deshalb habe ich vorhin sofort deinen Akzent erkannt. Es würde mich nicht wundern, wenn du auf die Frage nach deiner Körpergröße ›etwas über einen Meter siwwezich‹ sagen würdest.«

»Genauso würde ich es sagen, Sven«, lachte Akono laut. »Das mit den Verwandten müssen wir nachher vertiefen. Aber weiter im Text. Ja, ich war mit Jens-Uwe befreundet, ich bin auch in seinem

Heimatort gewesen und dort, wo es die Riesenportionen Pommes gab.«

»Der Bayern-Grill.«

»Richtig«, bestätigte Akono mit leuchtenden Augen. »Gibt es den Grill noch? Geht es dem Besitzer gut? Der war furchtbar nett!«

»Gestern ging's ihm noch gut«, grinste Sabitzer, »wir waren nämlich gestern dort.«

»Super«, freute sich Akono. »Wo war ich stehengeblieben? Ach ja, in Marburg. Okay, nachdem ich zunächst in Deutschland als Arzt arbeiten und viel Geld verdienen wollte, kam mir letztlich mein Glaube dazwischen, und ich sah meine Berufung eher in meinem Heimatland. Also ging ich nach dem Studium zurück nach Nigeria und arbeite seither dort für *Ärzte ohne Grenzen*. Hier liegt der Fokus, was Nigeria betrifft, in erster Linie auf der Hilfe für Vertriebene und Geflüchtete. Die Boko Haram hat Nigeria ja furchtbar heimgesucht, und auch wenn die Regierung heute ständig behauptet, man habe sie besiegt, ist ihr Einfluss immer noch spürbar. Das ganze Land ist eine einzige humanitäre Katastrophe.« Akono griff nach seinem Glas und trank einen Schluck Wasser.

»Ich wohne seit einiger Zeit im Norden des Landes und arbeite fast ausschließlich in den Flüchtlingslagern in Maiduguri. Das Elend dort kann man sich nicht vorstellen.« Er schüttelte sich.

»Jedenfalls war ich vor etwa vier Wochen wieder dort, als eine Rebellentruppe mit ihren Pickups ins Lager gefahren kam. Das ist da relativ normal, und solange keine Schüsse fallen – was auch von

Zeit zu Zeit passiert –, registriert man das kaum noch. Allerdings ist mir im Nachhinein klargeworden, dass ich doch besser hätte hinsehen sollen, was die eigentlich im Lager wollen. Denn diesmal wurde ich gemeinsam mit etwa zwanzig anderen entführt. Die Gruppe, in der ich mich gerade befand und die ich verarztete, war plötzlich umzingelt, und mit vorgehaltenen Gewehren wurden wir auf die Ladeflächen der Pickups getrieben. Und zwar – ich glaube, das ist eine sehr wichtige Information – wurde genau selektiert, wer mitgenommen werden sollte. Es traf alle, Frauen, Kinder, Alte, Junge, Schwache, Starke. Das hat mich anfangs sehr verwundert. Jetzt ist mir allerdings, so glaube ich, klar, warum es so ablief.

Wie auch immer, wir fuhren ein Stück nach Norden ins Niemandsland, bis zu einem kleinen Dorf namens Gongolon. Ein typisch nigerianisches Bauerndorf, allerdings voll mit bewaffneten Uniformierten.

Direkt hinter dem Ort liegt ein riesiges Anwesen hinter einer hohen, mit Stacheldraht gesicherten Mauer. Als wir durchs Tor fuhren, habe ich meinen Augen nicht getraut. Neben den erwarteten halbverfallenen, primitiven Behausungen, die für das ländliche Nigeria typisch sind, gab es eine blitzsaubere, moderne, aufgeräumte Klinik inklusive eines nagelneuen BSL-4-Labors.

Lange Rede, kurzer Sinn, ich erspare euch zunächst mal die Details. Die Kurzform ist, dort werden Challenge-Studien durchgeführt.«

»Was sind Challenge-Studien?«, fragte Gustavsen stirnrunzelnd.

»Vereinfacht ausgedrückt sind das vorgezogene Menschenversuche. Wenn ein Medikament entwickelt wird, gibt es lange Simulationen, Studien und klinische Tests, bis ein solches Präparat Serienreife erlangt. Der wichtigste und langwierigste dieser Vorgänge ist die sogenannte Phase III, in der Menschen absichtlich infiziert und mit dem Medikament sowie parallel mit Placebos behandelt werden. Das wird normalerweise an tausenden, wenn nicht zehntausenden Menschen durchgeführt. Tja, und wenn man den einen oder anderen Schritt in dieser Entwicklungskette überspringen kann, erarbeitet man sich natürlich einen großen Vorteil. Natürlich muss man es dann trotzdem noch schaffen, offiziell zugelassen zu werden, aber mit Geld geht bekanntlich vieles. Außerdem ist gerade wegen Corona derzeit natürlich gewaltig Druck auf dem Kessel, wie wir in Nigeria sagen. Da könnte man sich sehr gut vorstellen, dass der Eine oder Andere bereitwillig ein Auge zudrückt, wenn es um die Frage geht, wie der Anbieter den Impfstoff serienreif bekommen hat. Hauptsache, es gibt ein wirksames Mittel.«

»Das leuchtet ein, Akono«, sagte Sabitzer nickend.

»Ich würde diese Vorgehensweise angesichts der Dringlichkeit noch nicht einmal vollständig verurteilen«, sprach der Arzt weiter, »sofern die Probanden freiwillig bei den Versuchen mitmachen. Aber das ist gerade das Problem. Erstens machen sie ganz sicher nicht freiwillig mit, sondern werden aus einer Situation entführt, wo kein Hahn mehr nach ihnen kräht. Zweitens sterben augenscheinlich im nigerianischen Labor die meisten an dem verabreichten Stoff, was mir sagt, dass dieser eben nichts taugt. Außerdem werden diejenigen, die nicht an den verabreichten Mitteln sterben – und das tun viele von ihnen unter schlimmsten Schmerzen –, nach Norden in die Wüste hinausgeführt, dort erschossen und gemeinsam mit den bereits Gestorbenen verbrannt.«

Entsetzt schauten sich alle Anwesenden an. Und diesmal war es Sabitzer, die sich als Erste äußerte.

»Das ist ja furchtbar, Akono. Also ist unsere Annahme richtig, dass dort ein Impfstoff gegen Corona erprobt wird?«

Erstaunt sah der Arzt die junge Frau an. »Genauso ist es. Aber wie seid *ihr* darauf gekommen?«

»Nun, wir standen gestern vor Jens-Uwes Leiche, und als wir erfuhren, wo er arbeitete, war unser erster Gedanke, dass das Ganze mit Corona zu tun hat. Allerdings hatten wir diesen mehr oder weniger wieder verworfen, als wir hörten, dass er gar nicht in der Forschung beschäftigt war, sondern in der Verwaltung. Aber nach dem, was du uns jetzt berichtest, habe ich so ein komisches Gefühl. Denn wenn die Zufälle zu groß werden, werde ich misstrauisch, und dieser Mord in Frohnhausen und die gleichzeitige Ankunft eines engen Freundes des Opfers auf Lanzarote sowie obendrein diese Laborgeschichte ist mir einfach zu viel. Das stinkt zum Himmel, wenn ihr mich fragt.« Zustimmung heischend blickte sie zu ihrem Chef.

Gustavsen räusperte sich.

»Ich habe das deutliche Gefühl, dass Sandra hier vollkommen recht hat und wir in einen medizinischen Wettbewerb geschlittert sind, der mit übelsten Mitteln ausgetragen wird – was ja bei den Summen, die da im Raum stehen, schon fast wieder verständlich ist. Aber fahre bitte fort, Akono. Wie ist das weitergegangen, und wie bist du dort weggekommen?«

»Nun, ich bin erst einmal, soweit es mir erlaubt war, in dem Lager herumgelaufen, habe Fragen gestellt und Gespräche belauscht und so weiter. Dadurch ergab sich bereits ein ziemlich klares Bild. Diese Leute arbeiten als Söldner für einen Pharmakonzern, der tatsächlich unbedingt als Erster mit einem Corona-Impfstoff auf den Markt will und sich den aufwendigen und langwierigen Zulassungsprozess ersparen beziehungsweise diesen beschleunigen möchte. Die Gruppe, mit der ich entführt wurde, war nicht die erste. Und dass sie nicht willkürlich jeden entführen, der gerade da ist, sondern genau selektieren, liegt halt daran, dass sie sich Rückschlüsse erhoffen, welche Gruppen wie auf den Impfstoff reagieren. Allerdings ist mir während meines Aufenthalts – als wir ankamen, war noch eine weitere Gruppe dort, die gerade behandelt wurde – zusätzlich aufgefallen, dass ein paar der Testpersonen beinahe unmittelbar nach Verabreichung des Impfstoffes gestorben sind, und das offensichtlich unter entsetzlichen Schmerzen. Da geht also noch etwas anderes vor, was ich noch nicht durchschaut habe. Vielleicht eine besonders aggressive Variante des Impfstoffs oder ein Medikament, das besonders schnell wirken soll, aber schlimme Nebenwirkungen hervorruft. Ich weiß es nicht.«

»Das klingt übel. Ganz übel«, sagte Gustavsen düster. »Aber wie bist du dort rausgekommen?«

»Bestechung«, antwortete Akono. »Ich hatte Geld in meiner Kleidung eingenäht. Damit habe ich einen der Söldner bezahlt, der mich nachts rausgelassen hat. Er hat wohl damit gerechnet, dass ich in der Wüstenei schnell umkomme, oder es war ihm egal. Er wusste ja nicht, dass ich Langstreckenläufer bin und große Distanzen notfalls auch ohne Wasser zurücklegen kann«, grinste Akono.

»Also bin ich nicht zum nächsten, sondern zum übernächsten Ort gerannt – ich musste ja mit Verfolgern rechnen –, wo ich einen Bus nehmen konnte. Damit bin ich dann wieder in die Nähe von Maiduguri gefahren und habe mich dort versteckt, weil ich wusste, dass von dort aus Flüchtlinge mit Bussen an die Küsten des Senegal und dann mit Booten nach Europa geschleust werden. Mir war nämlich klar, dass die Entführer, wenn sie erfuhren, wer und vor allem was ich bin, nach mir suchen würden. Ein Arzt, der gesehen hat, was sie in diesem Lager treiben, darf gewiss nicht überleben. Also habe ich mir dann einen Platz im Bus erkauft, und nun – die Details der Reise erspare ich euch – bin ich hier. Da mein bester Freund in Frohnhausen war, habe ich natürlich als Erstes dort angerufen, weil ich hoffte, er würde mir etwas Geld vorstrecken, damit ich erst einmal nach Deutschland fliegen könnte. Ja, und dann diese Nachricht. Ihr könnt euch vorstellen, was das für ein Schock war.« Nun hatte der Afrikaner, der ansonsten in bewundernswert sachlicher Art und Weise berichtet hatte, Tränen in den Augen. Sabitzer legte ihre Hand auf seine und lächelte ihn tröstend an.

»Ja, das können wir uns vorstellen, Akono«, sagte sie mitfühlend. »Wie gut, dass du Andres in die Hände gelaufen bist – was aus meiner Sicht ein weiterer Nicht-Zufall ist!«

»Das sehe ich so wie du, Sandra«, schaltete sich zum ersten Mal Osvaldo in das Gespräch ein. »Und ich danke Gott, dass er dich zu uns geführt hat.« Er bekreuzigte sich.

»So ist es, Osvaldo«, sagte Gustavsen entschlossen. »Und wir werden dir helfen, das ist schon mal klar. Außerdem werden wir diesen Fall aufklären, falls es tatsächlich einen Zusammenhang mit den Ereignissen in Nigeria und dem Mord an Jens-Uwe Klein gibt.«

»Bevor wir weitermachen, Sven«, ließ sich nun wieder Andres vernehmen, »könnt ihr uns noch etwas mehr über diesen Mord sagen?«

»Nun, viel gibt es da nicht zu sagen. Das Ganze sah aus wie ein Selbstmord, aber Sabrina – das ist unsere Freundin und die Pathologin in Dillenburg, Akono – war mit dem Opfer befreundet und sicher, dass er nicht der Typ für Suizid war.«

Der nigerianische Arzt nickte bekräftigend.

»Deshalb hat sie ganz genau hingeschaut und einige Ungereimtheiten gefunden. Die Obduktion hat sie dann in ihrer Annahme bestätigt, dass es vermutlich Mord war.«

Erneut stellte Sabitzer fest, dass ihr Vorgesetzter mit keinem Wort auf ihre Alternativtheorie einging. *Ist vermutlich wirklich besser so,* dachte sie. *Hoffen wir, dass sich das Ganze als übles Gerücht erweist.*

»Sie hat übrigens noch etwas Interessantes gesagt«, fuhr Gustavsen fort. »Etwas, das mich daran erinnert hat, dass ich mich dringend an meiner Paranoia operieren lassen muss. Sie meinte nämlich, der Mord sei die Tat von halbprofessionellen Gangstern, wie sie Ernesto zuletzt um sich hatte. Das hat mir zu denken gegeben, aber wie gesagt, wenn ich nur an diesen Kerl denke, wird mir ganz anders. Und da gibt es ganz sicher keinen Zusammenhang. Nicht noch einen!« Der Kommissar zuckte die Schultern und nahm einen Schluck Clara.

»Und was sagst du, wenn es diesen Zusammenhang doch gibt?«, fragte plötzlich ihr Gastgeber.

»Jetzt sag nur, du willst das Chaos jetzt komplett machen«, seufzte Gustavsen verzweifelt.

»Könnte schon sein«, grinste Wim. »Akono, du hast doch vorhin erzählt, dass du teilweise spanische Wortfetzen aus Telefonaten der Laborangestellten aufgeschnappt hast, nicht wahr?«

»Das ist richtig«, sagte der Afrikaner und schaute Wim fragend an. »Aber was hat das zu bedeuten?«

»Ernestos bester Freund ist Geschäftsführer eines Pharmaunternehmens in Barcelona!«

Die Stille, die jetzt eintrat, wirkte beinahe ohrenbetäubend. Gustavsen hatte sein Bierglas noch in der Hand und stellte es nun derart heftig und unkontrolliert ab, dass sich ein Teil des köstlichen spanischen Pendants zum deutschen Radler auf die hölzerne Tischplatte ergoss.

»Willst du damit etwa andeuten, was ich glaube, das du andeuten willst?«, fragte er den rundlichen Holländer.

»Genau das will ich. Die Laboratorios Sant Esteve S.A. ist ein Biotechnik- und Pharmaunternehmen ein paar Kilometer westlich von Barcelona oberhalb von Martorell, wo sich das große Seat-Werk befindet. Außerdem weiß ich zufällig, dass dieser Laden aufgrund von Missmanagement und der spanischen Wirtschaftskrise seit längerer Zeit vor dem Abgrund steht. Wenn ich das alles ins Verhältnis setze mit dem, was uns unser afrikanischer Freund hier erzählt hat, fällt meiner bescheidenen Ansicht nach ein Puzzleteil nach dem anderen an seinen Platz.« Wim trank einen Schluck Bier und sah fragend nacheinander die beiden deutschen Kommissare an.

»Lass mal überlegen, ob ich deine Arbeitshypothese richtig voreinander bekomme, Wim«, sagte Sabitzer nachdenklich. »Diese Firma in Spanien ist kurz vor dem Bankrott. Corona bietet die einmalige Möglichkeit, sich mit einem einzigen Produkt für alle Zeiten zu sanieren, wenn man nur schneller ist als die Konkurrenz. Dazu geht man in ein Land, wo nicht so genau hingeschaut wird, und macht Menschenversuche, was die Entwicklung enorm beschleunigt. Möglicherweise werden auch Entwicklungsergebnisse von Wettbewerbern geklaut, beispielsweise von einer Firma aus Hessen. Und zu diesem Zweck heuert der Chef dieses spanischen Ladens seinen besten Freund an, nämlich einen skrupellosen Kriminellen, der gerade Kapazitäten frei hat. Habe ich das in etwa richtig zusammengefasst?«

»Hast du, Sandra. Von vorne bis hinten perfekt«, lächelte Wim.

»Tja, da gibt es allerdings einen winzigen, aber womöglich entscheidenden Schönheitsfehler«, schaltete sich nun wieder Gustavsen ein. »Denn wir wissen ja seit gestern, dass Jens-Uwe gar nicht in die medizinische Forschung involviert war. Und soweit ich informiert bin, haben Dritte in solchen Unternehmen konsequent keinen Zugriff auf die Forschungsergebnisse. Insofern ist es höchst unwahrscheinlich, dass Jens-Uwe hier etwas stehlen sollte und dazu vielleicht erpresst und bedroht wurde. Nein, hier kann irgendetwas nicht stimmen, irgendein Puzzleteil liegt falschherum«, endete er überzeugt.

Wieder blieb es eine Zeitlang still am Tisch.

»Das klingt mal wieder nach einem verzwickten Fall«, klagte Andres. »Was tun wir also?«

»Ich denke, dreierlei«, antwortete Sabitzer. »Erstens müssen wir nach Marburg zu Sa-med. Hier müssen wir herauszufinden versuchen, wie das mit Jens-Uwes Tätigkeiten und Kompetenzen wirklich war. Bisher spekulieren wir nämlich nur. Zweitens müssen wir uns diese Firma in Barcelona anschauen und mit besagtem Geschäftsführer reden. Wie hießen die nochmal, Wim?«

»Sag einfach LSE«, lächelte der Angesprochene.

»Okay. Dann bliebe noch drittens, nämlich ein Besuch in Nigeria. Und das könnte wohl ein wenig heikel werden, oder was denkst du, Sven?«

»Och, das kriegen wir schon irgendwie gedeichselt«, grinste Gustavsen.

»Gut, dann sollten wir es so machen«, entschied die Assistentin mit einem vorsichtigen Seitenblick auf ihren Vorgesetzten, der jedoch augenscheinlich kein Problem damit zu haben schien, dass seine Untergebene die Marschroute festlegte. Was für diese aber auch keine Überraschung war, hatte sie ihren Chef doch von Anfang an so kennengelernt, dass ihm Hierarchien völlig egal waren, sofern alle konstruktiv an der Lösung des Problems arbeiteten. Er hatte ihr bereits beim Vorstellungsgespräch gesagt, sie solle niemals zögern, ihn zu kritisieren, wenn er ihrer Ansicht nach falsch läge. Er wolle nicht nur befehlen, sondern überzeugen, weil er nicht wolle, dass seine Mitarbeiter abends ihren Partnern erzählten, was der Blödmann wieder für dumme Entscheidungen getroffen hatte. Das alles hatte er seither auch konsequent gelebt, selbst bevor sie sich während ihres ersten großen gemeinsamen Falls gefühlsmäßig nähergekommen waren. Einen besseren Chef hatte die junge Frau nie gehabt – *und mittlerweile ist er nicht mehr nur Chef,* dachte sie innerlich seufzend.

»Wim, meinst du, du kannst uns einen Termin bei LSE für morgen verschaffen?«, wandte sie sich wieder an ihren Gastgeber. »Dann könnten wir auf dem Weg nach Deutschland quasi dort vorbeifliegen.«

»Ja, das sollte gehen, denke ich«, antwortete Wim.

»Gut«, sagte Gustavsen, »so machen wir's. Markus, ich würde dich bitten, dich mit Peter, Jürgen und Wolfram in Verbindung zu setzen, um einen Plan für Nigeria auszuarbeiten. Du weißt schon, geeigneter Flughafen, Hardware, Identitäten und so weiter.«

»Geht klar«, sagte Markus knapp.

»Okay. Sandra, du drohst uns dann bitte noch bei Sa-med an. Wenn ich das richtig überblicke und Wim bekommt einen Termin morgen Vormittag in Barcelona hin, könnten wir im Laufe des späteren Nachmittags in Marburg sein. Vielleicht fliegen wir anstatt zum Siegerland-Flughafen nach Kassel-Calden, Markus, was meinst du?«

»Gute Idee«, antwortete der Pilot. »Werde mich drum kümmern.«

»Super. Wenn dann alles geklärt wäre, würde ich gerne noch ein paar Meter schwimmen«, verkündete Sabitzer, »denn ich brauche jetzt eine Abkühlung.«

Die Runde zerstreute sich, und zu Sabitzers Freude kam der nette nigerianische Arzt mit ihr zum Pool.

10

Weil das Mittagessen noch nicht lange her war, trafen sie sich erst gegen halb zehn am Abend zum Essen. Es gab gegrilltes Kaninchen mit Salat und frisch gebackenem, knusprigem Weißbrot und verschiedene leckere Dips. Dazu tranken sie Wein, Bier und Clara; lediglich Akono blieb konsequent beim Wasser. *Langstreckenläufer halt, vorbildlich,* dachte Sabitzer schmunzelnd.

Der Mann aus Nigeria wurde ausführlich verhört und musste seine gesamte Lebensgeschichte preisgeben.

»Meine Vita ist überhaupt nicht spektakulär«, begann Akono. »Ich bin auch nicht die afrikanische Version des *Vom-Tellerwäscher-zum-Millionär-Märchens.* Ich war immer privilegiert; mein Vater war ein ranghoher Beamter im Außenministerium. Er war beim ersten Jahrgang dabei, der Anfang der Sechziger im neugegründeten Goethe-Institut in Lagos unterrichtet wurde. Folgerichtig beherrschte er mehrere Sprachen und war für den Umgang mit ausländischen Diplomaten und Würdenträgern prädestiniert. Und natürlich legte er auch Wert darauf, dass seine Kinder möglichst gebildet waren und mehrere Sprachen erlernten. Was für uns übrigens niemals Zwang war, sondern immer sehr viel Spaß gemacht hat, weil wir ja durch die diplomatischen Empfänge und anlässlich vieler Besuche auch die Möglichkeit bekamen, das Gelernte anzuwenden und etwas über die fremden Kulturen zu erfahren. Mich hat dabei komischerweise ausgerechnet die deutsche Sprache besonders gereizt, obwohl sie grammatikalisch so schwierig ist.

Außerdem habe ich schnell festgestellt, dass eine Laufbahn im Staatsdienst, wie sie dann auch zwei meiner Brüder einschlugen, nichts für mich war. Mich hatte schon früh die Biologie fasziniert. Außerdem war das Gesundheitssystem immer wieder das vorherrschende Thema bei den Empfängen, nicht zuletzt durch Afrikas traurige Berühmtheit bezüglich Ebola oder Aids. Somit war ich ziemlich schnell sicher, dass ich Medizin studieren wollte, und das in Deutschland. Tja, und was lag da näher als Marburg, wonach eins der tödlichsten Viren überhaupt benannt war?

Also habe ich in Marburg Medizin studiert. In irgendwelchen Kneipen habe ich dann Jens-Uwe kennengelernt, und wir wurden ziemlich schnell gute Freunde. Jens-Uwe war ein Mensch mit großem Fernweh, und er hat mir Löcher über Afrika in den Bauch gefragt. Außerdem war er überzeugter Christ, und das mit einer derartigen Leidenschaft, dass er mich damit regelrecht überrannt hat.« Akono lächelte und trank einen Schluck.

»Nach einer Weile hat er mich dann überredet, mit ihm ins Café Lifetime in Biedenkopf zu gehen. Das war ein christlich orientiertes Angebot für Jugendliche oder junge Erwachsene. Außerdem sind wir oft zu den Tabor-Brüdern in Marburg gegangen. Tja, und irgendwann bin ich dann auch Christ geworden. Und dadurch hat sich dann auch ganz schnell mein Fokus verschoben. Eigentlich wollte ich mich auf Virologie und Epidemiologie spezialisieren, so wie Jens-Uwe, und am liebsten berühmt werden und viel Geld verdienen. Aber dann meldete sich diese komische Stimme in meinem

Inneren, die mir sagte, ich solle vielleicht doch etwas ganz anderes tun. Und genau in diese Überlegungen hinein gab es eine Informationsveranstaltung der *Ärzte ohne Grenzen* in Marburg, und dann war es um mich geschehen. Ich wurde also ein ganz normaler Arzt und bin direkt nach dem Studium zurückgegangen nach Nigeria. Dort habe ich zunächst als Assistenzarzt in einem Krankenhaus in Lagos gearbeitet, bevor ich für die MSF zur Flüchtlingsarbeit wechselte.«

»MSF?«, wiederholte Gustavsen fragend.

»Médecins Sans Frontières, auf Deutsch *Ärzte ohne Grenzen*«, erklärte die französisch-kundige Sabitzer und grinste.

»Richtig, Sandra, so ist es«, bestätigte der Nigerianer lächelnd. »Ja, da bin ich also nun. Beziehungsweise da *war* ich. Ich nehme nicht an, dass ich so schnell wieder dort arbeiten kann.«

»Warum glaubst du das, Akono?«, fragte Wim, der zwischendurch im Haus verschwunden, aber nun wieder zu der Runde gestoßen war.

»Diese Geschichte in Gongolon läuft in Zusammenarbeit mit den lokalen Behörden. Das kann überhaupt nicht anders sein. So ein großes Projekt könnte man nicht einmal in Nigeria einfach so auf die Beine stellen. Das heißt im Klartext, es geht um Korruption. Und deshalb wird ganz sicher kein Polizist eine Hand rühren, um mir zu helfen. Im Gegenteil, die werden dort alles tun, damit der

Geldfluss nicht versiegt und jeden, der ihre Machenschaften aufdecken könnte, eliminieren. Nein, für Nigeria bin ich erst einmal verbrannt«, sagte der sympathische Arzt traurig.

»Noch einmal zurück zu der Einrichtung in Gongolon. Wie ist das Anwesen gesichert, und was ist dir im Inneren aufgefallen?«, fragte Gustavsen.

»Wie gesagt lungerten im Dorf, also in etwa zwei bis drei Kilometern Entfernung, einige Bewaffnete herum. Das scheinen Einheimische zu sein, zumindest dem Aussehen und den Uniformen nach. Vor der Einrichtung selbst gibt es nur ein kleines Wachhäuschen mit ein paar Typen, die wie Söldner aussehen. Es sind nur wenige Afrikaner dabei. Einige Weiße und ein paar Latinos habe ich gesehen. Auch im inneren Bereich laufen diese Kerle herum, alle in Tarnanzügen und bewaffnet mit Maschinenpistolen.«

»Du hattest angedeutet, dass in der Gruppe, die vor dir dran war, einige sehr schnell und schmerzhaft gestorben sind. Hast du irgendeine Idee, wie so etwas sein kann, wenn dort doch ein Impfstoff erprobt werden soll?«, fragte Sabitzer.

»Ich habe mir ständig den Kopf darüber zerbrochen«, antwortete Akono. »Aber ich komme zu keinem Ergebnis. Ich bin ja dummerweise nur ein Wald-und-Wiesen-Doktor und kein Virologe wie Jens-Uwe«, grinste er. »Die einzige Erklärung, die mir einfällt, ist, dass diese armen Menschen eine extreme Dosierung des Impfstoffs erhalten haben oder vielleicht eine besonders aggressive Mischung, an deren Nebenwirkungen sie gestorben sind. Aber ich kann es mir nicht erklären.«

»Gut, dann müssen wir das erst mal so stehenlassen. In jedem Fall müssen wir in diese Einrichtung, schätze ich«, sinnierte Gustavsen. »Wim, was macht denn unser Termin in Barcelona?«

»Gerade hat mich Sergio Gallego – das ist besagter Geschäftsführer der LSE – zurückgerufen. Er ist zurzeit in Brüssel und hat dort morgen Vormittag einen Termin bei der EU-Kommission. Den kann er nicht verschieben. Er hat mir aber zugesagt, seinen Rückflug vorzuziehen und nachmittags in Barcelona zu sein. Dort werden wir ihn dann treffen. Sorry, Sven, früher habe ich es nicht hinbekommen.«

»Das macht nichts, Wim, dann fahren wir halt erst übermorgen früh nach Marburg«, passte der Kommissar den Terminplan an. »Dann kannst du auch die Sache mit Kassel-Calden streichen, Markus.«

»Das hab ich schon«, grinste der Pilot. »Ich habe nämlich herausgefunden, dass man vom Siegerland-Flughafen schneller in Marburg ist als von Calden. Der Flughafen liegt zwanzig Minuten nördlich von Kassel und nicht südlich wie Marburg.«

»Oh, das hätte ich jetzt nicht gedacht«, staunte Gustavsen. »Ich dachte, er liegt unterhalb oder allenfalls etwas östlich von Kassel. Und ich hatte mich schon auf die schöne Fahrt über die B3 gefreut, wo es vermutlich einen der ältesten Blitzer aller Zeiten gibt. Da hat es mich schon in den Achtzigern erwischt«, grinste er in Erinnerung an seine wilden Zeiten.

»Aber gut, dann machen wir es so. Dann reicht es wahrscheinlich, wenn wir hier gegen Mittag wegfliegen. Und für abends habe ich auch schon eine Idee. Wim wird es lieben …«, lachte er.

»Das hat garantiert etwas mit Essen zu tun«, meldete sich Osvaldo, der katholische Priester, zu Wort. »Stimmt's, Gustavo?«

»Könnte schon sein«, lachte der Kommissar, »könnte schon sein. Aber eine Frage noch, Wim: Wie hast du es denn geschafft, diesen Termin zu bekommen und den Typen zu einem vorzeitigen Rückflug zu bewegen?«

»Ganz einfach«, antwortete der Holländer, »wir kennen uns. Er stammt ursprünglich von Lanzarote und war damals bereits eng mit Ernesto befreundet. Daher kenne ich ihn. Und kann ihn nicht leiden. Er mich übrigens auch nicht.« Wim grinste und nahm einen Schluck Wein.

»Aber wenn ihr euch gegenseitig nicht leiden könnt«, fiel Sabitzer ein, »er uns aber trotzdem bereitwillig empfängt, kann das doch eigentlich nur heißen, …«

»… dass er tatsächlich in der Sache drinsteckt und herausfinden will, was wir wissen«, ergänzte Gustavsen grinsend.

»Genau, Sven«, bekräftigte die junge Kommissarin, »das sehe ich ganz genauso. Und das wäre dann der erste Fehler gewesen. Sehen wir mal, ob wir ihn noch zu weiteren verleiten können.«

»So machen wir es«, stimmte ihr Vorgesetzter zu. »Aber jetzt bin ich erst mal reif fürs Bett. Wir sehen uns morgen früh zum Schwimmen, denke ich. Übrigens, Akono, ich würde es gut finden, wenn du mit uns kämst. Wir könnten es zwar auch organisieren, dass du hier bleibst und mit allem, was du brauchst, versorgt wirst, aber bei den nächsten Terminen könnten wir dein Wissen womöglich gut gebrauchen. Und wie wir das mit Nigeria organisieren, sehen wir dann noch.«

»Das geht in Ordnung, Sven«, sagte der Mann aus Nigeria. »Ich werde alles tun, was ich kann, um zu helfen. Und ich möchte auch sehr gerne bei Birgit vorbeischauen. Es wäre toll, wenn ihr das möglich machen könntet. Vielen Dank euch allen.«

»Nichts zu danken, wir haben ja noch nichts getan. Reichlich Essen hätte es hier sowieso gegeben, nicht wahr, Wim?«, grinste Gustavsen. »Aber ich denke, du und wir alle hier dürfen Gott danken, dass er uns so zusammengeführt hat, denn das war mit Sicherheit kein Zufall. Und – Stichwort Birgit – wir sollten an die Familie in Frohnhausen denken, die ihren Ehemann und Vater verloren hat. Osvaldo, würdest du abschließend ein Gebet mit uns sprechen?«

Der Priester nickte.

11

In Wims Finca gab es wie auch in Gustavsens Ferienanlage in Nazaret ein Fünfundzwanzig-Meter-Becken, in dem sich alle vor dem Frühstück ordentlich verausgabten. Akono, der nigerianische Arzt, verblüffte dabei alle mit seiner Schnelligkeit und Ausdauer.

Anschließend frühstückten sie ausgiebig im einladend gestalteten und liebevoll bepflanzten Innenhof des Anwesens. Dabei kam es zu den gewohnten Frotzeleien zwischen den Freunden, die diesmal auch den Afrikaner einbezogen, der seinerseits lustige Anekdoten und Sprachwendungen aus seiner Zeit im hessischen Hinterland beisteuerte.

Bevor sie sich Richtung Flughafen aufmachten, stellten sie noch ihren Fragenkatalog für das Gespräch mit dem Geschäftsführer der spanischen Pharmafirma zusammen. Markus fuhr wie üblich voraus, um den Start vorzubereiten.

Schließlich verabschiedeten sie sich von Lina und Benito und fuhren mit Gustavsens Elektroauto und Wims weißem Volvo XC60 zum César-Manrique-Airport nach Arrecife. Dort war der Jet bereits startbereit, und ohne weitere Verzögerung ging es nach Nordosten, parallel zur afrikanischen Küste. Direkt über der Straße von Gibraltar ging Markus etwas tiefer, sodass sie den *Peñón de Gibraltar*, den monolithischen Kalksteinfelsen, erkennen konnten. Dafür, die berühmt-berüchtigten Berberaffen sehen zu können, reichte es allerdings nicht.

Nun flogen sie noch einige Zeit an der spanischen Ostküste entlang, bevor der Jet auf der Landebahn des Flughafens von Barcelona, Josep Tarradellas Barcelona El Prat, aufsetzte. Wim hatte vorab einen Renault Espace, einen Siebensitzer, gemietet, in den aufgrund ihres wenigen Reisegepäcks alle hineinpassten. Mit diesem fuhren sie nun nach Westen, verließen die Autobahn bei Martorell, wo sie aus der Ferne das riesige Seat-Automobilwerk erkennen konnten, und folgten dem Straßengeschlängel den Berg hinauf nach Sant Esteve Sesrovires, wo sie im Double-Tree-Golfhotel mit dem Geschäftsführer der Laboratorios Sant Esteve S.A. verabredet waren. Wim hatte ihnen erklärt, dass Gallego sie nicht in die Firma lassen wollte, die im gleichen Ort ansässig war, und dies damit begründet hatte, man müsse sich in der aktuellen Situation vor jeder Möglichkeit von Industriespionage schützen.

Im Hotel angekommen, setzten sie sich auf die Außenterrasse bei den Pools und tranken Kaffee.

Sabitzers Smartphone gab einen kurzen Piepton von sich. Als sie auf das Display sah, schaute sie unwillkürlich zu Gustavsen, bevor sie aufstand und um die Schwimmbecken herumging. Dort tippte sie eine Nachricht ein und schaute versonnen zu dem benachbarten Golfplatz. Kurze Zeit später beobachtete der Kommissar, wie sie wieder aufs Display schaute, mit dem Kopf schüttelte und eine erneute Nachricht schrieb. Dann kam sie zurück in die Runde.

»Irgendetwas passiert, Sandra?«, fragte Gustavsen.

Sabitzer schaute abwesend drein und schien ein wenig zu erröten.

»Nein, nichts passiert, Sven, alles in Ordnung.«

Der Kommissar schaute seine junge Assistentin noch eine Weile an; alle um den Tisch herum schienen zu spüren, dass hier gerade irgendetwas zwischen den beiden vorgefallen war. Sabitzer jedoch blieb still, und Gustavsen war so klug, nicht weiter nachzubohren.

Die etwas peinliche Stille wurde schließlich von der Ankunft ihres Gesprächspartners unterbrochen. Sergio Gallego war ein mittelgroßer, schlanker Mann Anfang sechzig. Seine Haare waren schwarz mit erstem grauen Einschlag, sein Gesicht braungebrannt und so glatt, als sei es schon einmal chirurgisch behandelt worden. Er kam breit grinsend auf die Gruppe zu und zeigte makellos weiße Zähne. *Der ist von vorne bis hinten unecht,* war Sabitzers erster Eindruck.

Wim wurde als Erster begrüßt, dann übernahm dieser die Vorstellung der restlichen Truppe. Bei der Erwähnung von Akono als nigerianischem Arzt schien ein Schatten über Gallegos Gesicht zu fallen; dieser wurde jedoch sofort wieder von dem breiten Zahnpastalächeln abgelöst.

Wim führte das Gespräch, ab und zu assistiert von Gustavsen und Sabitzer. Der Geschäftsführer der LSE gab sich leutselig, jovial, empathisch und erwies sich als harter Brocken. Dabei hörte er kein einziges Mal auf zu lächeln.

Ja, man forsche mit Hochdruck an einem Impfstoff gegen Corona. Das sei man der Welt und vor allem dem spanischen Volk schuldig. Ja, man sei mittlerweile so weit, dass man mit einer klinischen Zulassung noch in diesem Jahr rechne und davon überzeugt sei, einer der ersten Anbieter zu sein. Nein, die Gerüchte, es ginge seinem Unternehmen schlecht, seien unwahr, schließlich sei man doch auch in der Lage, die gigantischen Investitionen für dieses Forschungsprojekt zu stemmen. Ja, man halte sich selbstverständlich an sämtliche Vorgaben und Auflagen und würde niemals zu fragwürdigen Mitteln wie illegalen Menschenversuchen greifen. Nein, man betreibe selbstverständlich keine Versuchsstation in Nigeria, Herr Torunarigha. Sollte es irgendwelche Hinweise auf die LSE diesbezüglich geben, wäre das eindeutig ein Gerücht, welches ein Wettbewerber, der seine Niederlage im Wettlauf um den Impfstoff befürchte, gestreut habe. Ja, man kenne Ernesto, natürlich, aber man habe seit Jahren nichts von ihm gehört.

So ging es beinahe zwei Stunden lang, bis Señor Gallego auf seine Rolex schaute und verkündete, er habe noch einen weiteren Termin und müsse nun gehen. Er schüttelte allen zum Abschied die Hand, Sabitzer bekam sogar einen formvollendeten Handkuss, und verabschiedete sich.

»Aalglatt, der Typ«, schauderte es Sabitzer, »ein Wunder, dass sein Händedruck nicht so glitschig war wie eine Fischhaut.«

»Da hast du wohl recht, Sandra«, sagte Gustavsen. »Das ist ein gewiefter Bursche und kalt wie die berühmte Hundeschnauze. Unterm Strich haben wir nichts aus ihm rausbekommen.«

»So war er schon immer, Sven«, meinte Wim. »Er ist clever. Skrupellos und clever, von Jugend auf. Kein Wunder, dass er sich so gut mit Ernesto verstand. Allerdings ist es meiner Ansicht nach nicht schlimm, dass er nichts rausgelassen hat. Das war ja ohnehin nicht zu erwarten, wir haben ja überhaupt nichts in der Hand. Aber wir haben ihn aufgescheucht, davon bin ich überzeugt. Und das wird ihn möglicherweise zu irgendetwas verleiten. Deshalb werden wir übrigens auch nicht in diesem Hotel übernachten, sondern uns eine Unterkunft in der Stadt suchen. Man weiß ja nie, auf welche Ideen irgendwelche Gangster kommen.«

»Ach deshalb«, ließ sich jetzt Markus vernehmen. »Ich hatte eigentlich damit gerechnet, wir würden hierbleiben. Sieht ja schon klasse aus, der Laden.«

»Das stimmt, und hier wohnt und isst man auch gut«, bestätigte Wim. »Aber Sven hat ja irgendetwas in der Stadt mit uns vor, und das wäre mir nachher doch etwas zu weit zu fahren. Außerdem, wie gesagt, sollten wir besser ein wenig vorsichtig sein.«

Die Truppe rüstete zum Aufbruch. Innerhalb einer Dreiviertelstunde erreichten sie die Innenstadt von Barcelona und checkten im Hotel Senator nahe des berühmten Fußballstadions Nou Camp ein.

»Wenn es nicht schon etwas spät wäre, würde ich noch eine Stadtrundfahrt im Hop-On-Hop-Off-Bus vorschlagen«, meinte Gustavsen. »Das ist gerade in Barcelona ein absolutes Erlebnis.

Eine Sehenswürdigkeit nach der anderen, und die Stadt total gepflegt. Einfach schön.«

»Machen wir dann das nächste Mal, Sven«, lächelte Sabitzer ihn an.

Gustavsen schaute sie nur an und erwiderte nichts.

12

Nachdem sie eingecheckt und sich für eine Weile in ihre Zimmer zurückgezogen hatten – zu Sabitzers Freude gab es im Hotel einen großen SPA-Bereich, den sie für ein zweites ausgiebiges Schwimmen an diesem Tag nutzte –, trafen sie sich um einundzwanzig Uhr.

»Das ist die Zeit, wo die Spanier so langsam ans Abendessen denken«, erklärte Gustavsen. »Also nicht wundern, wenn wir gleich auch ganze Familien mit ziemlich kleinen Kindern treffen; das ist ganz normal hier.«

Wim fuhr den Espace aus der Tiefgarage.

»Wohin geht es, Gustavo?«, fragte Osvaldo auf dem Beifahrersitz.

»Carrer Consell de Cent, 403«, antwortete Gustavsen wie aus der Pistole geschossen und grinste. »Das ist die einzige Adresse eines Restaurants weltweit, die ich nie vergessen habe.«

»Was für ein Restaurant ist es denn?«, fragte Akono.

»Ein Rodizio«, antwortete der Kommissar. »DAS Rodizio. Die beste Churrascaria außerhalb Brasiliens!«

»Wir gehen ins Rodizio?«, jubelte Wim von vorne. »Im Ernst?«

»Rodizio? Churrascaria? Was ist das?«, fragte der Nigerianer.

»Och, lass dich überraschen, Akono. Ich hatte ja gestern angesichts deiner schlanken Statur und deiner Affinität zu Langstreckenläufen kurz die Befürchtung, du seist vielleicht Vegetarier oder gar Veganer, aber nachdem du das Kaninchen verzehrt hast, war ich beruhigt. Wer kein Fleisch isst, für den ist Rodizio nämlich eher nichts, stimmt's, Wim?«, lachte Gustavsen.

»Definitiv!«, bestätigte der Angesprochene, wobei ihm die Vorfreude anzusehen war.

Er lenkte den Espace an der nächsten Ampelkreuzung nach links. Direkt vor ihnen ragte das riesige Stadion des FC Barcelona auf. Daran fuhren sie vorbei, bis sie auf eine breite Straße trafen und nach rechts abbogen.

»Das ist die sogenannte Avinguda Diagonal«, erklärte Gustavsen. »Wie der Name schon sagt, führt die einmal schräg und kerzengerade durch ganz Barcelona. Ergänzt wird das Ganze durch zwei Umfahrungen am Stadtrand, der Ronda de Dalt und der Ronda Litoral. Diese Anordnung macht das Navigieren durch die Stadt total einfach. Immer nur schauen, wo man von der Diagonal aus hin muss und ob man gerade unterhalb oder oberhalb von ihr ist. Ganz simpel. Allerdings sind die Rondas zu den Stoßzeiten unglaublich voll. Da ist es dann besser, man kennt gute Ausweichrouten.«

Nach kurzer Zeit erreichten sie das Restaurant und fuhren ins Parkhaus gegenüber. Nachdem Gustavsen mit einem etwas verschämten Grinsen zugegeben hatte, dass er hier auch schon mal ein Auto an einen Pfeiler gesetzt hatte, gingen sie über die Straße und betraten das Rodizio. Sie wurden zu einem großen runden Tisch geführt und schauten sich um. Das Restaurant war nicht voll besetzt; womöglich eine Auswirkung der noch nicht beendeten

Coronakrise. Die Einrichtung war geschmackvoll, mit viel hellem Holz und kunstvoll gestalten Deckenleuchten. Auf dem Weg zum Tisch waren sie an einem riesigen Beilagen-Buffet vorbeigekommen. Nun kam ein Kellner an den Tisch und nahm die Getränkebestellungen auf.

»Sven, kriegt man hier keine Speisekarte? Gibt es nur das Buffet da drüben?«, fragte Sabitzer etwas ratlos.

Versonnen schaute der Kommissar seine Assistentin an, bevor er sich um ein Lächeln bemühte.

»Dreh dich mal um.«

Sabitzer tat es und sah auf der gegenüberliegenden Seite den offenen Küchenbereich des Restaurants. Dort waren lange Spieße mit Fleisch zu sehen, die sich gemächlich über einem Feuer drehten.

»Und jetzt schau mal, wie die Bediensteten herumlaufen«, fuhr Gustavsen mit seiner kulinarischen Touristenführung fort. In der Tat liefen die Angestellten jeweils mit langen, mit offenbar unterschiedlichen Fleischsorten behängten Spießen von Tisch zu Tisch. Wenn der jeweilige Gast nickte, säbelten sie ein Stück Fleisch ab und legten es mit kleinen Zangen auf dessen Teller. Dann zogen sie weiter, und kurze Zeit später stand der nächste Kellner am Tisch.

Während sie nun zunächst ihre Getränke erhielten, bekam Wim das Grinsen gar nicht mehr aus dem Gesicht.

»Das war eine tolle Idee, Sven«, strahlte er. »Ich habe ja in Sachen Essen schon alles gesehen, aber Rodizio ist einmalig.«

»Ja, dass du alles Essbare schon gesehen hast, hätten wir dir auch alle geglaubt«, lachte jetzt Osvaldo, der seinen Freund nur zu gerne mit dessen Leibesfülle aufzog.

»So, bevor bei uns jetzt die Ersten mit dem Fleisch auftauchen, müssen wir uns erst mal die entsprechenden Beilagen holen«, dozierte Gustavsen weiter. »Und ich warne euch schon jetzt, denn allein das Beilagen-Buffet in diesem Restaurant reicht eigentlich schon aus für eine vollständige, wunderbare Mahlzeit. Deshalb sage ich ja auch, das ist das beste Rodizio außerhalb Brasiliens.«

Die ganze Truppe stand auf und versorgte sich mit Weißbrot, Croquetas und anderen leckeren Beilagen. Dann gingen sie zurück an den Tisch, und das Gelage nahm seinen Lauf.

Gustavsen hielt eine kleine, runde Plastikplakette hoch. Diese war auf der einen Seite grün und auf der anderen rot.

»Das ist unser Ampelsystem. Wenn ihr hungrig seid, liegt grün oben, wenn ihr gerade eine Pause braucht, müsst ihr die rote Seite nach oben legen. Und seht euch vor, dass ihr nicht am Anfang bei jeder Fleischsorte Ja sagt, denn sonst seid ihr viel zu schnell satt, bevor ihr alle Sorten probiert habt.

In Brasilien ist es so, dass die Leute stundenlang in den Churrascarias sitzen. Erst essen sie eine halbe Stunde, dann unterhalten sie sich, dann essen sie wieder und so weiter. Das ist einfach toll. Und was ich besonders klasse fand in Brasilien, war, dass in den normalen Restaurants sämtliche sozialen Schichten direkt beieinander sitzen. Also der Manager im Anzug neben dem Mann im Blaumann. Und das stört keinen. Absolut klasse.«

Nach dieser Anleitung versuchten sie, das Essen möglichst lange zu genießen, aber selbst Wim kapitulierte irgendwann vor der schieren Menge an leckerem Fleisch.

»Als Abschluss empfehle ich den guten alten Cafezinho«, grinste Gustavsen. »Das ist ganz starker Kaffee mit sehr viel Zucker. Total lecker, und vor allem, man glaubt es nicht, bei sehr großer Hitze ein absoluter Genuss.«

Gesagt, getan, erneut folgten alle der Empfehlung und bereuten es nicht.

Anschließend kletterten sie wieder in den Renault und fuhren zurück ins Hotel. Dort angekommen, verteilten sie sich gleich in ihre Zimmer. Am nächsten Morgen sollte es so früh wie möglich weitergehen. Als Gustavsen und Sabitzer vor seiner Zimmertür ankamen, drehte sich die junge Kommissarin zu ihrem Vorgesetzten um.

»Sven, ich …«, setzte sie an.

»Ist schon gut, Sandra, alles in Ordnung«, unterbrach Gustavsen und schloss mit der Magnetkarte seine Tür auf. »Mach dir keine Sorgen. Gute Nacht.« Und schon war er weg.

Sabitzer blieb noch eine ganze Weile vor der Tür stehen, bis sie seufzend zu ihrem eigenen Zimmer ging.

13

Schon um sieben Uhr traf sich die Truppe zum Frühstück im Ho-
telrestaurant. Sabitzer schaute verunsichert ihren Chef an, der
ziemlich wortkarg und in sich gekehrt wirkte. Da dies auch den anderen am Tisch auffiel, verlief das Essen nicht ganz so unbeschwert, wie sie es gewohnt waren.

Bereits um acht Uhr hatten sie ausgecheckt und saßen im großen
Renault, den Wim nun gekonnt zurück zum Flughafen lenkte. Dort
dauerte es eine Weile, bis Markus sämtliche Vorbereitungen abgeschlossen und die Starterlaubnis erhalten hatte. Dann erhob sich
die Embraer in den wolkenlosen Himmel über Barcelona.

Nach zwei Stunden Flug landeten sie auf dem Siegerland-Flughafen. Auch hier herrschte schönstes Wetter, und wenngleich es
nicht ganz so warm war wie in Spanien, war die Luft doch sehr angenehm.

Sie fuhren als erstes nach Nanzenbach ins *UGA-Hauptquartier*
oberhalb des Dorfes, wo Wolfram, der Sicherheitsbeauftragte und
Kampfsporttrainer, mit seiner Frau Anja wohnte. Akono wurde
von den beiden und auch von Sabrina, der Pathologin, herzlich begrüßt. Anschließend wollten Anja und Sabitzer mit ihm zum Ein-
kaufen fahren – er trug mittlerweile die zweite Garnitur der Kleider, die ihm Andres aus dem eigenen Fundus gegeben hatte – und
danach gemeinsam mit ihm Birgit Klein, die Witwe seines Kommi-

litonen und Freundes, besuchen. Währenddessen würde Gustav-sen mit Sabrina und den anderen den Schlachtplan für den Rest des Tages und den geplanten Trip nach Nigeria durchsprechen.

Kurz nach Mittag kehrten die drei zurück und berichteten von ih-rem Gespräch mit Birgit, das nicht viel Neues ergeben hatte. Ein echtes Motiv für den Mord war weiterhin nicht erkennbar – ebenso vergeblich hatte Sabitzer auf Zwischentöne zu der Fremdgehtheo-rie geachtet –, sodass sie zunächst mit ihrer bisherigen Arbeitshy-pothese weitermachen mussten.

Zwischenzeitlich waren auch Peter und Jürgen, die beiden früheren Elitesoldaten und Scharfschützen, die sich heute vor-nehmlich als Buchhändler und Apotheker betätigten, eingetroffen. Auch diese beiden wurden nun mit dem nigerianischen Arzt be-kanntgemacht, bevor es nach einer Portion von Wolframs leckerer Erbsensuppe an die gemeinsame Planung ging.

»Also, Leute«, begann Gustavsen damit, alle auf den neuesten Stand zu bringen, »die Sache ist die: In Frohnhausen wird der Ge-schäftsführer eines Pharmaunternehmens ermordet, das kurz vor der Markteinführung eines Impfstoffs gegen Corona steht und da-mit wohl einen gewaltigen Wettbewerbsvorteil hat, weil die ge-samte Konkurrenz augenscheinlich noch nicht so weit ist. Da die-ser Mann ein offenbar sehr harmonisches Familien- und Gemeindeleben führt, spricht alles dafür, dass der Mord etwas mit seinem Beruf zu tun hat. Wenn wir an Corona denken, läge ein

Motiv somit auf der Hand. Dagegen spricht allerdings, dass Jens-Uwe Klein – so hieß das Opfer – überhaupt nicht direkt mit der medizinischen Forschung zu tun hat, sondern im weitesten Sinne in der Verwaltung arbeitet.

Weiterhin gibt es in Nigeria ein Versuchslabor, in welchem ein ausländischer Konzern offensichtlich Menschenversuche mit einem Impfstoff gegen Corona durchführt. Mehr wissen wir derzeit nicht, auch nicht, um wen es sich bei diesem Konzern handelt. Deshalb betreten wir jetzt den Bereich der Spekulation. Wim hat aus der Tatsache, dass die Angestellten in diesem Versuchslabor in Nigeria teilweise spanisch sprachen, wenn sie telefonierten, die Schlussfolgerung gezogen, dass der Auftraggeber womöglich aus Spanien stammt. Und wie es der Zufall will – den es nicht gibt, wie wir wissen –, ist einer der besten Freunde Ernestos Geschäftsführer eines Pharmaunternehmens in Barcelona.«

Spätestens jetzt hatte Gustavsen die Aufmerksamkeit aller Anwesenden. Er schaute Sabrina, die Dillenburger Rechtsmedizinerin, an.

»Als Wim das erzählte, habe ich mich daran erinnert, was du vorgestern bei der Auerhahnhütte gesagt hast, Sabrina. Nämlich dass das Vorgehen der Mörder von Jens-Uwe Klein dich an die Arbeitsweise der Truppe von Ernesto denken ließ. Und das hatte ich gespeichert – wohl wissend, dass ich auf den Namen Ernesto ziemlich paranoid reagiere. Aber als Wim dann seinen Verdacht äußerte, kam für mich einiges zusammen. Und das bedeutet, wir haben nichts in der Hand, gleichzeitig aber eine ziemlich gute Theorie.

Davon ausgehend haben wir gestern besagten Geschäftsführer in Barcelona getroffen …«

»… und ein paar hochmotivierte Kellner mit Fleischspießen«, ergänzte Sabitzer lachend.

Gustavsen schaute kurz irritiert, zwang sich aber dann zu einem Lächeln.

»Das stimmt. Wo war ich? Ach so, ja, wir haben also Herrn Gallego von der Firma Laboratorios Sant Esteve S.A., kurz LSE, getroffen. Das Bemerkenswerte daran ist, dass dieser Mann extra für uns seinen Rückflug von Brüssel, wo er einen Termin bei der EU-Kommission hatte, vorverlegt hat. Da er sich mit Wim ausdrücklich nicht gut versteht, haben wir das dahingehend interpretiert, dass an unserer Hypothese tatsächlich etwas dran sein könnte und der Mann wissen wollte, was wir bereits wissen.«

Gustavsen lehnte sich zurück und trank einen Schluck Wasser. Wie in guten alten Zeiten übernahm Sabitzer.

»Das Gespräch könnte man so zusammenfassen, dass wir absolut nichts Neues erfahren haben und nichts, was unseren Verdacht hätte erhärten können, aber das Verhalten des Herrn Geschäftsführers inklusive dem, was er *nicht* gesagt hat, sämtliche Alarmglocken zum Klingeln gebracht hat.«

»Genauso ist es«, bestätigte der Kommissar. »Und uns bleibt im Augenblick nichts anderes übrig, als mit unserer Arbeitshypothese weiterzumachen, dabei aber stets zu bedenken, dass wir uns gänzlich im Bereich unbewiesener Annahmen bewegen. Vielleicht erfahren wir ja heute Nachmittag in Marburg etwas, das ein ganz neues Licht auf den Fall wirft.«

Nun sah er Markus an.

»Wie steht es mit der Planung für Nigeria?«

Der Pilot räusperte sich.

»Das ist alles geregelt. Wir fliegen morgen Vormittag direkt nach Maiduguri, da gibt es einen internationalen Flughafen. Dort haben wir in unserer Eigenschaft als Sicherheitsberatungsunternehmen einen Termin bei der SDG-Graduate School im Auftrag der Universität Hildesheim. Das ist eine ausreichende Tarnung, denke ich; gerade in der Ecke ist Sicherheit ja ein großes Thema. Akono ist jetzt unser Resident in Afrika mit neuer Identität.«

»Das klingt gut, Markus, so machen wir's«, stimmte Gustavsen dem Vorhaben zu und stand auf.

14

Gustavsen, Sabitzer und Akono kletterten in den rotbraunen Ford Flex des Kommissars und fuhren los. Bewusst nahm der großgewachsene, massige Ermittler nicht Kurs auf die Bundesstraße, die sie über Biedenkopf zu ihrem Ziel führen würde, sondern fuhr über die steile Eiershäuser Schwarzbach und Hirzenhain Richtung Gladenbach. Akono schaute aus dem Fenster und glich die Landschaft mit seinen Erinnerungen ab.

Schließlich bog Gustavsen in einen besseren Feldweg ab.

»Weißt du, wo es hier hingeht, Akono?«, fragte er grinsend seinen Fahrgast.

»Natürlich weiß ich das!«, sagte der Nigerianer mit Bestimmtheit. »Wir kommen gleich nach Römershausen. Hier bin ich unzählige Male entlanggejoggt.«

»Und hier besaß mein Vater ein Bienenhaus«, wies Gustavsen geradeaus zu einem eingezäunten Gebiet mit einer Holzhütte. »Ich hatte ja erzählt, dass ich hier Verwandte habe.«

Sabitzer gefiel das Tal, an dessen Ende man nun die ersten typisch hessischen Fachwerkhäuser sah, ausnehmend gut.

Gustavsen lenkte den riesigen amerikanischen Van gemächlich durch die winklige Hauptstraße, bevor er an der ehemaligen Metzgerei und der Autowerkstatt vorbei nach links auf die Umgehungsstraße fuhr.

Nach weiteren zwanzig Minuten erreichten sie den Industriekomplex am Ortseingang von Marburg, in dem sich diverse pharmazeutische Unternehmen tummelten und sich die Infrastruktur in den vorhandenen Laboren teilten. Gustavsen blinkte, bog links ab und hielt dann vor einem modern gestalteten Pförtnerhäuschen an. Ein Mann mit Maske schaute aus dem Fenster des Häuschens und fragte nach ihrem Ziel. Dann erklärte er, es sei das nächste Gebäude auf der linken Seite und öffnete die Schranke. Gustavsen fuhr hindurch und lenkte den Flex auf einen der Besucherparkplätze des langgestreckten, mehrstöckigen Gebäudes. Sie stiegen aus und gingen hinein. An der Rezeption, die hell, aber technischkühl gehalten war, saß eine junge, elegant gekleidete Frau, die den Besuchern entgegenlächelte.

»Guten Tag und willkommen bei Sa-med. Was kann ich für Sie tun?«, fragte sie freundlich.

»Hallo«, sagte Gustavsen. »Wir sind von der Kripo Dillenburg und haben einen Termin bei Frau Dr. Achterberg.«

»Oh, ja, Sie sind bereits angekündigt worden. Herr Gustavsen, Frau Sabitzer und Herr Torunarigha steht hier. Ist das korrekt?«

»Haargenau«, versetzte Gustavsen.

»Gut. Ich sage Frau Dr. Achterberg gleich Bescheid.«

Sie griff zum Hörer und wählte drei Ziffern. Dann murmelte sie ein paar Worte in den Hörer, wartete die Antwort ab und legte wieder auf.

»Frau Dr. Achterberg ist schon unterwegs. Sie sind wegen Jens-Uwe, ich meine Dr. Klein hier, nicht wahr? Ist das nicht furchtbar? Wer tut bloß so etwas?« Die Rezeptionistin schien ernsthaft bewegt zu sein.

»Wir wissen ja noch nicht einmal, ob es überhaupt jemand getan hat«, wandte Sabitzer leise ein.

»Oh doch, mit Sicherheit«, sagte die Frau empört. »Jens-Uwe hätte sich niemals etwas angetan! Er wäre der Allerletzte gewesen, der jemals so etwas getan hätte. Dazu war er viel zu ausgeglichen.«

In diesem Moment ging eine Aufzugtür auf, und eine hochgewachsene, braunhaarige Frau mit sympathischem Kurzhaarschnitt kam heraus. Sie steuerte zielsicher auf die kleine Gruppe zu und sagte:

»Sie müssen die Leute von der Kriminalpolizei sein. Ich bin Brigitta Achterberg und heiße Sie bei Sa-med willkommen. Und ich bedaure sehr, dass wir uns unter diesen furchtbaren Umständen kennenlernen müssen. Danke, Julia«, nickte sie der Rezeptionistin zu und komplimentierte ihre Besucher in den Fahrstuhl. Im obersten Stock angekommen, gingen sie einen langen Flur entlang und betraten dann einen modern und gleichermaßen einladend gestalteten Konferenzraum. Auf dem langen Tisch in der Mitte des Raumes war für vier Personen eingedeckt. Sie nahmen Platz, und nachdem sich alle gegenseitig vorgestellt hatten, schenkte die Vorsitzende der Geschäftsführung Kaffee ein und ermunterte sie, bei den biologischen Pralinen aus der *Manufacture d'Anouk* zuzugreifen. Etwas skeptisch griff Gustavsen, dem alles, was sich *Bio* nannte, verdächtig war, zu einer Orangen-Trüffel-Praline und riss plötzlich überrascht die Augen auf.

»Hey, die schmecken ja super«, rief er begeistert.

»Nicht wahr?«, lächelte Frau Dr. Achterberg. »Aber kommen wir zur Sache – gezwungenermaßen. Sie sind wegen des Todes von Herrn Dr. Klein hier. Vielleicht können Sie sich das nicht vorstellen, aber hier steht die gesamte Firma vollkommen unter Schock.« Sie schüttelte betrübt den Kopf.

»Warum sollten wir uns das nicht vorstellen können?«, fragte Sabitzer.

»Nun, normalerweise ist das Betriebsklima in einem Unternehmen wie dem unsrigen nicht so gut, wie ich aus eigener, betrüblicher Erfahrung weiß. In unserem Sektor wird zwar ordentlich Geld verdient, aber der Konkurrenzdruck ist doch enorm hoch. Das schlägt sich normalerweise auf die Stimmung innerhalb eines Unternehmens nieder. Aber bei uns könnte man tatsächlich das Klischee von der großen, harmonischen Familie bedienen. Ich weiß natürlich, dass sich das aus dem Mund einer Geschäftsführerin nicht unbedingt glaubwürdig anhört, weil man in den oberen Etagen grundsätzlich behauptet, alles liefe super – ansonsten hätte man ja Defizite in der Menschenführung«, grinste sie. »Aber ich bin doch relativ sicher, dass so ziemlich alle unserer Angestellten dasselbe sagen würden. Und das hat auch seinen Grund, der aber nicht etwa Achterberg heißt. Das Unternehmen ist eine Stiftung, und der Gründer ist nicht nur Christ und Philanthrop, sondern hat vor vielen Jahren seine einzige Tochter, die als Missionarin im Amazonasgebiet arbeitete, durch eine Viruskrankheit verloren. Deshalb hat er diese Firma gegründet und die Maßgabe erteilt, dass der Mensch und seine Gesundheit bei allem, was wir tun, absolut im Mittelpunkt zu stehen hat. Gleichzeitig verlangt er, dass wir alle dafür, dass wir sehr gut behandelt und noch besser bezahlt werden und Mitspracherecht haben, genauso hart arbeiten wie jemand, dessen Existenz am jeweils nächsten Forschungserfolg hängt. Tja, und das wird hier tatsächlich gelebt, würde ich sagen. Und im Augenblick steht dieses Unternehmen womöglich vor dem größten Erfolg seiner Geschichte, denn so wie es aussieht, könnten wir tatsächlich weltweit die Ersten sein, die einen wirksamen Impfstoff gegen Covid-19 auf den Markt bringen. Wir sind ja – und das ist sehr ungewöhnlich und der akuten Coronakrise geschuldet – im offenen Austausch mit sämtlichen Forschungsunternehmen und stellen unsere sogenannten Pre-Prints in einem sehr viel ausführlicheren Maße als sonst üblich auch den Wettbewerbern zur Verfügung. Und den Reaktionen und Rückfragen haben wir entnommen, dass wir wohl aktuell die Nase vorn haben. Und auch deshalb – lange Rede, kurzer Sinn – sind wir wirklich alle vollkommen geschockt wegen Jens-Uwes Tod. Und es glaubt auch keiner hier, dass es Selbstmord gewesen sein könnte. Jeder, mit dem ich seither gesprochen habe, hat beinahe wörtlich dasselbe gesagt: Jens-Uwe wäre der Letzte, der so etwas tun würde.«

»Exakt das hat uns Ihre Empfangsdame auch gesagt«, bestätigte Gustavsen. »Und wir sind mittlerweile – das muss aber zunächst unter uns bleiben – ebenfalls davon überzeugt, dass es Mord war. Mehrere klare Indizien deuten darauf hin. Und deshalb sind wir hier, denn die routinemäßige Überprüfung des familiären Umfelds hat nicht den geringsten Anhaltspunkt ergeben, dass der Mord seinen Auslöser im privaten Bereich haben könnte. Das bedeutet, vorbehaltlich dessen, dass Herr Klein in irgendeiner Weise ein Doppelleben geführt hat oder womöglich ein Kollateralopfer war, liegt die Annahme auf der Hand, dass die Tat ihren Ursprung im beruflichen Umfeld hat.«

»Das verstehe ich«, sagte ihre Gastgeberin. »Aber da fällt mir auf den ersten Blick ebenfalls überhaupt kein Grund ein. Sehen Sie, Jens-Uwe war COO, das heißt, er war mehr oder weniger ausschließlich in der Verwaltung tätig und hatte mit unseren Forschungsprojekten nur so viel zu tun, dass er sich um Fördergelder etc. kümmerte. Und entsprechend der Sicherheitsvorgaben in unserem Sektor hatte er genau wie ich keinerlei Zugriff auf sensible medizinische Daten. Und in unserer Branche läge es ja normalerweise auf der Hand, dass es genau darum geht, wenn Mitarbeiter erpresst werden oder gewaltsam zu Tode kommen. Aber das können wir in diesem Fall einfach ausschließen. Ich habe mir seit vorgestern ständig den Kopf zerbrochen und Gespräche mit den Kollegen geführt. Wir haben auch, um jeglichen Verdacht auszuschließen, die Zugriffe in die Datenbanken überprüft. Nichts, absolut nichts.«

In diesem Moment klopfte es, und gleich darauf trat eine Frau Ende dreißig mit einem Computerausdruck in der Hand ein. Sie ging zur Geschäftsführerin und flüsterte kurz mit ihr, indem sie auf den Ausdruck deutete. Frau Dr. Achterberg war sichtlich überrascht von der Information, die sie da gerade erhielt. Nachdem die Frau wieder hinausgehuscht war, wandte sie sich an ihre Besucher.

»Entschuldigen Sie die Störung, aber das war jetzt möglicherweise wichtig«, sagte sie kopfschüttelnd. »Und ehrlich gesagt weiß ich jetzt nicht mehr, was ich denken soll.«

»Worum geht es? Was steht auf diesem Ausdruck? Hat das etwas mit Herrn Klein zu tun?«, fragte Sabitzer.

»Ja, hat es«, lautete die Antwort. »Das war Frau Graf aus der Lohnbuchhaltung. Und die hat mir gerade mitgeteilt, dass Jens-Uwe seit einiger Zeit sein Gehalt gesplittet ausgezahlt bekommt. Genaugenommen sein Gehalt und den erfolgsabhängigen Bonus, der bei uns seit Anfang des Jahres monatlich gezahlt wird. Das Gehalt wird wie seit Jahren an die Sparkasse Dillenburg überwiesen, der Bonus jedoch an die Volksbank Gladenbach. Das verstehe ich nicht.« Sie wirkte jetzt ratlos.

Beim Stichwort Gladenbach hatten sich Sabitzer und Gustavsen angeschaut.

»Das heißt, Herr Klein hat bis Anfang diesen Jahres ein ganz normales Gehalt bekommen, und seitdem ist das in ein Fixgehalt und einen Bonus gesplittet?«, vergewisserte sich Sabitzer.

»Genauso ist es!«, bestätigte die Geschäftsführerin der Sa-med.

»In dem Zuge ist aber dann das Fixgehalt vermutlich reduziert worden, oder?«, hakte die junge Kommissarin nach.

»Normalerweise wäre das so gewesen, in diesem Fall jedoch war es anders. Es stand ohnehin eine Gehaltserhöhung für Jens-Uwe an, außerdem waren wir bereits vor Corona außerordentlich erfolgreich, was unter anderem seinen Optimierungsmaßnahmen zu verdanken war. Also ist das bisherige Gehalt gleichgeblieben und der Bonus kam einfach obendrauf.«

Das üble Bild bekommt Konturen, dachte Sabitzer düster.

»Sie sehen aus, als dächten Sie dasselbe wie ich«, bewies Frau Dr. Achterberg ihre gute Beobachtungsgabe. »Hatte Jens-Uwe am Ende doch Geheimnisse, von denen wir nichts wussten?«

»Das werden wir wohl oder übel überprüfen müssen«, schaltete sich Gustavsen wieder ein. »Aber wir sollten keine voreiligen Schlussfolgerungen ziehen, vor allem nicht in dieser frühen Phase, wo alles für die Familie noch so frisch ist.«

»Ja, das sehe ich auch so«, nickte ihre Gastgeberin. »Ich habe auch Frau Graf bereits zum Stillschweigen verdonnert. In der Hoffnung, dass sich das Ganze als harmlos erweisen wird.«

Erneut klopfte es an der Tür. Nachdem Frau Dr. Achterberg *Herein!* gerufen hatte, erschien ein Mann Ende dreißig, huschte zu seiner Chefin und bat um eine Unterschrift. Diese schaute kurz über das Blatt und signierte es. Als der Mann sich bereits zur Tür wandte, sagte sie:

»Diethelm, ist dir nicht gut? Du siehst ziemlich angeschlagen aus.«

Der sieht wirklich aus wie eine wandelnde Leiche, dachte Sabitzer und schämte sich angesichts des Anlasses für diesen Besuch sofort für den Gedanken. Seine blonden Haare standen wirr vom Kopf ab, das blaue Hemd war fleckig und die braun und blau gemusterte Krawatte hing vollkommen schief am Hals. Auf der Stirn des untersetzten Mannes standen Schweißflecken, und seine Augen flackerten unstet.

»Nein, nein, alles in Ordnung«, beeilte er sich zu sagen. »Ich bin nur ein bisschen durch den Wind wegen Jens-Uwe, und scheinbar ist mir das auf den Magen geschlagen.« Ohne ein weiteres Wort und ohne die Besucher zu beachten ging er eilig hinaus.

»Seltsam«, sagte die Chefin der Sa-med, »so habe ich Diethelm, ich meine Herrn Schick, noch nie gesehen. Den scheint das Ganze total umgehauen zu haben.« Sie schüttelte erneut ratlos den Kopf.

»Wo wir gerade dabei sind«, sagte Sabitzer, »würden Sie uns vielleicht die Eckdaten aller Angestellten zur Verfügung stellen, damit wir diese auch soweit überprüfen können, um jeden Zweifel an einer Beteiligung eines Ihrer Mitarbeiter an einem möglichen Komplott auszuräumen?«

»Auf diese Frage war ich vorbereitet«, lächelte Frau Achterberg, »und habe sie bereits mit dem Betriebsrat besprochen. Normalerweise würde das ohne Gerichtsbeschluss nicht ohne weiteres möglich sein, aber wir wollen alle, dass diese schreckliche Tat aufgeklärt wird. Also – die Antwort lautet ja, und hier …«, sie griff zu einem USB-Stick in ihrer Protokollmappe, »… sind alle Daten. Ich nehme an, Sie werden diese ordnungsgemäß sichern und vernichten, sobald Sie sie nicht mehr benötigen?«

»Versprochen«, sagte Gustavsen und stand auf. »Und falls uns in den Lebensläufen irgendetwas auffallen sollte, werden wir uns nochmals melden.«

Sie bedankten sich bei der kooperativen und sympathischen Firmenchefin, die sie noch zum Ausgang begleitete, und stiegen in Gustavsens Ford.

15

Nachdem der Kommissar die Schranke passiert und dem Pförtner zum Abschied freundlich zugewinkt hatte, fuhr er gleich in eine Parkbucht auf der gegenüberliegenden Straßenseite.

»Ich sehe, du denkst dasselbe wie ich, Sven«, lächelte Sabitzer.

»Schick?«

»Schick!«

»Was meint ihr? Worum geht es?«, meldete sich Akono, der während der letzten anderthalb Stunden die meiste Zeit geschwiegen hatte.

»Herr Schick, der wegen Jens-Uwes Tod durch den Wind ist und sich den Magen verdorben hat, macht den Eindruck, als habe er noch ein ganz anderes, schwerwiegenderes Problem«, sagte Sabitzer.

»Genauso ist es, Sandra«, bestätigte ihr Chef. »Da ist noch mehr als das, was er uns erzählt hat – respektive seiner Chefin, uns konnte er ja nicht mal in die Augen schauen. Also warten wir jetzt hier, bis er Feierabend macht, und folgen ihm mal unauffällig. Vielleicht ergibt sich eine Gelegenheit, mit ihm allein zu reden. Sandra, geh doch mal in die Datenbank und schau, ob du seine Adresse und idealerweise sein Autokennzeichen findest. Dann würde eine Verfolgung vermutlich leichter fallen.«

Sabitzer loggte sich ins Intranet der Polizei ein und hatte nach kurzer Zeit die gewünschten Informationen beisammen.

»Er wohnt in einem Ort namens Runzhausen bei Gladenbach und fährt einen BMW Dreier Touring«, verkündete sie und nannte das dazugehörige Kennzeichen.

Gustavsen fuhr an und lenkte den Flex auf den großen Firmenparkplatz oberhalb des Marburger Ortseingangs. Nach wenigen Minuten hatten sie den fraglichen BMW gefunden und stellten sich so hin, dass sie Schicks Abfahrt mitbekommen würden und ihm unauffällig würden folgen können.

Während der darauffolgenden Wartezeit rekapitulierten sie das Gespräch mit der Geschäftsführerin. Alle waren sich einig, dass diese genauso wie das gesamte Unternehmen einen seriösen Eindruck machte. Akono kannte sogar den Firmengründer aus seiner Zeit in Marburg und konnte nur Gutes über diesen berichten. Insofern war davon auszugehen, dass der Auslöser für den Tod von Jens-Uwe Klein zumindest nicht unmittelbar an dessen Arbeitsstelle zu finden war.

»Aber allein durch Ausschluss kommt man nur bei *Wer wird Millionär* weiter, aber nicht bei einem Kriminalfall«, stöhnte Gustavsen.

»Es sei denn, wir haben irgendwann alle Nichttäter verhaftet, wie es Otto Waalkes vorgeschlagen hat. Denn dann ist der Einzige, der noch frei herumläuft, automatisch der Täter«, lachte Sabitzer. »In jedem Fall wird das Puzzle so langsam vollständiger, wobei ich mir schon Sorgen mache, ob wir vielleicht doch schon zu sehr im Tunnel sind, weil wir uns so auf diese Pharmageschichte versteift haben. Was, wenn Jens-Uwe doch irgendeine Art Doppelleben geführt hat und die Spur immer kälter wird, weil wir dem nicht nachgehen?«

»Ihr denkt, Jens-Uwe hat eine Freundin gehabt, die er aushielt, habe ich recht?«, meldete sich Akono vom Rücksitz. Die beiden Kommissare schauten sich ertappt an.

»Ihr braucht gar nicht so zu schauen«, sagte der nigerianische Arzt. »Das mit dem doppelten Konto war offensichtlich.«

»Du hast recht, Akono. Aber das ist noch nicht alles«, sagte Sabitzer. »Wir hatten bereits vorher einen konkreten Hinweis, dass er eine Frau in Gladenbach hatte, die er, wie du richtig sagst, aushielt. Aber wir wollten niemanden damit beunruhigen, bevor wir Genaueres wissen. Und bis vorhin hatten wir die Hoffnung, dass an dem Gerücht nichts dran ist.«

»Da ist auch nichts dran!«, sagte Akono mit Bestimmtheit. »Nie im Leben hatte Jens-Uwe ein Verhältnis. Ich wette, es gibt eine vernünftige Erklärung dafür.«

»Das hoffen wir alle«, sagte Gustavsen. »Aber wir müssen uns Gewissheit verschaffen. Und deshalb sollten wir uns so schnell wie möglich in Gladenbach umsehen. Allerdings ist die Frage, wie wir das anstellen sollen.«

»Habe ich schon in die Wege geleitet, Sven«, sagte Sabitzer. »Ich habe mir einfach mal sämtliche Bewohner dieser vier Mehrfamilienhäuser auflisten lassen und dann mit der Gladenbacher Polizei gesprochen. Tatsächlich gibt es dort zwei Wohnungen, in denen jeweils alleinstehende Frauen gemeldet sind, von denen man annimmt, dass es Prostituierte sind. Ich schlage also vor, dass wir da einfach mal nacheinander klingeln.«

»Das ist ein Plan«, sagte Gustavsen lobend. »So machen wir es. Sobald wir mit dem Herrn Schick gesprochen haben.«

In diesem Moment zeigte ihr Smartphone mit einem Ton den Eingang einer WhatsApp an. Nach einem Blick aufs Display fiel ihr Blick wieder wie automatisch zu Gustavsen, der starr geradeaus schaute. Sie beantwortete die Textnachricht und hoffte, dass ihr Vorgesetzter ihr Erröten nicht bemerkt hatte.

16

Es dauerte beinahe eine Stunde, bis endlich der zerzauste Haarschopf von Diethelm Schick auftauchte. Als er vor seinem BMW angelangt war und fahrig auf die Funkfernbedienung drückte, fiel ihm der Autoschlüssel aus der Hand. Hastig hob er ihn auf und stieg in den Wagen. Gustavsen wartete, bis er vom Parkplatz gefahren war und sich Richtung Biedenkopf einsortiert hatte. Nun ließ er dem Vorausfahrenden so viel Vorsprung wie möglich, denn eine unmittelbare Verfolgung mit seinem auffälligen Straßenkreuzer würde vermutlich selbst dem aufgewühlten Herrn Schick nicht entgehen.

Der Kommissar hielt immer so viel Abstand, dass sie den BMW gerade noch als dunklen Fleck erkennen konnten. Über Caldern und die Bundesstraße 62 ging es schließlich links ab nach Friedensdorf. An der Ampelkreuzung vor den Lahnwerken verloren sie den BMW aus den Augen, weil dieser noch bei Dunkelgelb durchfuhr und sie noch ein Fahrzeug dazwischen hatten. Als sie endlich wieder weiterkonnten, entdeckte Sabitzer das verfolgte Fahrzeug auf dem Parkplatz der Hinterlandhalle, den man von der Bundesstraße aus vollständig einsehen konnte.

»Er ist ausgestiegen«, rief sie. »Und jetzt gibt er dem Fahrer des Nachbarautos irgendetwas. Sven, das stinkt.«

»Das kannst du wohl laut sagen«, knurrte Gustavsen, fuhr aber gemächlich weiter, um dann die Zufahrt zu der Mehrzweckhalle zu nehmen, ohne den Eindruck zu erwecken, in Eile zu sein. Das

114

Fahrzeug, dessen Fahrer Schick offensichtlich etwas ausgehändigt hatte, ein weißer Golf GTi, kam ihnen bereits entgegen und ordnete sich links ein, wie sie im Rückspiegel sahen.

Als der Golf außer Sicht war, gab Gustavsen Vollgas und setzte sich neben Schicks BMW. Er brüllte diesem durchs offene Fenster zu:

»Haben Sie denen die Formel für den Impfstoff übergeben? Los, reden Sie schon, los, los!«

Der Angesprochene war zu Tode erschrocken und jetzt noch blasser als vorhin im Konferenzraum der Sa-med.

»Nein, nein«, stammelte er, »die haben nichts. Das ist wertlos.«

»Seien Sie ehrlich«, drängte Gustavsen. »Wenn die irgendetwas Verwertbares haben, müssen wir sofort hinterher.«

»Nein, nein«, wiederholte Schick, »die haben nichts. Wirklich nicht. Keine Sorge.«

»Steigen Sie zu uns ins Auto«, befahl der Kommissar.

Schick gehorchte zitternd und setzte sich auf die Rückbank neben Akono. Gustavsen fuhr los.

»Wo wollen Sie mit mir hin?«, fragte Schick ängstlich.

»Wir wollen nur sicherstellen, dass man Sie nicht mit uns sieht, falls die noch einmal zurückkommen. Falls sie jetzt kommen und Ihr Auto sehen, werden sie denken, Sie würden einen Spaziergang zum Abregen machen oder so.«

Der Kommissar fuhr Richtung Gladenbach und bog nach einigen Kilometern links ab in einen Ort namens Herzhausen. Diesen durchfuhr er komplett, bis er am Waldrand vor einer Schutzhütte anhielt. Dort stiegen alle aus und begaben sich auf die Terrasse vor der Hütte.

»So, Herr Schick, dann erzählen Sie mal von Anfang an«, sagte Gustavsen. »Liege ich richtig in der Annahme, dass Sie erpresst werden?«

»Woher wissen Sie das?«, fragte der Mann, der aussah, als könne er sich nur noch mit großer Mühe aufrecht halten.

»Na, die Anzeichen sind deutlich. Sie laufen herum wie ein Häufchen Elend, sodass sogar Ihre Chefin besorgt war. Dann noch die Übergabe vorhin, das alles spricht eine deutliche Sprache«, schaltete sich Sabitzer ein. »Aber nun sind Sie auf jeden Fall in Sicherheit, denn jetzt sind wir ja da. Also schlage ich vor, Sie atmen tief durch, beruhigen sich und erzählen uns alles.«

Schick tat wie ihm geheißen, straffte sich und fing an zu reden.

»Ja, ich werde erpresst. Gestern hat man mich beim Radfahren abgefangen. Zwei Männer, vermutlich Südeuropäer, würde ich sagen, kräftig gebaut, haben mich aus heiterem Himmel auf dem Radweg angehalten. Bevor ich mich beschweren konnte, hielten sie mir ein Foto vor die Nase.« Er verstummte, und ihm traten Tränen in die Augen.

»Jens-Uwe Klein«, sagte Gustavsen düster. »Stimmt's?«

»Richtig. Können Sie eigentlich hellsehen?«, fragte Schick staunend. »Ja, es war ein Foto von Jens-Uwe, wie er da so … hing. Es war ein furchtbarer Anblick. Ich weiß nicht, ob Sie …«

»Ja, wir haben ihn sogar live gesehen«, sagte Sabitzer. »Aber weiter im Text.«

»Tja, was soll ich sagen? An den genauen Wortlaut erinnere ich mich ohnehin nicht mehr; ich war ja total geschockt und hatte Angst. Sinngemäß jedenfalls haben sie mir gesagt, falls ich ihnen nicht die Formel für den Corona-Impfstoff gäbe, würden sie mit meiner Familie dasselbe machen und ich müsse dabei zusehen. Vorher würden sie aber noch meine Frau und meine beiden Töchter …« Ihm versagte die Stimme, und er weinte los.

»Okay, und was haben Sie dann gemacht?«, fragte Sabitzer. »Oder fangen wir erst mal damit an, was Sie bei Sa-med machen.«

»Ich bin Leiter einer Entwicklungseinheit im Forschungsbereich«, sagte Schick.

»Das heißt, im Gegensatz zu Jens-Uwe Klein sind Sie in die Entwicklung eines Corona-Impfstoffs eingebunden oder haben zumindest Zugang zu den entsprechenden Daten, ist das richtig?«

»Das ist korrekt«, bestätigte Schick.

»Da kommen wir der Sache schon ein ganzes Stück näher«, meinte Gustavsen. »Denn, das können wir Ihnen ja jetzt sagen, unsere erste Arbeitshypothese lautete, dass Klein eben wegen dem Impfstoff ermordet wurde, allerdings hörten wir dann, dass er gar nicht unmittelbar damit zu tun hat. Haben die beiden Erpresser

Ihnen diesbezüglich vielleicht irgendetwas gesagt, woraus hervorging, warum sie Ihren Kollegen getötet haben?«

»Nein, auch bei nochmaligem Nachdenken nichts«, überlegte Schick. »Sie haben nur gedroht, dass es mir und meiner Familie ebenso geht, und mir diesen Treffpunkt an der Hinterlandhalle genannt, wo ich ihnen den aktuellen Datenstand übergeben sollte.«

»Und – ich frage jetzt mal dumm, weil ich das irgendwie mutig von Ihnen finde …«, sagte Sabitzer, deren mitfühlende Art dem Mann offenbar gut tat, »… was haben Sie dann getan und wieso?«

»Nun, erstens war ich zwar voller Angst und bin es noch, zweitens jedoch war ich empört, dass nicht vor Mord zurückgeschreckt wird, um die Formel für einen Impfstoff in die Hände zu bekommen, der Zehntausende retten wird. Drittens sehe ich mich in der Verpflichtung meinem Arbeitgeber gegenüber. Das ist nämlich nicht nur eine Firma, sondern eher eine …«

»… große Familie«, ergänzte Gustavsen schmunzelnd.

»Ja, das ist richtig«, sagte Schick mit Nachdruck.

»Und was haben Sie dann entschieden zu tun?«

»Ich habe einen Datensatz präpariert, der auf den ersten Blick seriös aussieht, letztlich aber völlig wertlos ist. So wertlos übrigens, dass man daraus auch nicht etwa einen Impfstoff bilden kann, der aufgrund seiner fehlerhaften Zusammensetzung womöglich noch mehr Schäden an den Patienten anrichtet. Das alles wird aber nur ein echter Experte entdecken, und das auch nicht sofort. Und das sollte mir die Zeit verschaffen, mit meiner Familie unterzutauchen und dann die Firma zu warnen sowie die Polizei einzuschalten.«

Sabitzers Respekt vor dem Forscher wuchs. Der erste Eindruck des totalen Nervenbündels, das wie ein aufgescheuchtes Reh in die aufgeblendeten Scheinwerfer blickt und sich nicht mehr bewegt, hatte sie wohl getrogen. Was der Mann getan hatte, war absolut nachvollziehbar und durchdacht – *vielleicht abgesehen davon, dass er besser als Erstes die Polizei alarmiert hätte,* dachte sie. *Aber wahrscheinlich hat er an das Schicksal seines Kollegen gedacht und ist zu dem Schluss gekommen, dass das auch nicht geholfen hätte.*

»Nun, dann wäre der Fall ja schon zur Hälfte gelöst«, sagte Gustavsen seufzend. »Jetzt müssen wir nur noch die Täter ermitteln und festsetzen. Sandra, hast du dir das Kennzeichen gemerkt?«

»Habe ich«, bestätigte die Angesprochene. »Und wenn mich nicht alles täuscht, war das doch ein GTi TCR, oder?«

»Korrekt«, sagte der Kommissar. »Damit dürften wir jetzt Gewissheit haben, dass Jens-Uwes Tod tatsächlich Mord war, und auch seine mutmaßlichen Mörder kennen. Der anderen Sache müssen wir natürlich trotzdem nachgehen, aber mein kriminalistisches Gefühl sagt mir, dass Akono recht hat.«

Schick konnte den kryptischen Aussagen des Kommissars nicht folgen und fragte:

»Was für eine andere Sache meinen Sie?«

»Polizeikram, nichts weiter«, beschied ihn Gustavsen knapp. »Sie haben die beiden Galgenvögel doch deutlich gesehen, oder?

Dann werden wir schnellstmöglich Phantombilder erstellen, und damit oder über die Zulassung des Golf werden wir den Kerlen schon näherkommen.«

»Sie meinen, das waren Jens-Uwes Mörder?« Diethelm Schick war nun kreidebleich.

»Nun, es bringt ja jetzt nichts mehr, um den heißen Brei herumzureden«, sagte der Kommissar. »Ich schätze, das waren sie.«

»Falls das eventuell von Belang ist, die Kerle waren vermutlich Spanier. Wir fliegen fast jedes Jahr nach Fuerteventura, deshalb kann ich ein paar Brocken Spanisch.«

»Ganz falsche Antwort«, knurrte Gustavsen.

»Was war daran falsch?«, fragte Schick alarmiert.

»Gar nichts«, lachte der Kommissar, »das war nur Spaß. Ich bin der Lanzarote-Typ, das ist alles.«

»Ach so, ja gut«, stammelte der gebeutelte Mann und brachte zum ersten Mal ein dünnes Grinsen zustande. »Da ist es ja auch schön.«

»Okay, bevor wir noch mehr Urlaubserinnerungen austauschen, was machen wir jetzt?«, fragte Sabitzer.

Statt einer Antwort griff Gustavsen zum Telefon. Nachdem er gewählt und sich der Teilnehmer am anderen Ende gemeldet hatte, fragte er:

»Anja, ich bin gerade nicht so ganz auf dem neuesten Stand. Was ist denn mit der türkischen Familie, deren Haus abgebrannt war und wo die Versicherung dann doch gezahlt hat? Also der erste Brandfall, nicht der zweite.«

Er hörte kurz zu.

»Alles klar«, ließ er sich dann wieder vernehmen. »Dann bereite die Bude mal für …«, er schaute Diethelm Schick an, und dieser nickte auf sein Handzeichen hin, »… vier Personen vor. Die ziehen heute Abend ein.«

Er verabschiedete sich von Anja und beendete das Gespräch.

»Die Wissenbacher Familie ist ins neue Haus eingezogen«, erklärte er Sabitzer. »Also können wir die Schicks in Frohnhausen einquartieren.«

»Das hätte ich dir auch sagen können, Sven«, grinste Sabitzer, »ich habe nämlich sogar beim Umzug geholfen.«

»Da bin ich mal wieder der Depp, der nichts mitgekriegt hat«, sagte Gustavsen schicksalsergeben. »Also, Diethelm – ich hoffe, ich darf dich ab sofort duzen, jetzt, wo du dich als Mann der Tat erwiesen hast –, ich schlage vor, wir bringen dich und deine Familie bis auf weiteres in einem Haus in Frohnhausen unter. Da wird es euch an nichts fehlen, und dort seid ihr auch in absoluter Sicherheit. Nur mit der Firma musst du klären, wie es weitergeht. Wenn ihr aktuell in der heißen Phase vor der Vermarktung des Impfstoffs seid, wird es mit Urlaub wahrscheinlich schlecht sein. Wie wäre es mit Home Office? Aber wenn auch das nicht geht, wirst du eben jeden Tag eskortiert, auch das kriegen wir hin.«

Der bedauernswerte Mann war jetzt endgültig überfordert von dem Tempo, dass die beiden Kommissare vorlegten, und nickte nur.

Gustavsen wies ihn an, seiner Familie Bescheid zu sagen, damit die bereits die Koffer packten und niemanden ins Haus ließen. Dann fuhren sie zurück zur Hinterlandhalle und untersuchten den BMW auf Unversehrtheit, bevor sie im Konvoi nach Runzhausen aufbrachen. Während der Fahrt telefonierte Sabitzer mit der Dienststelle und forderte einen Phantombildzeichner an.

In dem Gladenbacher Vorort wurden sie von einer zwar etwas aufgelöst, aber bemerkenswert tatkräftig wirkenden Ehefrau sowie zwei Töchtern im Teenageralter empfangen. Nachdem ihnen mitgeteilt worden war, dass die nötigen Erklärungen später kommen würden, saßen alle schnell in den Autos und fuhren hintereinander Richtung Dillenburg. Im Ortsteil Frohnhausen bogen sie kurz vor dem Ortsausgang rechts ab in die Hunsbachstraße und fuhren nach einigen hundert Metern auf den Hof eines frisch gestrichenen, weißen Hauses mit braunem Balkon und einer akkurat gepflegten Gartenanlage. Hier hatte bis vor kurzem übergangsweise eine türkische Familie gewohnt, deren Haus abgebrannt war und deren Versicherung sich zu zahlen geweigert hatte, weil sie Fahrlässigkeit unterstellte. Die *UGA-Connection* hatte von dem Fall Wind bekommen und ein wenig freundlichen Druck auf die Versicherung ausgeübt, indem sie dieser glasklar mit einer ausgiebigen öffentlichen Kampagne drohte. Daraufhin war die Zahlung dann doch erfolgt, die Familie konnte neu bauen und war, wie Gustavsen nun erfahren hatte, kürzlich umgezogen.

Anja und Wolfram sowie der Nachbar, ein sympathisch wirkender, kräftiger Mann Mitte dreißig, warteten bereits auf sie, begrüßten ihre Gäste und führten sie ins Haus. Nachdem sie ihnen alles Wichtige gezeigt hatten, überließen sie Familie Schick der Obhut von Andreas, dem Nachbarn, der schon öfters den Bodyguard für Gäste des Hauses, das Gustavsen scherzhaft das *Frohnhäuser Safe House* nannte, gegeben hatte und die vier wie seinen Augapfel bewachen würde, sowie dessen Frau Meike, die ihnen alles besorgen würde, was sie in der nächsten Zeit brauchten.

Schließlich verabschiedeten sie sich voneinander und fuhren nach Nanzenbach ins Hauptquartier. Nach dem Abendessen, das heute aus lecker gewürzten Hühnerbeinchen mit Salat bestand, setzten sich alle zusammen in den Wohnbereich und ließen den ereignisreichen Tag Revue passieren, indem Sabitzer den Rest dem Truppe berichtete, was sie gehört und erlebt hatten.

Akono bestaunte seine neuen Ausweise, Kredit- und Visitenkarten, die ihn jetzt zu Herrn Ayo Asumnu, Sicherheitsberater, machten.

»Wo habt ihr die denn so schnell herbekommen?«, wunderte er sich. »Habt ihr einen Fälscher an der Hand?«

»Die Papiere sind alle echt!«, versicherte Peter, der Buchhändler, schmunzelnd. »Man braucht nur die richtigen Kontakte zu den richtigen Stellen.«

»Aber ist das nicht illegal?«, fragte der Nigerianer unsicher.

»Sagen wir mal, es war eine Art beschleunigtes Verfahren. Aber illegal, nein, das kann man eigentlich nicht sagen«, grinste Gustavsen.

»Tja, Leute, damit wäre dann alles vorbereitet, nehme ich an?«, fragte der Kommissar abschließend in die Runde und fuhr fort, als alle nickten.

»Dann müssen wir nur noch klären, wer morgen alles mitfliegt. Wolfram, ich schlage vor, du bleibst hier und hast ein Auge auf die Familie in Frohnhausen. Kriegst du das gemeinsam mit Andreas hin?«

»Kein Problem«, sagte der kahlköpfige, drahtig und durchtrainiert wirkende Mittfünfziger zuversichtlich. »Wir haben ja die Rundumüberwachung, und im Notfall kann Andreas ganz schön zulangen. Er hat ja schon des Öfteren hier mit mir trainiert und mich ganz schön ins Schwitzen gebracht. Natürlich werde ich aufpassen, dass er nicht in Gefahr gerät, falls da irgendwelche Gangster mit Waffen aufkreuzen.«

»Gut, dann wäre das geklärt« entschied Gustavsen. »Somit blieben Markus, Osvaldo, Wim, Jürgen, Peter, Akono, und ich. Sandra, was ist mit dir?«

»Was soll mit mir sein«, fragte die junge Kommissarin. »Natürlich komme ich mit. Wie kommst du zu dieser Frage?«

»Nun, ich habe dich erst letztes Jahr unüberlegt in Gefahr gebracht. Das möchte ich nicht so gerne noch einmal tun, zumal wir es hier, wie wir gehört haben, mit Söldnern zu tun haben. Und das sind, wie einige von uns schon am eigenen Leib erfahren haben, oftmals Leute, denen ein Menschenleben erstens nicht besonders viel bedeutet und die zweitens auch ziemlich gut darin geschult sind, ein solches zu beenden. Im Klartext bedeutet das Lebensgefahr – oder die Notwendigkeit, selbst töten zu müssen. Willst du das wirklich?«

»Ja, das will ich«, sagte Sabitzer fest. »Ich gehöre dazu, und ganz nebenbei habe ich in meiner Funktion als Kriminalpolizistin einen Mordfall in meinem Zuständigkeitsbereich aufzuklären. Ich komme mit. Basta. Außerdem glaube ich sowieso, dass du noch einen anderen Grund hast, warum du mich nicht dabei haben willst.« Sie funkelte ihren Vorgesetzten wütend an und stand auf. »Ich gehe dann ins Bett. Gute Nacht.«

Als sie weg war, beugte sich der katholische Priester zum Kommissar und sagte leise:

»Ich schätze, du hast da etwas zu klären, Gustavo.«

Gustavsen sagte nichts.

17

Auch vor dem langen Flug nach Nigeria ließ die *UGA-Connection* den obligatorischen Frühsport nicht ausfallen. Akono trainierte mit und erwies sich sogar als kampfsporterfahren, indem er Osvaldo bei der abschließenden Einheit im Dojo alles abverlangte.

»Einer der Lehrer im Goethe-Institut in Lagos war ein Schwarzgurtträger. Der hat uns eine Menge beigebracht – natürlich außerhalb des regulären Unterrichts, nicht dass mich etwa jemand missversteht«, antwortete Akono, der nicht einmal außer Atem schien, grinsend auf Osvaldos diesbezügliche Frage.

Das Frühstück mit den wunderbaren Eibacher Brötchen – Wolfram war wie jeden Morgen joggen gewesen und hatte dabei eingekauft –, gebratenem Schinken und Eiern verlief so unbeschwert, als habe es den Disput zwischen Gustavsen und seiner Assistentin nie gegeben. Allerdings verhielten sich beide sehr zurückhaltend zueinander.

Anschließend stiegen sie in zwei Autos und fuhren zum Siegerland-Flughafen. Weil Markus auch diesmal nicht vorgefahren war, mussten sie eine Weile warten, bis der Jet starten konnte.

Als sie in der Luft waren, fiel Sabitzer etwas ein.

»Sagt mal, wir werden doch offiziell auf einem internationalen Flughafen landen, oder?«

»Ja, warum?«, fragte Gustavsen.

»Wie bekommen wir denn Waffen ins Land? Ich nehme an, wir haben einiges im Frachtraum. Aber das kriegen wir doch auf normalem Weg nicht aus dem Flugzeug, oder doch?«

Statt einer Antwort stand der Kommissar auf, trat an die Seitenwand des Fliegers und drückte an einer bestimmten Stelle in die Verkleidung. Sofort sprang diese auf und enthüllte einen schmalen Stauraum. Hier sah man alle möglichen Waffen, Nachtsichtgeräte und Schutzwesten. *Das ist ja eine komplette Black-Op-Ausrüstung*, dachte Sabitzer erstaunt.

»Normalerweise läuft es so, dass wir nach der Landung im Flugzeug bleiben und ein Inspekteur an Bord kommt, um uns zu kontrollieren. Wenn der zufrieden ist und sich getrollt hat, werfen wir die Sachen schnell ins Gepäck und verlassen die Maschine. Jedenfalls *sollte* es so ablaufen; falls nicht, müssen wir halt improvisieren«, zuckte Gustavsen die Schultern.

Der Flug verlief relativ schweigsam. Offenbar hatten alle genug damit zu tun, ihren Gedanken nachzuhängen, ob es nun um den bevorstehenden, möglicherweise gefährlichen Einsatz ging oder, wie im Fall der beiden Kommissare, um andere Unklarheiten. Sabitzer hatte erneut eine WhatsApp erhalten, die sie erkennbar aufwühlte – und Gustavsen hatte es natürlich bemerkt, zumal die junge Frau es wiederum nicht verhindern konnte, dass ihr Blick auf ihn fiel, als das Smartphone hupte.

Nach gut sechs Stunden landete Markus den Jet auf dem *Maiduguri International Airport* und rollte langsam in die Parkposition. Tatsächlich gab es auch hier einen Bereich für Privatflugzeuge. Mehrere dieser schnittigen Fluggeräte standen vor einem Hangar oder darin. *Sieht nicht viel anders aus als der in Köln,* dachte Sabitzer, die allerdings auch nicht genau hätte sagen können, was sie hier, mitten in Afrika, erwartet hatte.

Wie von Gustavsen vorausgesagt kamen zwei Sicherheitsbeamte an Bord und kontrollierten die Pässe. Der brandneue von Akono mit dem neuen Namen wurde besonders akribisch geprüft; soweit ging die Gesetzesdehnung bei der *UGA-Connection* dann auch wieder nicht, dass sie den neuen Papieren Eselsohren und gefälschte Einreisestempel verpasst hätten, um den Eindruck zu erwecken, sie seien bereits älter und benutzt.

Schließlich waren die Kontrolleure jedoch zufrieden, streiften das Flugzeuginnere und das Gepäck der Ankömmlinge nur noch kurz mit ihren Blicken und verließen die Maschine wieder.

Sofort sprangen alle auf, Gustavsen öffnete die Seitenverkleidungen und jeder nahm sich das vorab festgelegte Equipment heraus und verstaute es in seinem Gepäck.

Als sie das Flugzeug verließen, traf sie die trockene Hitze wie ein Schlag ins Gesicht. Im Norden Nigerias herrsche Wüstenklima, hatte sie Akono auf hohe Temperaturen vorbereitet. Allerdings hätten sie großes Glück, hatte er gesagt, weil es im Moment trotz Regenzeit nicht feucht und auch kein Harmattan in Sicht sei. Das sei nämlich ein heißer Wind von der Sahara, der auch jede Menge Sand mit sich bringe. *Super,* dachte Sabitzer, *wenn das hier noch das bestmögliche Klima ist, dann gute Nacht.*

Da sie die Kontrollen bereits hinter sich gebracht hatten, konnten sie direkt in die beiden Fahrzeuge steigen, die Wim vorab organisiert hatte. Natürlich waren es weiße Toyota Land Cruiser, offenbar noch immer das unvermeidliche Allzweckfahrzeug für Afrika. Allerdings war es bereits das moderne Modell J12, das in Sachen Komfort mit seinen Vorgängern nicht mehr zu vergleichen war. Die beiden gemieteten Fahrzeuge besaßen sogar Luftfederung.

Gustavsen und Wim übernahmen den Fahrdienst, und im Konvoi ging es durch die gut ausgebauten, staubigen Straßen Richtung Innenstadt.

Als der erste polizeiliche Checkpoint in Sicht kam, runzelte Gustavsen etwas beunruhigt die Stirn. Akono-Ayo als Einheimischer konnte die Situation jedoch mit dem Verweis auf ihren Reisegrund entschärfen.

Die Szenerie wirkte teilweise gespenstisch; viele der am Straßenrand liegenden Läden waren geschlossen, und irgendwann fiel dem weitgereisten Gustavsen auf, dass man weder Motorräder noch Rikschas oder Tuk-Tuks, wie man sie in Asien nannte, sah. Akono klärte ihn auf, dass die Regierung diese normalerweise weit verbreiteten Fortbewegungsmittel kürzlich aus Sicherheitsgründen verboten und Tausende von Nigerianern damit vor riesige Probleme gestellt hatte.

Im Hotel angekommen – Wim und Akono hatten wohlweislich eine Unterkunft ausgesucht, in der nicht zu viele Fragen gestellt wurden, wo man bar bezahlen konnte und auch keine Pässe vorgezeigt werden mussten –, checkten sie ein und belegten ihre Zimmer, bevor sie sich in der gut gekühlten Hotelbar wiedertreffen wollten, um über das weitere Vorgehen zu beratschlagen. Osvaldo fing Sabitzer jedoch in der Lobby ab und gab ihr zu verstehen, dass sie sich unterhalten sollten. Sie gingen hinaus in die flirrende Hitze und suchten sich eine Bank im Schatten eines Khaya-Baumes, von dem Sabitzer nicht hätte sagen können, ob er echt oder künstlich war.

»So, Sandra, jetzt raus mit der Sprache. Was geht zwischen dir und Sven vor? Irgendetwas ist nicht in Ordnung, und das muss vor einem möglichen Kampfeinsatz geklärt werden«, sagte der Priester mit ungewohnter Eindringlichkeit.

Sabitzer sah ihn unsicher an.

»Osvaldo, eigentlich geht überhaupt nichts vor. Ich weiß gar nicht, was mit Sven los ist. Er redet nur noch das Nötigste mit mir und weicht mir aus, wenn ich es versuche.«

»Nun, ich als erfahrener Frauenversteher«, grinste Osvaldo, der zölibatäre Gottesmann, »weiß nur eins. Nämlich, dass er dich liebt. Das steht mal fest.«

Obwohl sich die junge Frau über diese Tatsache doch längst im Klaren war, trafen sie diese erstmals so klar ausgesprochenen Worte mit voller Wucht. Und schon sprach der Priester weiter.

»Und andersherum scheint es mir genauso zu sein. Dachte ich zumindest. Wo ist also das Problem? Hast du einen anderen Mann? Der, der dir ständig Nachrichten schickt? Wenn ja, musst du es Sven sagen. Das hat er verdient.«

»Das ist es ja gerade, Osvaldo. Ich habe keinen anderen Mann. Der, von dem ich die Nachrichten erhalte, ist Frank, mein einziger Ex-Freund, wenn man so will. Er war noch nicht einmal ein richtiger Freund, mit allem Drum und Dran und so, verstehst du?«

»Ich verstehe«, lächelte Osvaldo. »In der Theorie.«

»Wir waren früher lange befreundet, sind aber nie übers Händchenhalten hinausgekommen. Er wollte immer mehr, aber ich nicht. Und jetzt hat er sich wieder gemeldet, weil er wegen Mobbing in ein Burnout gefallen ist und Depressionen hat. Ich würde ihm so gern helfen, weil er ein lieber Kerl ist, aber in seinem jetzigen Zustand ist er fest davon überzeugt, dass er nur dann wieder aus seinem Loch herauskommt, wenn er eine echte Beziehung zu mir hat. Und die kann ich ihm nicht geben. Aber gleichzeitig will ich ihm helfen und ihn nicht vor die Hunde gehen lassen. Und Sven, ja, du hast recht, ich liebe ihn. Aber auch das ist so verzwickt, wegen des Alters, des Jobs, seiner Scheidung und so.« Sabitzer weinte jetzt leise.

»Wow, das ist gut. Richtig gut!«, sagte Osvaldo und schlug der jungen Kommissarin auf die Schulter.

»Was ist denn daran gut?«, fuhr Sabitzer ihn an. »Das ist eine totale Scheiße! Entschuldigung, Osvaldo.«

»Nein, es ist gut!«, insistierte der Gottesmann. »Erstens zeigt es, dass du das Herz am richtigen Fleck hast. Was mir und uns allen nebenbei bemerkt seit langem klar ist. Zweitens hat dieser Freund eine wunderbare Freundin, die ihm Halt gibt. Drittens ehrt es dich sehr, dass du dir Gedanken um deine Beziehung zu Sven machst, Stichwort Scheidung und Wiederheirat und so. Denn das meinst du doch mit dem Verweis auf seine Scheidung, oder?«

»Ja, das meine ich«, bestätigte sie. »Bevor ich zu euch stieß, war der Glaube ja so etwas Diffuses für mich. So nach dem Motto, man ist kirchlich getauft, konfirmiert, hat vielleicht irgendwann kirchlich geheiratet, sich bemüht, ein guter Mensch zu sein, ist somit für den Himmel qualifiziert. Dann hörte ich deine Predigt damals in Nanzenbach, und mir wurde klar, dass das alles überhaupt nicht zählt. Das hat mich gewaltig beschäftigt, und ich habe mich gefragt, wie weit es denn mit meinem Glauben her ist und was ich möglicherweise noch tun muss, um ein echter Christ zu sein und in den Himmel zu kommen. Und dann war es irgendwie auf einmal Gewissheit. Ich meine, ich habe nicht so ein ausdrückliches Bekehrungserlebnis hinter mir, wo man sich auf die Knie setzt und ein ganz bestimmtes Gebet spricht. Es war auf einmal da; ich wusste, dass Jesus für mich und meine Sünden gestorben ist, ich wollte, dass er sie mir vergibt, und ich wollte ihm nachfolgen. Meinst du, das ist richtig so?«, fragte sie unsicher.

»Ich bin sogar felsenfest davon überzeugt, dass es so richtig ist«, lächelte Osvaldo. »Ich habe das schon unzählige Male erlebt, dass

Menschen mir von ihren hundertfünfzig Bekehrungen erzählten, die aus ihrer Sicht nötig waren, weil sich nach der jeweils vorhergehenden nichts getan hatte und die Welt noch genauso war wie vorher. Womit ich nicht sagen will, dass es diese abrupte Umkehr nicht ebenfalls gibt. Auch davon bin ich überzeugt; vielleicht liegt das einfach am vorherigen Lebenswandel. Wenn ich so richtig knietief in der Sünde gesteckt habe, ist die Umkehr zu Gott dramatisch. Viel dramatischer, als wenn ich beispielsweise in einer christlichen Familie aufgewachsen bin und schon immer nach den entsprechenden Maßstäben gelebt habe. Vielleicht liegt darin der entscheidende Unterschied, dass diese Bekehrung so unterschiedlich erlebt wird. Es gibt ja diese Begebenheit im Lukas-Evangelium, wo Jesus bei einem Pharisäer zu Gast ist und eine bekannte Sünderin hereinkommt, seine Füße mit Salböl – und ihren Tränen – wäscht und mit ihren Haaren trocknet. Der Pharisäer denkt bei sich, *wenn der wüsste, was das für eine schlimme Frau ist.* Jesus sieht seine Gedanken und sagt ihm sinngemäß, dass diese Frau viel liebt, weil ihr viel vergeben wurde; im Gegensatz zu ihm, dem Pharisäer. So in etwa stelle ich mir das mit der Umkehr zu Gott auch vor.« Er zuckte die Schultern.

»In jedem Fall macht mich deine heutige Aussage glücklich, weil du etwas ausgesprochen hast, was ich zwar längst ahnte, dessen ich aber nicht ganz sicher war. Also sage ich Willkommen im Club der Jesus-Nachfolger, Sandra Sabitzer.« Er nahm die junge Frau jetzt fest in den Arm.

»Aber kommen wir zurück zur Scheidung. Da schmiedest du natürlich gleich eins der heißesten Eisen der Christenheit. Und wie ich deinen Worten entnehme, nimmst du die Worte Jesu, wonach der Mensch nicht trennen soll, was Gott zusammengefügt hat, sehr ernst. Und das finde ich erst einmal toll.«

»Genau«, bestätigte Sabitzer. »Und hier liegt mein Problem.«

»Schauen wir doch mal, ob es wirklich ein Problem ist«, sagte Osvaldo. »Grundsätzlich ist vollkommen klar, dass die Ehe lebenslang ausgelegt ist und nie geschieden werden soll. Wer sich dennoch scheiden lässt, soll gemäß Bibel nicht wieder heiraten. Dann gibt es eine Ausnahme in der Bibel, wonach Scheidung im Fall von Ehebruch, also in erster Linie aufgrund eines Seitensprungs, erlaubt und eine Wiederheirat möglich ist. In Svens Fall ist das nicht gegeben, zumindest weiß ich nichts von einer Affäre. Allerdings sieht man gerade an seinem Beispiel auch, dass man über das Gebot nachdenken muss. Hier ist es nämlich so – und das weiß ich ganz genau, denn genauso wie dich jetzt hatte ich vor Jahren einen weinenden Hünen namens Gustavsen im Arm –, dass die Frau ihn verlassen und wieder geheiratet hat. Somit hat Sven gar nicht die Möglichkeit, die Scheidung wieder rückgängig zu machen, und ist somit frei für eine neue Beziehung.«

Osvaldo holte tief Luft.

»Und es kommt noch etwas dazu. Wenn die einzige Ausnahme ein Seitensprung ist, was ist dann mit all den anderen Dingen, die man auch als Bruch der ehelichen Gemeinschaft ansehen muss?

Was ist mit körperlicher Gewalt oder seelischer Grausamkeit? Da gibt es doch so viele schlimme Dinge zwischen Ehepartnern, die es – zumindest aus menschlicher Sicht – unmöglich machen, diese Ehe weiterzuführen. Auch das muss man doch berücksichtigen. Zumindest bin ich davon überzeugt; mein oberster Dienstherr auf Erden mag das anders sehen. Aber ich bin der Meinung, man muss sich immer vor Augen halten, dass Brüche und Versagen zu unserem Leben dazugehören und Gott diese Umwege mitgeht, anstatt uns die Tür vor der Nase zuzuschlagen. Selbstverständlich machen die Aussagen der Bibel zum Thema Ehe sehr deutlich, wie ernst es Gott damit ist. Was man ja in besonderem Maße daran sieht, wie sehr sich die biblischen Vorgaben von dem unterscheiden, was in der Gesellschaft mittlerweile als völlig normal angesehen wird. Aber meines Erachtens wird auch gerade hier klar, dass er gnädig ist – ohne dass man leichtfertig damit umgehen sollte. Nein, meiner festen Überzeugung nach gibt es hier kein ausschließliches Schwarz-Weiß, sondern man muss sich jeden einzelnen Fall genau anschauen, bevor man urteilt.«

»So habe ich das noch gar nicht gesehen, Osvaldo«, sagte Sabitzer nachdenklich. »Ich habe wohl noch eine ganze Menge zu lernen. Jedenfalls vielen Dank, jetzt geht es mir viel besser.« Dankbar drückte sie die Hand des Priesters.

»Nichts zu danken, Sandra, immer wieder gerne«, lächelte der frühere Armeeseelsorger. »Aber eins ist jetzt noch zu erledigen, nicht wahr?«

»Ja, ich muss mit Sven reden«, seufzte die junge Frau. »Das wird einiges an Überwindung kosten.«

»Aber es wird sich lohnen«, meinte der Priester optimistisch. »Und jetzt lass uns gehen, sonst geht Sven noch auf mich los, weil ich dich ihm entführt habe.«

Spielerisch boxte ihm Sabitzer in die Seite, und sie standen auf.

18

Als sie die Hotelbar betraten, lächelten beide den Kommissar freundlich an und setzten sich. Gustavsen runzelte wieder die Stirn, sagte aber nichts.

»Ich würde mir sehr gerne mal eins der Flüchtlingslager anschauen«, sagte Sabitzer, »aber ich denke, das können wir nicht riskieren, oder, Akono?«

»Nein, besser nicht. Ich sollte mich dort lieber nicht sehen lassen. Meine Sportfreunde-Lotte-Mütze verbirgt zwar die Glatze, aber wer etwas genauer hinschaut, wird mich sofort erkennen, schätze ich.«

»Steht dir aber gut, die Kappe«, grinste Gustavsen, der sie ihm besorgt hatte.

»Das stimmt«, fiel Akono in das Lachen ein, »ich sehe bestimmt aus wie ein Edelfan. Übrigens, Sandra, es gibt noch einen weiteren Grund, warum du dir sehr gut überlegen solltest, in eins dieser Lager zu gehen. Was man dort sieht, ist unbeschreiblich. Und wenn die Leute dann noch erzählen, was ihnen alles angetan worden ist, wird einem wirklich anders.«

»Danke für die Warnung, Akono«, sagte Sabitzer und schüttelte sich. »Also, was tun wir stattdessen heute noch?«

»Nun«, sagte ihr Vorgesetzter, »ich denke, als Erstes fahren wir mal unauffällig an dem Labor vorbei und versuchen, uns ein Bild von der Örtlichkeit zu machen. Wird das funktionieren, Akono?«

»Ja, wenn man nicht allzu nah heranfährt, geht das, und man kann sich von einer Anhöhe aus einen ganz guten Eindruck verschaffen«, antwortete der Nigerianer.

»Gut, dann machen wir das, stellen uns auf diese Anhöhe und pfeifen ein bisschen harmlos vor uns hin. Dann überlegen wir uns, was wir anschließend tun. Die Frage ist, ob einer oder zwei von uns es schaffen, unerkannt dort hineinzukommen, beispielsweise durch Bestechung, um sich umzusehen, oder ob wir womöglich die ganz große Keule herausholen wollen.«

»Ich bin für Letzteres, Sven«, ertönte plötzlich eine Stimme in Gustavsens Rücken. Der Kommissar sprang abrupt auf und drehte sich zu dem schlanken, drahtigen Mann um, der sich ihrem Tisch unbemerkt genähert hatte.

»Josh«, dröhnte er dann und umarmte den Neuankömmling herzlich. »Was machst denn du hier? Und warum schleichst du dich an und belauschst harmlose deutsche Gespräche?« Gustavsen grinste jetzt übers ganze Gesicht.

»Hey brother, das hätte ich ja nicht gedacht, dich ausgerechnet in diesem gottverlassenen Stück Erde wiederzusehen. Wie lange ist es her? Ein paar Jahre bestimmt, oder?«

»Ja, das ist wahr«, bestätigte Gustavsen, »wie immer viel zu lange. Vermutlich war es bei Naomis letztem runden Geburtstag. Übrigens, Leute«, drehte er sich zu seinen Mitreisenden herum, »das ist Josh, Neffe von Naomi van Meulen, Sohn von deren Bruder Jo und demzufolge Enkel von Wims Bruder Henk. Und deshalb natürlich irgendein Großneffe oder so was ähnliches von Wim.«

»So ist es«, bestätigte Josh. »Apropos, wie geht es Wim? Ihn habe ich auch schon so lange nicht mehr gesehen.«

»Du kannst ihn auch gleich selber fragen, wenn er seinen Mittagsschlaf beendet hat«, lachte Gustavsen.

»Was, er ist auch hier?«, freute sich der junge Mann.

»Klar. Du weißt doch, wenn die Sache gefährlich wird, gehen die Gefährlichen zur Sache«, grinste der Kommissar. »Aber setz dich doch zu uns.«

Josh nahm Platz, und Gustavsen stellte ihm der Reihe nach alle Anwesenden vor. Gerade als er fertig war, erschien Wim, und eine weitere herzliche Begrüßung folgte. Dann wurde Josh ernst und schaute Gustavsen an.

»Ich nehme an, jetzt kommt der Teil, wo wir uns gegenseitig fragen, was wir hier tun. Und wenn ich euch so anschaue …«, er blickte zu Akono, »… habe ich mehr und mehr das Gefühl, dass wir womöglich aus demselben Grund hier sind. Deshalb schlage ich vor, wir gehen hinein. Wir haben hier im Hotel einen Konferenzraum gemietet und auf Wanzen untersucht. Da können wir besser reden als hier.«

»Ja, das Gefühl, dass wir an derselben Sache arbeiten, hatte ich auch sofort«, sinnierte Gustavsen. »Und jetzt, wo du *wir* sagst, verstärkt sich dieser Eindruck noch. Also los, Leute, lasst uns nacheinander unauffällig diesen Konferenzraum aufsuchen.«

Nach und nach standen alle auf und gingen, teilweise auf Umwegen, in den Konferenzraum im hinteren Bereich des Hotels. Dort erwartete sie das, was Gustavsen geahnt hatte, nämlich eine Gruppe junger Männer, die genauso fit und entschlossen wirkten wie Josh.

»Sajeret«, raunte der Kommissar Sabitzer zu. Sein Verdacht bestätigte sich schnell. Nachdem sich Josh, der in der Truppe offensichtlich das Sagen hatte, vergewissert hatte, dass er vor Gustavsens Mitreisenden frei reden konnte, stellte er seine eigenen Teammitglieder vor. Wieder wurden Hände geschüttelt und Namen ausgetauscht. Besonders der deutsche Kommissar wurde herzlich begrüßt und, wie es Sabitzer empfand, regelrecht ehrfürchtig angeschaut. *Die Sache mit Naomi damals, ist klar,* dachte sie. *Damit hat er sich in Israel ein Denkmal gesetzt.*

»Also, wer fängt an?«, fragte das glücklicherweise noch sehr lebendige Denkmal dann den Amerikaner israelischer Abstammung.

»Alter vor Schönheit«, lachte Josh.

»Okay, dann fange ich mal an«, sagte Sabitzer trocken und wurde angesichts des stürmischen Widerspruchs vor allem von den Israelis prompt wieder rot. *Wieder mal ein Flachwitz, der nach hinten losging,* dachte sie verschämt, freute sich aber, dass sie durch das Gespräch mit Osvaldo ihr Lachen wiedergefunden hatte.

»Ich versuche es kurz zu machen«, begann sie, »wir ermitteln in einem Mordfall in unserer Heimatstadt. Das Mordopfer arbeitete in einem Pharmaunternehmen, das kurz vor der Fertigstellung eines Impfstoffs gegen das Corona-Virus steht. Wir haben sofort einen Zusammenhang vermutet. Beinahe gleichzeitig ist unser neuer Freund Akono, ähem, Ayo, aufgetaucht, der mit dem Mordopfer zusammen studiert hatte, und hat uns über illegale Menschenversuche mit einem Impfstoff gegen Corona informiert. Dann haben sich Hinweise ergeben, die zu einer spanischen Firma führen, deren Geschäftsführer ausgerechnet ein Freund von Ernesto Alvarez Valverde ist. Josh, der Name ist dir sicher ein Begriff. Darf ich eigentlich Du sagen?«, schob sie schnell hinterher.

»Klar darfst du. Ja, Ernesto ist mir sehr wohl ein Begriff. Dieser Dreckskerl läuft also noch immer frei herum?«, sagte Wims Großneffe grimmig.

»Genau. Diesen Geschäftsführer haben wir aufgesucht, und obwohl er uns nichts gesagt hat, wurden wir in unserem Verdacht bestärkt, dass er etwas damit zu tun hat.«

»Redest du zufällig von Sergio Gallego von der LSE?«, fragte Josh.

»Ja, richtig. Woher weißt du das?«, fragte Sabitzer verwundert.

»Später. Mach erst mal weiter.«

»Okay. Nach dem Gespräch mit dem Typen sind wir zur Arbeitsstelle des Mordopfers gefahren. Irritiert hatte uns, dass dieses gar nicht an den medizinischen Belangen dort beteiligt war, sondern in der Verwaltung arbeitete. Allerdings trafen wir mehr oder weniger zufällig einen Mitarbeiter, der sehr stark unter Druck zu stehen schien und, wie sich herausstellte, tatsächlich erpresst wurde. Wir wurden Zeuge, wie er den Erpressern einen USB-Stick übergab, er hat uns jedoch glaubwürdig versichert – und das hat das Unternehmen mittlerweile auch nachgeprüft und bestätigt –, nur einen unbrauchbaren Datensatz übergeben zu haben. Er ist mit seiner Familie jetzt in einem sicheren Haus und wird von uns bewacht. Tja, und nun sind wir hier und wollen mal schauen, was sich in diesem Versuchslabor nördlich der Stadt abspielt. Ayo war übrigens Gefangener dort und ist entflohen. Anhand seines Berichts gehen wir davon aus, dass man dort illegale Menschenversuche mit dem Impfstoff macht, der jedoch unausgereift ist und die meisten Probanden tötet, und sich deshalb die vielversprechenden Informationen der deutschen Firma unter den Nagel reißen will.«

Sabitzer blickte in die Runde und stellte fest, dass die gesamte israelische Truppe sie mit offenem Mund ansah.

»Was ist? Habe ich was Falsches gesagt?«, fragte sie leicht verunsichert.

»Nein, überhaupt nicht, Sandra«, antwortete Josh. »Wir sind nur ein wenig überrascht, weil wir, sagen wir mal, in einer eher gegensätzlichen Mission unterwegs sind.«

»Lass hören, Josh«, meldete sich Gustavsen zu Wort.

»Wir sind hier, weil in diesem Versuchslabor offenbar eine Biowaffe hergestellt wird, die der Iran oder irgendein fanatischer iranischer Einzeltäter gegen Israel einsetzen will.«
Diese Worte schlugen ein wie eine Bombe. Sabitzer war die Erste, die wieder Worte fand.

»Das heißt, dort werden gleichzeitig ein Impfstoff gegen Corona entwickelt und ein Virus, vielleicht eine Mutation oder Chimäre, gegen Israel gezüchtet? Ich fasse es nicht.«

»Und das heißt, dass dieser Drecksack Gallego zwei Fliegen mit einer Klappe schlagen und doppelt abkassieren will«, ergänzte Gustavsen.

»Und das heißt außerdem, dass wir jetzt wissen, warum einige der Probanden so schnell nach Verabreichung des Mittels unter so schlimmen Schmerzen starben«, fügte Akono-Ayo hinzu.

»Das hast du dort gesehen?«, fragte der Sajeret-Kommandeur fassungslos.

»Ja.«

»Tja, Leute«, sagte Gustavsen und lehnte sich zurück, »dann ist es jetzt wohl Zeit für das gute alte jüdische Volkslied *When the shit hits the fan!*«

»Das kannst du laut sagen, Sven«, pflichtete ihm Josh mit finsterer Miene bei.

»Und ich nehme an, Sven«, wandte sich Sabitzer an ihren Chef, »die Frage, ob wir heute Abend Keule oder Skalpell benutzen, hat sich jetzt auch erledigt.«

»Darauf kannst du wetten«, kam Josh dem Kommissar zuvor. »Wir haben den klaren Auftrag, sobald wir auch nur Indizien für eine Biowaffe finden, die ganze Anlage plattzumachen. Und zwar vollständig, wenn das nötig sein sollte«, fügte er mit einem Seitenblick auf Gustavsen hinzu.

»Das habe ich verstanden, mein Freund«, sagte dieser ruhig. »Und alle anderen am Tisch ebenfalls.«

»In jedem Fall sind wir sehr froh, euch vorher getroffen zu haben«, schüttelte der sympathische Elitesoldat der bekannten und gefürchteten israelischen Spezialeinheit den Kopf, »auch wenn es irgendwie unglaublich ist, dass wir uns hier einfach so über den Weg laufen.«

»Du weißt doch, Josh, es gibt keinen Zufall«, grinste Gustavsen. »Außer dem einen natürlich, dass da vor zweitausend Jahren plötzlich einer auftauchte, der sich wie der Messias benahm.«

»Genauso war es!«, versetzte der Jude feierlich. »Und eines Tages wird der echte Messias kommen.«

»Ja, das stimmt. Und du weißt ja auch, worauf du dann am meisten achten musst, nicht wahr?«

»Jaja, Sven, den hast du mir schon tausend Mal erzählt«, sagte der Mann in gespielter Verzweiflung. »Wenn er sagt, dieser oder jener Ort auf der Erde komme ihm bekannt vor, muss ich mir Gedanken machen. Stimmt's?«

»So ist es!«, bestätigte Gustavsen mit einem breiten Grinsen, während Osvaldo, der katholische Priester, missbilligend den Kopf schüttelte und die Israelis laut lachten. »Okay, Jungs, dann machen wir am besten mal einen Plan für heute Abend, oder?«

»Wollt ihr da wirklich alle mit hin?«, fragte Josh. »Da wird es womöglich ziemlich heiß hergehen.«

»Wir kommen mit«, sagte Gustavsen mit Bestimmtheit. »Ich bin nämlich der Meinung, dass ihr angesichts Akonos Beschreibung und eurer vorhandenen Mannstärke durchaus noch die eine oder andere schießfähige Hand gebrauchen könnt.«

»Das stimmt allerdings«, bestätigte Josh. »Wir haben die Truppenstärke anhand von Satellitenbildern festgelegt; seitdem sind da aber zusätzliche Wachleute eingetroffen. Vielleicht wegen den Ereignissen in Deutschland oder eurem Besuch bei Gallego.«

»Das könnte gut sein. In diesem Fall müssen wir auch davon ausgehen, dass die Kerle gewarnt und entsprechend aufmerksam sind.«

»Und es sind gestern Abend Iraner eingetroffen«, meldete sich nun einer aus Joshs Kommando, ein junger, kahlköpfiger Israeli namens Ruben. »Fünf oder sechs Quds.«

»Was sind Quds?«, fragte Sabitzer.

»Die Quds-Brigaden sind eine Spezialeinheit der iranischen Revolutionsgarden. Absolute Elite und nicht zu unterschätzen. Wenn die mitmischen, könnte es lustig werden«, erklärte Gustavsen ernst.

»Das stimmt. Aber wir sind auch nicht schlecht«, lächelte Ruben selbstbewusst.

»Gut, dann wäre das geklärt. Ruben, du legst mit Svens Leuten die Vorgehensweise fest. Start um nulldreihundert«, befahl Josh.

19

In Frohnhausen schaute Andreas, der Nachbar und Teilzeit-Body-guard, argwöhnisch auf seinen Monitor. Die Überwachungska-mera des gegenüberliegenden Hauses, in dem die gefährdete Fa-milie Schick untergebracht war, zeigte auch einen Ausschnitt von der Straße. Und nun fuhr bereits zum zweiten Mal in kurzer Zeit ein weißer Golf GTi vorbei.

Haben die nicht was von so einem Auto gesagt? versuchte sich An-dreas zu erinnern. Schnell rief er im Nachbarhaus an, wo ihm Diet-helm Schick seinen Verdacht bestätigte. Dieser hatte sich bei der Übergabe des USB-Sticks trotz seiner Aufregung und Angst ebenso wie Sabitzer die Autonummer gemerkt, die mit dem Fahrzeug, welches die Kamera eingefangen hatte, übereinstimmte. Andreas beendete das Gespräch und wählte Wolfram an.

»Hi, hier ist Andreas. Ich schätze, wir haben ein Problem. Die gleichen Figuren, an die unser Schützling den Fake-Stick überge-ben hat, sind gerade zum zweiten Mal am Haus vorbeigefahren. Gefolgt sind sie mir mit Sicherheit nicht, ich bin nämlich, als ich Diethelm von Marburg geholt hatte, eine längere Strecke durch den Wald gefahren. Aber irgendwie haben sie uns doch gefun-den«, rätselte der Nachbar.

»Das können wir später klären«, sagte Wolfram knapp. »Ich bin unterwegs.«

In weniger als zwanzig Minuten war Wolfram vor Ort. Sie huschten zum Haus und erarbeiteten einen Schlachtplan.

»Okay«, sagte der kampferprobte Sicherheitsexperte der *UGA-Connection*, »wir machen Folgendes: Familie Schick wird sich im oberen Stockwerk aufhalten. Wir dürfen zwar davon ausgehen, dass das Haus einbruchsicher ist, aber man weiß ja nie, und falls es doch jemand hineinschafft, muss er erst mal noch nach oben kommen.

Andreas, dich möchte ich nur ungern einer Gefahr aussetzen. Nichts gegen dich, aber du hast nicht die Erfahrung, mit einem möglicherweise bewaffneten Gegner klarzukommen. Deshalb müssen wir uns etwas anderes überlegen.« Wolfram runzelte die Stirn und dachte nach.

»Ich weiß schon was«, sagte Andreas gelassen. »Schließlich kenne ich mich hier ziemlich gut aus.«

Er erläuterte dem drahtigen, kahlköpfigen Nanzenbacher seinen Plan. Dieser überlegte kurz und nickte dann.

Solange es hell war, blieben sie gemeinsam mit der Familie des Forschers im Wohnbereich und aßen zusammen. Diethelm hatte sich wieder weitgehend von den Schrecken der letzten Tage erholt, seine Frau und seine Töchter nahmen das Ganze mit bemerkenswerter Gelassenheit. Die zuversichtliche Abgeklärtheit, die ihre beiden Beschützer – auch der Hobbysoldat Andreas – ausstrahlten, sorgte für zusätzliche Beruhigung.

Als es dunkel wurde, nahmen alle ihre vereinbarten Positionen ein. Ihre Geduld wurde auf eine harte Probe gestellt, bis es in ihren

Headsets pingte. Meike, Andreas' Frau, beobachtete im Nachbarhaus sämtliche Aktivitäten um das Grundstück herum, und nun hatte sie Bewegung wahrgenommen.

»Zwei Mann«, wisperte sie. »Einer von oben, einer von der Saarlandstraße her.«

Es klickte zweimal; Wolfram und Andreas hatten die Information erhalten.

Eine halbe Minute später war in der stockdunklen, grabesstillen Nacht auf der einen Seite des Hauses ein unterdrückter Schmerzenslaut zu hören und auf der anderen ein ungewöhnliches Zischen. Dann gingen sämtliche Lichter rund um das Haus an – bis jetzt waren alle Bewegungsmelder abgestellt gewesen – und zwei Männer schleiften zwei schlaffe Bündel zur Terrasse. Nachdem sie *Gesichert!* gerufen hatten, kamen sowohl Meike als auch die gesamte Familie Schick auf die Terrasse gestürmt. Dort gaben sich Wolfram und Andreas erst einmal den Corona-Gruß mit den Ellbogen, bevor sie ihren bewusstlosen und bereits mit Kabelbindern gefesselten Gefangenen Sturmhauben über den Kopf zogen.

»Herr Uckerwald, Herr Klingelhöfer, wie haben Sie denn das gemacht?«, staunte Frau Schick. »Sie sind ja die reinsten Ninjas!«

»Er ist der Ninja«, lachte Wolfram und zeigte auf den Nachbarn. »Ich habe ja nur meinen Job gemacht. Übrigens, Ninjas im Einsatz duzen sich normalerweise. Ich bin Wolfram.«

»Alles klar, ich bin Rita. Aber nochmal, wie habt ihr das hinbekommen? Das waren ja nur Sekunden.« Die Schicks hatten ebenfalls ein Headset erhalten und deshalb Meikes Funkspruch mitbekommen.

»Och, bei mir war es ganz einfach«, grinste Wolfram. »Mein Mann kam von der Saarlandstraße, kroch hinter dem Gartenhäuschen Richtung hintere Tür des Anbaus, der als Keller genutzt wird. Dabei hat er aber übersehen, dass ich direkt über ihm auf dem Dach lag. Als er sich dann am Schloss zu schaffen machte, bin ich einfach auf ihn draufgefallen. Fertig. Aber sag mal, Andreas, ist es bei dir genauso abgelaufen wie geplant?«

»Ist es. Wenn du von oben kommst und zur Rückseite des Hauses willst, gibt es nur einen Weg, nämlich am Holzverschlag und dem Baum vorbei. Und genau dazwischen gibt es einen kleinen Spalt, in den ich gerade so reinpasse. Schließlich kenne ich hier jede Ecke, ich habe nämlich sowohl die Holzschuppen gebaut als auch die Bepflanzung des gesamten Grundstücks für die früheren Besitzer übernommen. Tja, und als der Kerl dann an mir vorbeischlich, brauchte ich eigentlich nur noch den Arm ausstrecken und ihm mit dem Elektroschocker eins verpassen«, grinste der hünenhafte, sympathische Nachbar. »Das ist ein klasse Spielzeug, Wolfram, am besten behalte ich es gleich für den nächsten Fall – oder für die Zeugen Jehovas.«

»Andreas!«, sagte Meike, seine Frau, tadelnd, »sag so was nicht.«

»Ist schon gut, Meike«, lachte Wolfram, »wir können das schon einordnen. Jedenfalls habt ihr beide einen klasse Job gemacht, und ab sofort seid ihr Ehrenmitglieder der *UGA-Connection*. Und diese beiden Galgenvögel hier«, er schaute zu den Gefangenen, »nehmen wir jetzt mit nach Nanzenbach und schauen mal, ob sie uns ein kleines Liedchen singen von ihrem Auftraggeber und so weiter.«

Andreas und er packten die Gangster, die Diethelm zweifelsfrei als diejenigen identifiziert hatte, denen er den falschen Datensatz übergeben hatte, in Wolframs Sharan, verabschiedeten sich von den Zurückbleibenden und fuhren los.

20

Nachdem sich in Nigeria alle für ein paar Stunden in ihre Zimmer verzogen hatten, traf sich die ganze Mannschaft wieder im Konferenzraum. Die Israelis hatten ein leichtes Buffet bestellt, an dem sich alle bedienten. Die Stimmung war gelöst, und Sabitzer registrierte dasselbe Verhalten, das ihr auch bei den ersten Begegnungen mit ihren neuen Freunden von der *UGA-Connection* aufgefallen war, nämlich diese selbstbewusste Lockerheit und Unbeschwertheit auch vor einem lebensgefährlichen Einsatz. *Offensichtlich ist das für viele ein probates Mittel, mit dem Druck und auch mit der Angst umzugehen,* dachte sie und stellte plötzlich fest, dass sie selbst sich das mittlerweile auch zu Eigen gemacht hatte.

Vor allem Gustavsen, der ja vor vielen Jahren mit Joshs Vater in der Sajeret gedient hatte, musste jede Menge Anekdoten von früher zum Besten geben. Wim erzählte den staunenden israelischen Soldaten noch einmal ausführlich die Geschichte, als der unbedarfte Kaufmann für Landmaschinenzubehör das jüdische Kind im wahrsten Sinn des Wortes aus der Gewalt von gleich vier Neonazis herausgeboxt hatte. Danach wurde er womöglich noch einmal ehrfürchtiger angeschaut.

Um zwei Uhr in der Nacht brachen sie auf; alle trugen normale Freizeitkleidung, um nicht sofort als Soldaten aufzufallen, und hatten ihr komplettes Gepäck dabei. Wim hatte für zwei Nächte bezahlt, um flexibel zu sein. Sabitzer registrierte, dass die Israelis es genauso gemacht hatten. Ohnehin sprach die Tatsache Bände, dass sie dasselbe Hotel ausgesucht hatten. *Vermutlich Standard-Vorgehensweise in diesen, ups, in unseren Kreisen,* dachte Sabitzer und fragte sich, ob das in puncto Berechenbarkeit womöglich auch mal nach hinten losgehen konnte.

Sie fuhren in insgesamt vier Jeeps aus der Stadt hinaus. Auf etwa halbem Weg zu dem Ort Gongolon, in dessen Nähe sich das illegale Versuchslabor befand, bogen sie rechts ab in ein Wäldchen, um sich auf einer Lichtung umzuziehen. Danach fuhren sie nicht zurück auf die Straße, sondern bewegten sich unter der Führung der Israelis, die das Gelände bereits vorher erkundet hatten, im Schutz der Bäume weiter nordwärts. Schließlich gelangten sie an eine letzte Baumreihe im Osten des dunkel daliegenden Dörfchens und stiegen aus.

»Von hier ist es ziemlich genau ein Kilometer bis zum Zielobjekt«, sagte Josh leise. »Wer dieses Labor gebaut hat, war kein Soldat, das steht mal fest. Denn sonst hätte er den Haupteingang nicht ausgerechnet zu dem einzigen Ort hin ausgerichtet, von dem aus ein Scharfschütze derart optimale Bedingungen hat. Die haben aus irgendeinem Grund mehr Wert darauf gelegt, den Eingang nicht zur Straße hin zu platzieren. Das war nicht besonders klug – Amateure halt.«

An diesem strategisch günstigen, etwas erhöht liegenden Platz würden sich nun Jürgen und Peter so einrichten, dass sie freie Sicht auf die linke und rechte Seite des Anwesens hatten. Obwohl die Sajeret natürlich ihre eigenen Scharfschützen dabeihatte, war Gustavsen unnachgiebig geblieben, als es darum ging, wie man gegen die Söldner vorgehen würde. Er hatte unmissverständlich klargemacht, dass er und seine Leute jedes unnötige Blutvergießen vermeiden würden. Nach langen und hitzigen Debatten hatten die Israelis, die es gewohnt waren, mit ihren Feinden nicht viel Federlesens zu machen, zugestimmt. Lediglich im Hinblick auf die Iraner waren sie nicht umzustimmen gewesen. Dies wiederum führte zu Debatten innerhalb des *UGA*-Teams, bis Markus, der frühere Kampfpilot, pragmatisch anmerkte, es sei ja eigentlich ganz einfach. Man gehe nun nicht mit Tötungsabsicht ins Rennen und würde auch den Iranern anbieten, sich zu ergeben. Das würden diese niemals akzeptieren, somit läge Notwehr vor. Diese Argumentation fand vor allem Osvaldo doch etwas schräg, aber sie würden es nicht ändern können, und angesichts dessen, was hier möglicherweise auf dem Spiel stand, musste man diese Kröte schlucken.

Somit waren Jürgen und Peter als Fernschützen benannt worden und legten sich mit ihren Barrett-Gewehren, die sie lediglich mit Betäubungspatronen geladen hatten, auf die Lauer. Alle übrigen Mitglieder ihrer Truppe außer Wim, der bei den beiden bleiben und den Spotter geben würde, sowie die israelischen Elitesoldaten verteilten sich nun in vier Gruppen, um das Gelände von allen Seiten einzunehmen.

Mittlerweile war es Punkt drei Uhr, und die Angreifer huschten los, um ihre Plätze einzunehmen. Nach wenigen Minuten kamen aus den Headsets die Bestätigungen der Gruppenführer, dass alle ihren Bestimmungsort erreicht hatten. Durch die Nachtsichtgeräte hatten sie festgestellt, dass sie es mit vier Wachposten zu tun hatten, von denen zwei in der kleinen Hütte vor dem Tor saßen und zwei in entgegengesetzter Richtung um das Grundstück patrouillierten.

Nun warteten sie, bis beide sich auf der jeweils vom Wachhäuschen abgewandten Seite des Anwesens befanden.

»Schützen, Feuer!«, befahl Josh, der Kommandeur, als es soweit war. Im nächsten Moment sah Wim durch sein Nachtglas die beiden Wachposten zusammenbrechen. Nur einen Sekundenbruchteil später tauchte Gustavsen vor der kleinen Hütte auf und trat wuchtig die Tür ein, bevor er gefolgt von Sabitzer hineinstürzte. Die beiden verbliebenen Wachposten hatten nicht mitbekommen, dass ihre Kollegen draußen ausgeschaltet worden waren, und hüteten sich angesichts zweier drohend auf sie gerichteten Pistolenläufe, zu den Waffen zu greifen. Schnell waren sie mit Kabelbindern gefesselt und geknebelt, bevor Gustavsen in sein Mikro raunte: »Wachposten gesichert.«

Das war das Signal für die drei anderen Gruppen, die sich jetzt den mit Stacheldraht gesäumten Mauern näherten. Sie warfen spezielle leichte, aber widerstandsfähige Decken über den Stachel-

draht und kletterten an den Halteschlaufen, die an diesen ange-
bracht waren, affenartig nach oben. Gleichzeitig öffnete Sabitzer
mit dem Schlüssel, den sie einer der Wachen abgenommen hatte,
das Eingangstor und meldete ihrerseits knapp: »Offen.«

Nun kam die heikle Phase des Angriffs. Bedingt durch Gustavsens Weigerung, alles zu töten, was ihnen vor die Flinten kam, hatten sie sich darauf verständigt, nicht auf Teufel komm raus in das
Anwesen zu stürmen. Nach der Beschreibung Akonos glaubte er
das verantworten zu können, ohne das Leben der gefangenen Versuchspersonen zu gefährden, weil diese in einem eigenen Trakt untergebracht waren und lediglich von zwei Leuten bewacht wurden.
Deshalb blieben die Israelis auf der Mauer in Deckung, bis auf
zwei, die auf der rechten Seite der Anlage katzengleich hinüber-
kletterten und zum Eingang des Gefangenenbereichs schlichen.
Nach weniger als einer Minute krächzte es aus den Headsets.

»Gefangenentrakt gesichert.«

Jetzt hob Akono, der Nigerianer und Muttersprachler, der sich
ebenso wie die beiden deutschen Kommissare hinter dem Haupttor verbarg, ein mitgebrachtes Megaphon an den Mund.

»Ihr seid alle umstellt. Hebt eure Hände hoch und kommt ganz
langsam heraus. Ihr habt eine Minute, dann wird das Gelände gestürmt!«, schrie er in englischer Sprache und auf Yoruba.

Es dauerte nur wenige Sekunden, bis in einem der Gebäude auf-
geregte Stimmen durcheinanderbrüllten. Gleich darauf meldeten
sich die Funkgeräte der ausgeschalteten Wachen. Akono schnappte

sich eins der Geräte und erklärte den Söldnern die Situation. Im nächsten Augenblick wurde an der Vorderseite des Gebäudes eine Scheibe eingeschlagen und der Lauf einer Maschinenpistole kam zum Vorschein. Ungezielt und panisch bestrich der Söldner die gesamte Mauer und das Eingangstor mit Schüssen, richtete aber keinen Schaden an. Während er noch wie von Sinnen um sich feuerte, sprang die Tür auf und ein weiterer Söldner erschien. Er rannte mit seinem Sturmgewehr in der Hand um die Ecke zum Gefängnis, wo er wie vom Blitz getroffen umfiel. Einer der israelischen Soldaten hatte ihn gebührend empfangen und kurzerhand mit dem Gewehrkolben niedergestreckt.

Gleichzeitig krachte es einmal von der Oberkante der Mauer, und der Söldner mit der Maschinenpistole stieß einen Schmerzensschrei aus und kippte nach hinten. Sabitzer schaute nach oben, wo ein breit grinsender Israeli sich demonstrativ an die rechte Schulter klopfte. Sabitzer hob lobend den Daumen und grinste.

Erneut griff Akono nun zum Megaphon, stellte klar, dass die Gefangenen bereits außer Reichweite ihrer Gegner waren, und beschwor sie noch einmal, sich zu ergeben, um weiteres unnötiges Blutvergießen zu verhindern. Außerdem – das hatten sie am Abend als weiteres taktisches Mittel festgelegt – forderten sie die einheimischen und ausländischen Söldner auf, die Iraner auszuliefern. Dabei war klar, dass dies zu einem möglicherweise tödlichen Streit zwischen den Parteien werden konnte – den man sich jedoch zunutze machen würde, Hauptsache, den Gefangenen passierte nichts.

Wie erwartet flammte nun das Geschrei innerhalb der Gebäude wieder auf und wurde immer hektischer. Offenbar fing die Situation zwischen den Söldnern und den Iranern an zu eskalieren. Plötzlich fielen zwei Schüsse und es ertönten Schmerzensschreie. Dann knallte es noch einmal, danach Stille.

Die Angreifer waren sich unschlüssig, was das zu bedeuten hatte, und warteten zunächst ab. Nach etwa einer Minute rief eine Stimme:

»Wir kommen raus. Nicht schießen!«

Dann ging die Tür auf, und mit erhobenen Händen erschien ein Mann in der Uniform der Söldner.

»Nicht schießen!«, rief er wieder und schaute ängstlich um sich.

»Wir werden nicht schießen, wenn ihr euch ergebt«, rief Akono wieder durchs Megaphon.

Dann kamen weitere Männer durch die Tür. Jeweils zwei von ihnen hielten einen anderen Mann in Schach. *Das müssen die Iraner sein, es klappt wirklich,* freute sich Sabitzer.

Das Ganze wiederholte sich dreimal.

Als scheinbar alle Anwesenden auf dem Hof standen und den Eindringlingen versicherten, dass niemand mehr in den Häusern sei, sprangen alle Israelis ins Innere des Anwesens hinunter. Einer hielt sich mit schmerzverzerrtem Gesicht den Arm; offenbar hatte er bei der wilden Schießerei vorhin einen Querschläger abbekommen. Einer seiner Kameraden kümmerte sich sofort um ihn.

Ebenso gingen nun Gustavsen und sein Anhang durch das Haupttor. Josh und drei seiner Leute rannten durch den Eingang in das Gebäude, aus dem ihre Gefangenen gekommen waren. Sabitzer und Gustavsen schlossen sich ihnen an. Sie gingen durch einen dunklen, düsteren Flur und gelangten schließlich in einen großen Aufenthaltsraum. Hier bot sich ihnen das anhand der vorher mitgehörten Schussfolgen erwartete Bild. Zwei der Söldner lagen tot in ihrem Blut, direkt daneben dem Aussehen nach einer der Iraner.

Der Söldner, dem der israelische Soldat tatsächlich in die Schulter geschossen hatte, saß stöhnend auf dem Boden.

Die drei israelischen Soldaten durchkämmten schnell die anderen Räume des Gebäudes und erklärten es nach wenigen Minuten für gesichert. Dasselbe hatten die anderen Soldaten in den übrigen Gebäuden getan und innerhalb kürzester Zeit das gesamte Anwesen durchsucht. Nun konnten sie sich entspannen. Sabitzer atmete tief durch. *Das ist richtig gut gelaufen*, dachte sie. *Hätte auch ganz anders enden können.*

In diesem Moment nahm sie aus den Augenwinkeln eine Bewegung wahr. Blitzschnell öffnete sich eine Schranktür im hinteren Bereich des Raumes und ein schwarzgekleideter, schlanker Mann sprang katzenhaft heraus. In der rechten Hand hielt er ein Ka-Bar-Messer, mit dem er lautlos auf Josh, der direkt vor dem Schrank stand, losging. Er riss die Hand hoch, um dem Israeli das Messer in den Hals zu jagen. Sabitzer war die Erste, die reagierte. Sie zog ihre Walther und zielte auf die rechte Schulter des Iraners. Genau in dem Augenblick, als sie den Abzug drückte, registrierte dieser sie und warf sich nach rechts, um der Kugel zu entgehen. Sabitzer konnte nicht mehr reagieren; der Schuss löste sich und traf den Terroristen voll in die linke Brust. Lautlos und als ob man ihm sämtliche Lebensfäden durchgeschnitten hätte, sank er zu Boden. Josh stand da wie versteinert, ebenso Gustavsen und die anwesenden israelischen Soldaten.

Josh schaute Sabitzer an. Als erfahrenem Kämpfer wurde ihm sofort klar, was hier gerade passiert und was jetzt zu tun war. Er sprang auf sie zu und rempelte sie an, brüllte ihr ein kurzes *Danke!* zu und ordnete an, sofort alle Winkel des Gebäudes nochmals zu durchsuchen. Damit wollte er sicherstellen, dass Sabitzer, die gerade zum ersten Mal einen Menschen erschossen hatte, in Bewegung blieb und nicht in Schockstarre verfiel. Es funktionierte; alle machten sich erneut auf, um eine Wiederholung des gerade Erlebten auszuschließen, und suchten das Gebäude noch einmal von oben bis unten gründlich ab.

Anschließend trafen sich alle auf dem Innenhof. Sämtliche Söldner und die Iraner wurden in einer Ecke festgesetzt, die gefangenen Flüchtlinge aus ihren Verliesen befreit. Wim dokumentierte alles mit der Kamera.

Die Söldner und die Gefangenen wurden ausgiebig verhört und befragt. Währenddessen suchten die israelischen Soldaten die Substanzen zusammen, die man den armen Menschen verabreicht hatte, und trugen sie in den Hof. Sie würden alles mitnehmen, um Beweise zu haben, aber vor allem auch, um sicherzustellen, dass nicht etwa eine korrupte Polizei dafür sorgte, dass die abscheulichen Versuche weitergingen.

Dem Anführer der Söldner und einem der Gefangenen, einem aufgeweckt wirkenden jungen Mann, den Akono aus einem der Lager kannte, wurde klargemacht, was sie der Polizei, die sie nach ihrem Abrücken alarmieren würden, zu sagen hatten. Dabei sollten sie in aller Deutlichkeit klarstellen, dass die unbekannten Eindringlinge ausreichend Filmmaterial hatten, um jede mögliche Vertuschung des Falles an die Öffentlichkeit zu bringen, und dies auch unweigerlich tun würden, sollte die Angelegenheit nicht ordnungsgemäß behandelt werden. Das galt insbesondere auch für die gefangenen Iraner. Mit diesem Kompromiss würden die Israelis, wenn auch ein wenig zähneknirschend, leben können.

Zum Schluss sammelten sich alle und stiegen in die mittlerweile eingetroffenen Fahrzeuge. Wie sich herausgestellt hatte, war die Sajeret-Truppe ebenfalls per Privatjet eingeflogen und ihr Flieger stand auf demselben Flugplatz wie die Embraer der *UGA-Connection*. Also fuhren sie im Konvoi die kurze Strecke zum Flughafen. Die Polizei würden sie sicherheitshalber erst einschalten, wenn sie in der Luft waren, damit sie nicht noch aufgehalten würden.

Sabitzer bekam das alles nur wie durch einen dichten Nebel mit. Trotzdem fiel ihr auf, dass offenbar niemand aus dem nahegelegenen Ort herbeigekommen war, um nachzusehen, was los war. Augenscheinlich war die Operation wirklich sauber und leise abgelaufen. *Fast sauber,* ging es ihr plötzlich durch den Kopf, und ihr Magen fing an zu rebellieren.

Sie erreichten den Airport und trennten sich, um ihre unterschiedlichen Flugzeuge zu besteigen. Vorher hatten sie abgesprochen, dass alle nach Deutschland fliegen würden, um dort sämtliche Informationen abzugleichen.

Bevor Josh als Letzter den Jet der Israelis bestieg, nahm er Sabitzer in den Arm.

»Sandra, du hast mir das Leben gerettet. Das werde ich dir nie vergessen. Ich stehe nun in deiner Schuld. Und der Staat Israel vergisst so etwas auch nie!« Mit diesen Worten drehte sich der Kommandeur der Sajeret herum und sprang leichtfüßig die Gangway der Bombardier empor.

21

In der Luft schwankte die Stimmung zwischen der Zufriedenheit, der Lösung des Falles ein gutes Stück nähergekommen zu sein, ohne eigene Verluste erlitten zu haben, und dem Mitgefühl mit der jungen Kommissarin.

Sabitzer hatte sich in eine der Einzelkabinen im hinteren Teil der Embraer zurückgezogen, saß auf dem Bett und brütete vor sich hin. Dann klopfte es kurz an der Tür, und ohne auf ihre Bestätigung zu warten, trat Gustavsen ein. Er ging wortlos auf sie zu, nahm sie in den Arm und küsste sie sanft auf die Stirn. Sie löste sich von ihm und schaute ihm in die Augen.

»Sven, wir müssen uns …«

»Ich weiß schon, Sandra«, unterbrach sie der Kommissar. »Osvaldo hat mir alles gesagt. Es tut mir leid, ich war …«

Diesmal wurde er selbst unterbrochen, weil Wim an die Kabinentür klopfte.

»Kommt raus, ihr beiden. Die Israelis sind in der Leitung, das müsst ihr hören!«, rief er durch die Tür.

Sabitzer straffte sich und stand auf. Gemeinsam gingen sie hinaus in die Hauptkabine. Dort hörte man über die Bordlautsprecher bereits die angespannte Stimme von Josh, dem Kommandeur der Sajeret-Einheit.

Gustavsen schnappte sich eins der Wandmikrofone.

»Hallo Josh, wir sind hier. Was gibt es?«, fragte er knapp.

»Zwei der Iraner, die vorgestern bei der Anlage angekommen waren, sind weg und haben einen Kanister des Virus mitgenommen.«

Es wurde totenstill im Flugzeug.

Gustavsen fand als Erster die Fassung und fragte zurück:

»Kein Zweifel möglich?«

»Kein Zweifel möglich!«, sagte Josh. »Übereinstimmende Zeugenaussagen. Wir sitzen gerade hier zusammen und werten die Befragungen aus. Die Aussagen kamen von mehreren Söldnern und von einem der Gefangenen, der das Ganze irgendwie mitbekommen hat.«

»Okay«, sagte Gustavsen kurz. »Das bedeutet sofortige Flugänderung nach Lanzarote statt nach Deutschland und anschließend vermutlich Weiterflug nach Barcelona, um Gallego in die Mangel zu nehmen.«

»Onkel Sven, ich sehe, du hast nichts verlernt«, bewies Josh, dass ihm der einzigartige jüdische Galgenhumor – entwickelt, um die unzähligen Krisensituationen, die das Volk durchlebt hatte, ertragen zu können – nicht fremd war. »Genauso machen wir es.«

Im nächsten Moment spürten die Passagiere, wie Markus den Jet nach Westen umlenkte. Sabitzer war wieder einmal beeindruckt von der Effizienz, mit der ihre Freunde zu Werke gingen. Und wieder einmal wuchs ihr Respekt vor der hervorragenden Auffassungsgabe und Entschlusskraft ihres Vorgesetzten, der für sie so viel mehr war als nur ein Chef.

Als das Gespräch beendet war, setzten sich alle zusammen.

»Kombiniere ich richtig, wenn ich aus dem Ganzen schließe, dass womöglich ein Anschlag auf Israel unmittelbar bevorsteht und wir diesen Spanier schnappen und zum Reden bringen müssen, um zu erfahren, wo und wann das Attentat stattfinden soll?«, fragte Sabitzer.

»Genauso ist es, Sandra«, bestätigte Gustavsen düster. »Und das macht mir richtig Bauchschmerzen. Das Schlimme daran ist nämlich, dass wir erstens nicht wissen, ob es *der* Iran ist, der dahintersteckt, oder einfach irgendeine verrückte Zelle innerhalb des Iran. Außerdem haben wir keinerlei Zugriff auf dieses Land. Allenfalls haben die USA dort ein paar Quellen. Aber wenn die mitmischen, könnte es womöglich erst richtig knallen. Gut, dass wir jetzt nicht entscheiden müssen, ob die Amerikaner eingeweiht werden müssen oder nicht. Meines Erachtens müssen sie, schließlich liegt ja durchaus auch die Möglichkeit nahe, dass sie das Ziel sind. Aber das sollen Josh und seine Kumpels vom Mossad entscheiden. In jedem Fall …«, er schüttelte deprimiert den Kopf, »… habe ich bis gerade eben gedacht, ich hätte so ziemlich alles Üble schon erlebt. So ein Szenario wie dieses kannte ich bisher nur aus Büchern. Ich glaube, nie war das so angesagt, was wir jetzt gleich tun sollten – nämlich beten.«

»Genau das werden wir gleich tun, Sven«, ließ sich nun Osvaldo, der Priester, vernehmen. »Lasst mich vorher noch ein paar Worte sagen, die uns Mut machen dürfen.«

Er öffnete die Bibel-App auf seinem Smartphone – auch ein katholischer Priester ging mit der Zeit.

»Im ersten Buch Mose sagt Gott über Israel: *Ich will segnen, die dich segnen, und verfluchen, die dich verfluchen.* Und der Prophet Sacharja sagt: *Wer euch antastet, tastet seinen Augapfel an.* Und wenn wir uns die Geschichte des Volkes Israel anschauen, dann sehen wir, dass er dieses Versprechen gehalten hat. Das mag gerade angesichts des Holocaust verwunderlich klingen, ja. Aber wenn wir uns die jüngere Geschichte des Staates Israel ansehen, also seit 1948, der ja am Tag der Gründung bereits den Krieg erklärt bekam, aber auf wirklich wundersame Weise bis heute beschützt wurde, dann ist das rational schlichtweg nicht zu erklären. Deshalb dürfen wir alle darauf vertrauen, dass Gott auch diesmal da ist und sein Volk schützen wird. Und wenn wir tatsächlich dazu beitragen dürfen, dann ist das etwas Unglaubliches.« Bewegt rieb sich Osvaldo die Augen.

Nach der darauffolgenden Gebetsgemeinschaft, bei der jeder Anwesende sich einbrachte, war es still im Flugzeug – bis der Bordlautsprecher knisterte und Joshs hörbar bewegte Stimme erklang.

»Danke! Wir haben alles mitgehört, und das hat uns Zuversicht gegeben. Wir danken Gott, dass wir euch an unserer Seite haben!« Niemand hatte bemerkt, dass die Telefonleitung die ganze Zeit offen gewesen war. Gustavsen, griff sich wortlos das kleine Ding und drückte die rote Taste.

22

Wim hatte bereits zwei Autos für die israelischen Soldaten reservieren lassen, sodass sie nach der Landung auf dem *César-Manrique-Airport* ohne Zeitverlust Richtung Nazaret und UGA durchstarten konnten. Ein Teil der Gäste würde in Gustavsens Anlage übernachten, die anderen bei Wim. Nach dem Einräumen des Gepäcks sprangen Erstere schnell in den Pool, um sich ein wenig zu erfrischen – in dieser Nacht hatte niemand geschlafen –, und brachen dann gleich wieder auf, um in Wims Finca zu den anderen zu stoßen. Diese hatten dasselbe getan und sich ebenfalls im Wasser erfrischt.

Heute wurde es um den großen Tisch im Innenhof ziemlich eng, und Benito und Lina hatten trotz tatkräftiger Unterstützung von Gustavsens Haushälterin Elena, die ebenfalls mit nach UGA gekommen war, alle Hände voll zu tun, um die hungrigen und durstigen Besucher zu sättigen.

Nach dem Essen berichteten zunächst die Israelis, was sie durch ihre Verhöre herausgefunden hatten.

»Es ist tatsächlich so, wie wir vermutet hatten«, begann Josh. »In der Anlage wurde auf der einen Seite ein Impfstoff gegen Corona an Menschen erprobt. Dieser taugte offensichtlich nicht viel, sondern war in manchen Dosierungen sogar gefährlich und teilweise tödlich. Deshalb hat man sich, wie es einer der Söldner wörtlich gesagt hat, *auf dem Markt umgeschaut,* um sich mit Gewalt eine vielversprechendere Formel unter den Nagel zu reißen. Und ganz vorne im Ranking stand halt diese deutsche Firma namens Sa-med. Wer die Auftraggeber sind, wusste übrigens niemand. Es wurde lediglich bestätigt, dass einige der Ärzte im Camp spanisch sprachen. Mehr Indizien haben wir aktuell nicht.«

Josh nahm einen Schluck Fanta Zitrone.

»Parallel zu den Versuchen mit dem Impfstoff hat man eine im Labor gezüchtete Mutation des Corona-Virus ebenfalls an Menschen erprobt. Fragt mich nicht nach den chemischen Einzelheiten, davon habe ich keine Ahnung. Wir haben jedoch eine Menge Unterlagen, die unsere Spezialisten zuhause in diesem Moment bereits analysieren.

Erprobt wurden vor allem die Art der Verbreitung des Virus und, das ist jetzt kein Witz, …«, nun sprühten Joshs Augen Blitze, »… die Schwere des darauffolgenden Todeskampfes. Man hat uns übereinstimmend gesagt, den Iranern sei besonders wichtig gewesen, dass die Opfer leiden – je mehr, desto besser.«

Er wandte sich zu Osvaldo.

»Wir haben ja heute Morgen alle gehört, was du gesagt hast, im Gebet und so, und wir schätzen dich sehr. Aber ich hoffe, du verstehst, dass wir im Augenblick nicht nur, weil wir Juden sind und aus eurer Sicht noch im Alten Testament feststecken, eher das Prinzip Auge um Auge im Sinn haben.«

»Das verstehe ich vollkommen, Josh«, sagte der Priester leise.

»Okay, zurück zum Text«, versuchte sich Josh wieder zu sammeln.

»Die anwesenden Spezialisten haben uns mitgeteilt, dass das Virus sowohl über einer Menschenmenge – beispielsweise per Drohne – freigesetzt oder auch in eine Klima- oder öffentliche Belüftungs-anlage respektive die Wasserversorgung eingeschleust werden könnte. Es ist außerdem tatsächlich so, dass zwei der Iraner abgereist sind, bevor wir ankamen, und einen etwa zwei Liter großen Kanister mit dem Virus mitgenommen haben. Dass Israel das Ziel ist, entnehmen wir nicht nur der bekannten Feindschaft zwischen uns und dem Iran, angeblich hat man aus den Unterhaltungen der Iraner auch Sprüche wie ›Tod den Zionisten‹ aufgeschnappt.

Allerdings – Sven, du hattest heute Morgen völlig recht – ist, wenn der Iran beteiligt ist, nie auszuschließen, dass auch die USA ein Ziel sind. Sie haben ja genug Material; mit dem Inhalt dieses Kanisters könnte man Tausende grausam töten, sagen die Experten. Somit müssen wir die Amerikaner informieren. Damit riskieren wir natürlich, dass die die ganz große Welle machen und überall mitmischen wollen. Ob das die Chancen erhöht, die Attentäter rechtzeitig zu stoppen, sei mal dahingestellt.«

»Wäre es nicht gut gewesen, einen der Iraner mitzunehmen, um ihn auszuquetschen?«, fragte Sabitzer, bevor ihr die Szene aus dem letzten Jahr in der Wildkammer ihres deutschen Hauptquartiers einfiel, als Gustavsen und Wim zwei Verdächtigen suggeriert hatten, sie würden gleich gefoltert. Sie bekam Gänsehaut, dachte aber gleichzeitig: *Das ist es wert.*

»Ja, das wäre optimal gewesen, Sandra«, bestätigte Josh. »Das Problem ist, dass wir damit angesichts zu vieler Zeugen unweigerlich einen internationalen Zwischenfall heraufbeschworen hätten, und angesichts der wenigen Indizien, die wir vorweisen können, hätte das eine Menge zerrissener Hosen gegeben. Also müssen wir die Karte Gallego ausspielen und beten, dass uns das weiterführt. Wie sieht es da aus, Wim?«, fragte er seinen Großonkel.

»Gut sieht es aus«, sagte der Angesprochene. »Ich habe mit Sergio in seinem Büro in Sant Esteve telefoniert und ihm gesagt, wir hätten neue Erkenntnisse – er hat ja sicher schon von unserer Aktion gehört – und müssten ihn nochmal treffen. Und zwar so schnell wie möglich. Er hat mir einen Termin für morgen Vormittag im selben Hotel genannt, weil er angeblich heute trotz Wochenende den ganzen Tag arbeiten muss. Das bedeutet, dass er heute Abend vor Ort ist, entweder in der Firma oder zuhause oder auf dem Weg dorthin. Also werden wir ihn uns heute noch schnappen. Es ist nur zu hoffen, dass er auch weiß, was die Iraner vorhaben, sonst wird er uns nicht allzu viel nützen.«

»Lass mal, Wim, der wird schon etwas wissen. Und wenn es nur Kontaktdaten sind oder aufgezeichnete Telefonverbindungen, wir werden sicher etwas finden«, sagte Peter, der IT-Spezialist der Truppe, überzeugt und zog an seiner Winslow.

»Ja, das denke ich auch«, meinte Gustavsen. »Ein gerissener Kerl wie der sichert sich bei einem solchen üblen Geschäft bestimmt gut ab, um im Notfall mit dem Finger auf andere zeigen zu können.

Und dieser Notfall wird noch heute über ihn hereinbrechen«, kündigte er mit entschlossener Miene an.

»Okay, das klingt nach einem Plan«, sagte Josh. »Es ist gut zu sehen, wie ihr die Dinge anpackt. Ihr könntet beinahe Israelis sein«, grinste er. »Aber Sven und jetzt auch du, Sandra, ihr seid ja bereits Israelis ehrenhalber.« Mit diesen Worten drückte er die neben ihm sitzende junge Kommissarin fest an sich. Diese nickte nur wortlos. Die israelische Ehrenstaatsbürgerschaft war ihr angesichts dessen, was sie in der vergangenen Nacht hatte tun müssen, noch kein wirklicher Trost.

»Aber wer von uns schnappt sich den Kerl in Barcelona?«, fragte nun Ruben, der kahlköpfige Sajeret-Soldat.

»Wir!«, antwortete Gustavsen mit Bestimmtheit. »Wir kennen die Örtlichkeit und können auch unauffälliger ein- und ausreisen.«

»Ja, das ist das Vernünftigste«, meinte auch Josh.

23

Sabrina lenkte ihren dunkelgrauen Hyundai Tucson in die Gladenbacher Bahnhofstraße und hielt vor einem Geschäft für Grabsteine an. Direkt daneben standen die vier Mehrfamilienhäuser, von denen der Frohnhäuser Zeuge Gustavsen erzählt hatte. Sie und Anja stiegen aus und gingen zum ersten Haus. Anja las die Türschilder und klingelte. Immerhin war es Samstagmorgen, und sie spekulierten darauf, dass dies ein geeigneter Zeitpunkt sei, die Damen nicht bei der Ausübung ihres Berufes zu stören.

Folgerichtig ertönte nach kurzer Zeit ein fragendes ›Ja?‹ aus der Türsprechanlage.

»Kriminalpolizei Dillenburg«, sagte Sabrina beinahe wahrheitsgemäß. Schließlich war sie tatsächlich dort angestellt, wenn auch nicht offiziell als Ermittlerin. »Frau Lauber, wir müssten kurz mit Ihnen reden.«

»Worum geht es denn?«, fragte die Frau am anderen Ende.

»Müssen wir das über die Sprechanlage klären?«, insistierte Sabrina.

Statt einer Antwort ertönte der Türöffner. Die beiden Frauen traten ein und gingen hoch in die dritte Etage. Dort stand eine wasserstoffblonde, vielleicht dreißig Jahre alte Frau bereits im Türrahmen. Ihre Haare waren zerzaust, als sei sie gerade aufgestanden, sie war ungeschminkt und trug lediglich ein T-Shirt, das bis zu den Knien reichte.

»Kommen Sie rein, ich habe gerade Kaffee gemacht«, sagte die Frau.

Sie traten ein und gelangten in ein gemütlich eingerichtetes Wohnzimmer. Ihre Gastgeberin lud sie mit einer Handbewegung ein, Platz zu nehmen, und ging in die Küche, um gleich darauf mit einer Kanne Kaffee, drei Tassen sowie Milch, Zucker und Gebäck zurückzukommen.

»Ich sehe schon, Sie sind überrascht wegen der bürgerlichen Einrichtung, die so gar nicht zu meinem Job passt, hab ich recht?«, fragte sie grinsend.

»Eigentlich hatten wir überhaupt keine Vorstellung, wie *so eine* Wohnung aussehen müsste, Frau Lauber«, sagte Sabrina. »Ich finde es nur gemütlich hier.«

»Dann wären wir vermutlich jetzt an der Stelle, wo ich erkläre, dass ich eigentlich gar nicht der Typ Professionelle bin, sondern Philosophie und Germanistik studiere und mir das halt irgendwie finanzieren muss«, sagte Frau Lauber mit einem offenen und sympathischen Lächeln.

»Nichts davon«, meldete sich nun auch Anja zu Wort. »Wir sind weder von der Sitte noch laufen wir mit erhobenem Zeigefinger durch die Weltgeschichte, denn wir sind gläubige Christen – oder sollte ich sagen, wir moralisieren nicht, *obwohl* wir Christen sind?«

»Tja, ich weiß nicht«, sagte ihre Gastgeberin. »Oftmals ist es eher Letzteres, besonders hier in der Gegend.«

»Ich verstehe, was Sie meinen«, bestätigte Sabrina. »Aber wie gesagt sind wir nicht hier, um die Moralkeule zu schwingen. Es geht um einen möglichen Mordfall.«

»Jens-Uwe, richtig?«, sagte Frau Lauber.

Anja und Sabrina schauten sich überrascht an. In diesem Moment wusste die Pathologin, dass die Anschuldigungen gegenüber ihrem guten Freund Jens-Uwe zumindest nicht vollständig aus der Luft gegriffen sein konnten. Bevor sie jedoch nachhaken konnte, sprach die junge Frau schon weiter.

»Sie müssen gar nicht so überrascht schauen«, sagte sie. »Mit Sicherheit wissen Sie doch, dass hier in dem Block noch eine andere vom Gewerbe wohnt. Deshalb sind Sie ja schließlich hier. Sie haben nur als Erstes bei der Falschen geklingelt.«

»Ja, das kommt mir jetzt auch so vor«, murmelte Sabrina. »Können Sie uns denn ein wenig mehr dazu sagen? Ihren Worten entnehme ich, dass Ihre Kollegin …«

»Freundin!«, ging Frau Lauber dazwischen.

»Okay, Ihre Freundin. Die scheint also Jens-Uwe Klein gekannt zu haben. In welcher Beziehung standen die beiden denn zueinander? Das müssten Sie als Freundin ja wissen, oder?«

»Ja, weiß ich auch. Aber das soll sie Ihnen ruhig selbst erzählen, da werde ich mich nicht reinhängen«, sagte die Frau mit Entschiedenheit. »Ich kann nur sagen, dass sie am Boden zerstört ist, und bitte Sie, möglichst behutsam mit ihr umzugehen, auch wenn mir klar ist, dass Sie Ihre Fragen stellen müssen.«

»Das ist nur fair«, antwortete Sabrina, »und ich kann's verstehen. Also dann, vielen Dank fürs Gespräch und den Kaffee. Der war richtig gut.«

Sie stand auf, gab der netten jungen Frau die Hand und wandte sich zur Tür. Anja tat es ihr gleich.

»Ebenfalls danke für den Kaffee, Frau Lauber, und alles Gute.«

»Hat mich gefreut. Schönen Tag noch und liebe Grüße an meine Freundin«, lächelte Frau Lauber.

Anja und Sabrina verließen das Haus und gingen über den Gehsteig.

Alle vier Häuser sahen identisch aus und waren augenscheinlich frisch gestrichen. Als sie zur Eingangstür des übernächsten Hauses einbogen, sahen sie einen älteren Mann in der Tür des letzten Gebäudes in der Reihe verschwinden. *Der kommt mir irgendwie bekannt vor,* dachte Sabrina, *aber woher bloß?*

Sie klingelten, und sofort ertönte der Türsummer.

»Wir sind angekündigt«, grinste Anja. »Ganz schön fix, unsere Frau Lauber.«

Erneut stiegen sie hinauf bis in den dritten Stock. Auch hier lehnte bereits eine Frau am Türrahmen. Sie war etwas älter als ihre Freundin und Kollegin und sah ein wenig aus wie …

»Anita?«, entfuhr es Sabrina.

»Sabrina? Bist du das?«, kam die verblüffte Antwort.

Und die beiden Frauen fielen sich in die Arme. Als sie sich wieder voneinander lösten, drehte sich Sabrina zu der ratlos dastehenden Anja um.

»Darf ich vorstellen? Anita, das ist Anja, meine Freundin. Anja, das ist Anita, Birgit Kleins Zwillingsschwester und meine Schulfreundin aus Grundschulzeiten.«

Nun gab die mittelgroße, brünette Frau, die einen offenen und sympathischen Eindruck machte, auch Anja die Hand.

»Hallo Anja, ich freue mich, dich kennenzulernen. Kommt doch herein. Ich würde euch ja einen Kaffee anbieten, aber ich fürchte, mit dem von Tanja kann ich nicht konkurrieren«, lächelte sie und führte ihre Besucherinnen in ihr Wohnzimmer, das exakt genauso geschnitten war wie das ihrer Freundin und ebenfalls einen sehr einladenden Eindruck machte.

»Wie wär's stattdessen mit etwas Kaltem, vielleicht einem frisch gekelterten Apfelsaft?« Und schon war Anita in der Küche verschwunden und erschien kurze Zeit später mit einem Glaskrug voll trübem Saft und drei Gläsern. Als sie eingeschenkt hatte und alle gekostet hatten, lehnte sie sich zurück.

»Sabrina, wie ist es dir ergangen? Wir haben uns ja mindestens fünfundzwanzig Jahre lang nicht gesehen«, fragte sie die Dillenburger Rechtsmedizinerin, die in Frohnhausen aufgewachsen war.

»Tja, was soll ich sagen?«, dachte Sabrina nach. »Alles ziemlich unspektakulär. Ich habe Abitur gemacht, studiert, geheiratet, zwei mittlerweile erwachsene Kinder, und heute arbeite ich als Pathologin und Leiterin der Spurensicherung bei der Dillenburger Kripo. Ein echtes Spießerleben, schätze ich«, grinste sie.

»Um das dich so manche Frau auf dieser Welt beneidet, glaub mir das«, sagte Anita versonnen und wandte sich an Anja. »Und was machst du so? Auch Kripo?«

»Nee«, sagte Anja grinsend, »ich bin Schnittstellenmanagerin.«

»Schnittstellenmanagerin? Ist das so eine Art Vorarbeiterin für Näherinnen?«, fragte ihre Gastgeberin ratlos.

»Nein, nein«, lachte Anja. »Das ist so etwas wie der amerikanische Begriff für das *Mädchen für alles*. Mein Arbeitgeber ist viel herumgekommen und hat mir das irgendwann erzählt. Und ich fand das lustig, also habe ich es übernommen. Genaugenommen bin ich mehr oder weniger Hausverwalterin und Köchin.«

»Okay, und was ich mache, wisst ihr bereits, oder?«, lächelte Anita wissend.

»Strenggenommen wissen wir so gut wie gar nichts«, sagte Sabrina. »Wir haben bisher nur Gerüchte über dich gehört und sind halt hier, um denen auf den Grund zu gehen.«

»Ja, das kann ich mir denken«, sagte Anita und wirkte nun traurig. »Und natürlich geht es um Jens-Uwe. Ist ja klar.«

»Richtig«, bestätigte Anja. »Und um deine Beziehung zu ihm im Besonderen.«

»Ja, das verstehe ich. Lass mich raten, irgendjemand hat erzählt, der Klein hält sich in Gladenbach eine eigene Nutte. Richtig?«

»Im vollen Wortlaut korrekt!«, bestätigte Sabrina. »Und wir müssen wissen, was da dran ist, weil wir noch immer nicht wissen, ob sein Tod Mord oder Selbstmord war.«

»Es war mit hundertprozentiger Sicherheit kein Selbstmord!«, betonte Anita. »Nie im Leben. Weder war er der Typ für so etwas, noch hatte er den geringsten Grund. Hast du ihn etwa obduzieren müssen?«, schaute sie ihre frühere Freundin mitfühlend an.

»Ja, musste ich«, antwortete Sabrina und schluckte. »Einer der schlimmsten Tage meines gesamten Berufslebens.«

»Das kann ich mir vorstellen«, sagte die Frau, die ihrer Zwillingsschwester tatsächlich wie aus dem Gesicht geschnitten war. »Mich hat es auch total umgehauen. Dass ich jetzt nicht hier sitze und Rotz und Wasser heule, liegt in erster Linie an den Medikamenten.«

»Medikamente?«, echote Anja.

»Ja. Aber das ist eine längere Geschichte.«

»Am besten erzählst du sie uns einfach. Schließlich sind wir deswegen hier«, forderte Sabrina sie auf.

»Okay, wo soll ich anfangen? Am besten ganz vorne. Bis zum Ende der Grundschule war noch alles gut, das weißt du ja. Wir waren eine ganz normale Familie, gingen brav in die Kirche, Papa war auf dem Finanzamt, Mutter Hausfrau, Birgit und ich verstanden uns gut und kamen gut in der Schule zurecht. Dann ging schlagartig alles kaputt. Kurz gesagt, mein Vater hat, kurz nachdem wir zur WvO gewechselt waren, angefangen, mich zu missbrauchen.

Das ging über mehrere Jahre. Es war furchtbar. Und ich hatte fürchterliche Angst, er könnte meiner kleinen Schwester dasselbe antun. Ich bin nämlich die Ältere, ich glaube um sechs Minuten oder so, und habe mich deshalb immer irgendwie verantwortlich für sie gefühlt«, lächelte sie traurig.

»Jedenfalls habe ich immer darauf geachtet, dass er sich Birgit nicht nähert, und das Ganze stattdessen über mich ergehen lassen. Niemand, der nicht in dieser Lage war, kann sich vorstellen, wie wirksam Eltern ihre Kinder einschüchtern können.

Irgendwann jedoch hielt ich es nicht mehr aus. Ich lieh mir von einem Freund eine kleine Videokamera, platzierte die in meinem Schlafzimmer und aktivierte spätabends die Aufnahme. Nach weniger als einer Woche kam er wieder zu mir, und ich hatte einen Beweis. Damit habe ich ihn dann konfrontiert und ihm gedroht, das Video an die Polizei zu übergeben, falls er nicht sofort abhaut. Natürlich hatte ich eine Kopie gemacht und sicher deponiert. Also hat er an einem Sonntag, an dem die restliche Familie in der Kirche war, seine Sachen gepackt und war weg. Wir haben nie wieder etwas von ihm gehört, bis man uns Jahre später mitteilte, er sei an Leberzirrhose gestorben.«

Anita atmete durch und trank einen Schluck Apfelsaft.

»Als ich überrascht feststellte, dass meine Mutter so gar nicht am Boden zerstört war, wie man es von einer gerade verlassenen Ehefrau erwartet hätte, habe ich Verdacht geschöpft. Und richtig, irgendwann hat sie dann rausgerückt, dass sie die ganze Zeit von dem Missbrauch gewusst hatte, aber zu feige gewesen war, etwas dagegen zu unternehmen. In diesem Fall aber nicht, weil er ihr gedroht hätte, sondern weil ihr zu sehr am Ruf als rechtschaffene, fromme Familie gelegen war. Lange Rede, kurzer Sinn, das hat wiederum dazu geführt, dass auch sie irgendwann aus unserem Leben verschwunden ist. Birgit habe ich übrigens nie etwas von dem Ganzen erzählt, und ich habe keine Ahnung, ob sie jemals etwas davon mitbekommen hat.

Jedenfalls hat mich das komplett aus der Bahn geworfen. Ich habe die Schule geschmissen, mich mit den falschen Freunden eingelassen, wurde drogensüchtig und musste schließlich meinen Körper verkaufen, um meinen Stoff zu finanzieren. Eine klassische Karriere, schätze ich.« Sie seufzte.

»Und was ist dann passiert?«, fragte Sabrina, die ebenso wie Anja der Erzählung gespannt zugehört hatte.

»Tja, dann habe ich vor knapp zwei Jahren Jens-Uwe getroffen. In Marburg. Dort habe ich damals *gearbeitet*. Und es stellte sich heraus, dass Jens-Uwe mit einer Gemeinde zusammenarbeitete, die Streetworking machte. Also sich um Drogensüchtige, Prostituierte oder Obdachlose kümmerte. Jens-Uwe war dann bei einem solchen Einsatz dabei und stand plötzlich vor mir. Ich war richtig geschmeichelt, als ich sah, dass ihm beinahe die Augen aus dem Kopf fielen. Denn damals sah ich ganz gewiss nicht übermäßig vorteilhaft aus. Naja, wie auch immer. Sein Kumpel, den er dabeihatte, guckte genauso verblüfft aus der Wäsche. Das war übrigens ein

Farbiger, sah aus wie eine Gazelle. Wenn ich mich recht erinnere, stammte er aus Nigeria und hatte mit Jens-Uwe studiert oder so und diesen jetzt noch einmal besucht.«

»Akono«, sagte Anja.

»Ja, richtig. Woher weißt du das?«, fragte Anita erstaunt.

»Wir haben Akono auch gerade kennengelernt«, lächelte Anja. »Wir wissen sogar, wo er gerade ist. Nämlich ganz in der Nähe.«

»Wie klein ist die Welt«, sagte Anita versonnen. »Ich würde mich sehr freuen, ihn wiederzusehen. Er war total nett.«

»Da lässt sich möglicherweise was machen«, sagte Sabrina. »Aber erzähl erst mal weiter.«

»Okay, wo war ich stehengeblieben? Ach ja, die erste Begegnung. Tja, es wurde natürlich schnell klar, warum Jens-Uwe bei meinem Anblick so aus der Fassung geraten war. Wir kamen ins Gespräch, und so nach und nach habe ich ihm alles erzählt. Daraufhin hat er – er war ein unglaublicher Organisator, so schnell, wie er Pläne machte, konnte man kaum denken – beschlossen, mich aus meinem Milieu herauszuholen und zu meiner Schwester zu bringen. Das habe ich aber zunächst abgelehnt, weil ich mich geschämt habe. Also haben wir vereinbart, dass ich als Erstes eine Entziehungskur mache und meinem Job abschwöre, also soweit wie möglich auf die Beine komme, bevor wir zu Birgit gehen. Außerdem brauchte ich eine Psychotherapie, weil der Missbrauch offensichtlich längst nicht verarbeitet war. Deshalb auch die Medikamente, von denen ich vorhin sprach. Antidepressiva. Ganz ohne geht es noch nicht. Jens-Uwe hat mich außerdem seither finanziell unterstützt und ich zahle es ihm zurück, indem ich von zuhause aus als Lektorin arbeite. Er hat mich mit Verlagen für Sachbücher und wissenschaftliche Literatur in Verbindung gebracht, sodass ich nun ein regelmäßiges Einkommen habe.

Das ist übrigens lediglich die geglättete und kurze Version, nur um das klarzustellen. Es war ein langer und harter Weg mit vielen Rückschlägen, und dass Jens-Uwe nicht irgendwann die Nase voll hatte, verstehe ich bis heute nicht. Natürlich habe ich auch versucht, ihn zu verführen. Etwas anderes kannte ich ja nicht, wenn es darum ging, Dankbarkeit oder Ähnliches auszudrücken. Aber er hat sich nie auf etwas eingelassen. Außerdem hat er mich oft zu den Gemeindestunden oder ins Lifetime mitgenommen.«

Unvermittelt fing die nette Frau an zu weinen. »Und jetzt, wo ich fast soweit war, zu Birgit zu gehen, wird er umgebracht. Wer tut nur so etwas?« Sie schluchzte jetzt laut.

Sabrina rückte näher zu ihr und nahm sie in den Arm.

»Das werden wir herausfinden, das verspreche ich dir. Und trotz allem bin ich total dankbar, dich unter diesen Umständen wiederzusehen. Besonders, weil auch Birgit jetzt jede Unterstützung gebrauchen kann und ihr euch gegenseitig trösten könnt. Deshalb müssen wir auch jetzt so schnell wie möglich zu ihr. Bist du bereit?«

»Ich bin bereit!«

24

Neben Markus, dem Piloten, bestiegen Wim, Gustavsen und Sabitzer den Jet und nahmen Kurs auf *Barcelona El Prat*. Vier sollten genügen, um den Verdächtigen einzukassieren, hatte der Kommissar verfügt.

Nach der Landung mieteten sie zwei Autos, um flexibel zu sein, und machten sich auf den kurzen Weg nach Westen Richtung Martorell. Wieder nahmen sie die Serpentinen den Berg hinauf und bezogen an zwei unterschiedlichen Punkten an der Straße zur Firma LSE Stellung. Mit unterdrückter Nummer rief Gustavsen in der Zentrale des Unternehmens an und bat darum, zu Señor Gallego durchgestellt zu werden. Als die Empfangsdame, die offenbar ebenfalls samstags arbeiten musste, das Gespräch weiterleitete, war klar, dass der Gesuchte noch im Büro weilte. Der Kommissar beendete den Anruf, bevor Gallego drangehen konnte, und sie richteten sich auf eine unbestimmte Wartezeit ein.

»Glaubst du, wir kommen weiter, wenn wir den Kerl schnappen, Sven?«, fragte Sabitzer ihren Vorgesetzten.

»Ich bin nicht ganz sicher«, antwortete dieser und zuckte die Schultern. »Es könnte ja beispielsweise auch sein, dass unser Freund Gallego nur *glaubt*, sich abgesichert zu haben, aber von den Iranern aufs falsche Pferd gesetzt worden ist. Grundsätzlich traut ein Lügner ja keinem anderen, und einem Kerl, der so bereitwillig den Tod Tausender in Kauf nimmt, um Kohle zu machen, schon gleich gar nicht. Wir werden sehen.«

Mittlerweile war es sechs Uhr abends. *Das sollte doch auch für einen Topmanager so langsam die Zeit sein, nach Hause zu gehen, zumal wenn es Samstag ist,* dachte Sabitzer.

In den letzten anderthalb Stunden war ein einziges Auto an ihnen vorbeigefahren, ein weißer VW Caddy mit dem LSE-Logo auf den Türen. Sonst hatte sich rein gar nichts mehr getan.

»Ich rufe jetzt nochmal da an«, knurrte Gustaven und drückte die Wahltaste.

»LSE, buenas tardes. Wie kann ich Ihnen helfen?«, flötete eine Stimme.

»Ich bin's nochmal, John Goodwill aus England«, schlüpfte der Kommissar wieder in die Rolle, die er beim vorherigen Telefonat benutzt hatte. »Kann ich bitte noch einmal mit Señor Gallego sprechen?«

»Señor Gallego ist nicht mehr im Haus, tut mir leid. Kann ich sonst noch etwas für Sie tun?«

»Der hat uns verarscht«, knirschte Gustavsen, nachdem er die Aus-Taste gedrückt hatte. »Ausgeflogen.«

»Kann nur der Caddy gewesen sein«, vermutete Sabitzer. »Was machen wir jetzt?«

In diesem Moment klingelte ihr Handy.

»Hey girl, hier ist Ruben«, vernahm sie die Stimme des jungen Soldaten aus Joshs Eliteeinheit. »Ihr wolltet doch diesen Typen da festnageln, oder nicht?«

»Ja, wollten wir, ähem, wollen wir. Warum fragst du?«

»Naja, weil ich noch so jung bin und immer noch gern dazulerne, nehme ich an. Beispielsweise hätte ich zu gerne gewusst, warum ihr euch seit drei Stunden nicht bewegt habt, während das Handy dieses Gallego zwischendurch nicht nur telefoniert hat, sondern jetzt auch in Bewegung ist, und zwar auf einer Autobahn Richtung Westen. Was habt ihr gemacht? Wie im Fernsehen sein Handy auf einen Viehtransporter geworfen?«

»Ehrlich gesagt nein«, gab die Kommissarin verschämt zu. »Wir haben vor einer Minute gemerkt, dass Gallego uns entkommen ist.«

»Na, dann ist es ja ein doppeltes Glück, dass du gerade einen Typen kennengelernt hast, der nicht nur ungewöhnlich gut aussieht, sondern auch noch ein Computergenie ist«, flirtete der kahlköpfige Israeli.

»Das ist wirklich eine seltene Kombination, Ruben«, ging Sabitzer auf das Spiel ein. »Und wenn du mir jetzt noch sagst, mit wem Gallego telefoniert hat, bekommst du von mir einen extra schönen Kamm – oder ein wertvolles Staubtuch, je nachdem.«

»Mehr ist nicht drin?«, fragte der Spaßvogel von der Sajeret. »Ach, ich weiß schon, es ist der andere, der Held des Staates. Tja, dagegen komme ich nicht an. Es sei denn, du wartest, bis ich auch so was fertiggebracht habe«, startete er einen letzten Versuch.

»Kamm oder Staubtuch, sorry, Ruben«, grinste Sabitzer in der Hoffnung, dass Gustavsen das launige Geplänkel – und ihr Erröten – nicht mitbekam. »Also, wie sieht's aus?«

»Okay, back to business, ich versteh' schon«, seufzte der Israeli. »Also: Gallego wurde von einem Prepaid-Handy aus einem Ort namens Pedrola angerufen. Das liegt knapp dreihundert Kilometer westlich eurer aktuellen Position. Das Gespräch hat nur etwas mehr als eine Minute gedauert, und jetzt bewegt sich das Handy genau in diese Richtung. Sieht so aus, als habe er sich mit irgendjemandem verabredet und sei jetzt auf dem Weg dorthin. Nur weiß ich leider nicht, mit was für einem Fahrzeug er unterwegs ist.«

»Das weiß *ich* aber möglicherweise«, sagte Sabitzer. »Sag mir doch mal, wann genau dieses Gespräch stattgefunden hat.«

Nachdem Ruben ihr den Zeitpunkt genannt hatte, bedankte sie sich noch einmal bei ihm, ließ einen letzten Flirtversuch über sich ergehen und beendete das Gespräch.

»Ich schätze, ich weiß, was los ist«, erklärte sie ihren Mitfahrern. Wim und Markus waren zwischenzeitlich in den von Gustavsen gesteuerten Mietwagen eingestiegen.

»Gallego ist getürmt, und zwar hat er seinen schwarzen Audi A6, mit dem er am Mittwoch zu dem Treffen gekommen war, stehenlassen und stattdessen den Caddy genommen, der vorhin an uns vorbeigefahren ist. Der Zeitpunkt passt ziemlich genau zu einem Telefongespräch zwischen Gallegos Handy und einem unbekannten Prepaidgerät, das Ruben aufgefangen hat. Und nun ist er auf der Autobahn und fährt Richtung Westen. Ruben hat berichtet, dass das Telefonat aus einem Ort mit dem Namen Pedrola kam, das liegt …«

»Ich weiß ganz genau, wo das liegt«, fiel ihr Gustavsen ins Wort. »Ganz in der Nähe von Zaragoza. Da hatte ich früher mehrmals beruflich zu tun.«

»Genau das hat Ruben auch gesagt«, bestätigte seine Assistentin. »Also los, oder?«

»Ja, aber wir müssen uns trennen«, sagte ihr Vorgesetzter. »Markus, du solltest zurück zum Flughafen fahren und dann nach Zaragoza fliegen. So können wir gleich von dort wieder los, nachdem wir Gallego einkassiert haben. Andernfalls würden wir zu viel Zeit verlieren und ein unnötiges Risiko eingehen.«

Wie gewohnt reagierte Markus ohne ein weiteres Wort, öffnete die Tür und lief zum anderen Mietwagen. Im Konvoi donnerten sie den Berg Richtung Martorell hinunter, bevor sie sich an der Auffahrt zur Autobahn trennten.

Während der Fahrt nach Westen rief Ruben noch zweimal an, um zu bestätigen, dass sich der Verfolgte oder zumindest sein Handy weiterhin auf Kurs Zaragoza befand. Sein Vorsprung betrug etwas mehr als eine Stunde. Das würden sie nicht aufholen können, deshalb mussten sie hoffen, dass Gallego sein Smartphone nicht ausschaltete, bevor sie ihn stellten.

An Zaragoza vorbei näherten sie sich dem kleineren Ort Pedrola. Jetzt hielten sie Ruben in der Leitung, der sie zu ihrer Zielperson dirigierte, die sich mittlerweile nicht mehr bewegte, aber ihr Handy glücklicherweise immer noch nicht ausgeschaltet hatte. Bei der Ortschaft Figueruelas bogen sie von der Hauptstraße ab nach links und fuhren ins Feld hinein. Dann ging es durch eine Lücke in einem mehr als fünfzig Meter hohen Damm hindurch in den Wald. Noch bevor Ruben sie entsprechend anwies, lenkte Gustavsen das Auto in einen Waldweg und hielt an.

»Ich schätze, ich weiß, wo sie sind«, grinste er ein wenig selbstgefällig. »Ruben, gehe ich recht in der Annahme, dass sich Gallego in einem wild durcheinander angeordneten Konglomerat von Häusern oder besser Bretterbuden auf einer Lichtung im Wald aufhält?«

»Woher weißt du das, Sven?«, fragte der Israeli verblüfft. »Hast du irgendwelche übernatürlichen Kräfte, von denen ich nichts weiß?«

»Klar hab ich die, Ruben, weißt du doch«, grinste der deutsche Kommissar. »Allerdings bin ich dummerweise auch ein ehrlicher Kerl, und deshalb gebe ich jetzt zu, dass ich den Laden dort sehr gut kenne. Denn da habe ich schon oft gegessen.«

»Dieser Schrottplatz soll ein Restaurant sein?«, fragte Ruben ungläubig. »Auf dem Satellitenfoto sieht das schlimmer aus als das Dorf in Nigeria.«

»So sieht es auch in der Realität aus«, lachte Gustavsen. »Aber eine klasse Atmosphäre da drin. Und immer nur ein Gericht pro Mahlzeit. Total urig. Aber wir sind ja nicht in erster Linie zum Essen hier. Also besten Dank, Ruben, für deine Unterstützung. Wir schmeißen dich jetzt aus der Leitung und melden uns wieder, wenn wir das Paket haben.«

Da Markus nicht dabei war und Wim nicht für den Einsatz infrage kam, lag es nun an Gustavsen und Sabitzer. Sie legten ihre Westen an, drapierten sich die Sturmhauben um den Hals und bewaffneten sich. Wim würde im Auto bleiben und abfahrbereit sein. Außerdem schlug er vor, Ruben doch wieder anzurufen, damit dieser durchgeben konnte, wenn sich Gallego hinausbewegte. Wim würde diese Information dann über Funk durchgeben.

Die beiden Deutschen legten sich auf die Lauer und richteten sich auf eine Wartezeit ein.

Nach einer Weile hörten sie Wims leise Stimme.

»Er kommt raus.«

Gustavsen hatte seine Assistentin bereits informiert, dass das Restaurant keine Toilette hatte und man deshalb für seine Notdurft zu einer Wellblechbaracke hinter dem Haus gehen musste. Weil es durchaus nicht unwahrscheinlich war, dass ein Gast die Toilette aufsuchte, bevor er das Restaurant endgültig verließ, hatten sie sich strategisch günstig in deren Nähe platziert.

Tatsächlich war es Gallego, der die Tür des Hauptraums aufstieß und die Außentoilette ansteuerte. In dem Moment, als er nach dem Riegel der Blechtür griff, tauchte Sabitzer neben ihm auf und drückte ihm den Elektroschocker in die Seite. Mit einem leisen

Ächzen brach Gallego zusammen. Gustavsen, der mittlerweile herangekommen war, fing ihn auf und zerrte ihn tiefer in den Wald hinein. Im Schutz der Bäume rannten sie zum Auto, das mit laufendem Motor in seiner Parklücke stand.

Noch bevor sie das Fahrzeug erreichten, ging die Vordertür des Restaurants auf und drei Männer erschienen. *Der in der Mitte kommt mir aber bekannt vor.* Ehe Sabitzer diesen Gedanken zu Ende gedacht hatte, griffen die beiden anderen in die Jacken, und im nächsten Sekundenbruchteil sah man im durch die Bäume unterbrochenen fahlen Mondlicht ihre Waffenläufe. Gustavsen ließ sich sofort fallen und riss seinen Gefangenen mit sich, hielt ihn aber mit eisernem Griff weiter fest. Sabitzer war bereits zu Boden gegangen und rollte sich nun hinter einen Baum. Wim reagierte ebenfalls sofort und schoss mit dem Mietwagen so weit vor, dass er genau in der Schusslinie der Gangster zum Stehen kam. Dann ließ er sich in den Knieraum des geräumigen Seat Altea XL fallen, der nun mit einem Bleihagel eingedeckt wurde. Sabitzer hatte ebenfalls ihre Waffe gezogen und feuerte nun in Richtung der beiden Schützen, die ihrerseits Deckung hinter Bäumen gesucht hatten. Auch der dritte Mann war nicht mehr zu sehen.

Nun hörte Sabitzer auf zu schießen, was einen der Gangster dazu veranlasste, aus seiner Deckung herauszuschauen. Darauf hatte die Kommissarin gewartet. Sie hob die Walther und visierte die rechte Schulter des Kerls an. Im nächsten Moment ertönte ein Schmerzensschrei, und der Mann ging zu Boden. Sein Partner zerrte ihn wieder hinter den Baum und es wurde still. Sabitzer wartete ab. Mittlerweile hatte Gustavsen im Liegen den Gefangenen verschnürt und seine Waffe gezogen. Sie feuerten abwechselnd noch ein paarmal in Richtung ihrer Gegner, aber es kam keine Antwort mehr. Langsam rückten sie vor, ohne dabei ihre Deckung zu vernachlässigen. Da heulte hinter dem Restaurant ein Motor auf, und ein schwarzer Mercedes der S-Klasse jagte in zehn Metern Entfernung an ihnen vorbei Richtung Waldrand.

Sie blieben trotzdem vorsichtig und entspannten sich erst, als sie sichergestellt hatten, dass ihre Widersacher geflohen waren. Mittlerweile war Wim ausgestiegen und hatte Gallego auf den Rücksitz gezerrt und dort fixiert, ehe er sich zu den beiden Kommissaren gesellte.

»Sandra, das war sensationell!«, nahm er die junge Frau begeistert in den Arm. »Das war ein Superschuss. Und einer, mit dem du dem alten Sven womöglich das Leben gerettet hast.«

Gustavsen hatte noch kein Wort gesagt. Er blieb auch jetzt still, ging auf seine Assistentin zu, schob Wim beiseite und küsste sie. Sie klammerten sich aneinander, als wollten sie sich überhaupt nicht mehr loslassen, bis Wim leise hüstelte.

»Vielleicht sollten wir jetzt besser abhauen, bevor uns die Leute aus dem Restaurant auf die Pelle rücken.«

Widerstrebend ließen die beiden voneinander ab und hasteten zum Auto. Wim fuhr mit durchdrehenden Rädern los und ließ eine Staubwolke zurück.

Nun fand auch der Kommissar seine Sprache wieder.

»Danke, Sandra«, sagte er ernst. Sie nickte nur. Dann hob sie den Kopf und wandte sich an ihren Fahrer.

»Wim, hast du den dritten Mann gesehen? Der kam mir bekannt vor, aber ich weiß nicht, woher.«

»Ernesto!« sagte Wim mit Nachdruck. »Das war Ernesto und niemand sonst. Das ist jetzt das zweite Mal, wo er uns entwischt. Wo ist ein vernünftiger Querschläger, wenn man ihn braucht?«

»Das sage ich Osvaldo«, drohte Gustavsen breit grinsend, »dann kriegst du Saures.«

Die Bemerkung brach den Bann, und jetzt lachten alle laut.

Innerhalb weniger Minuten hatten sie den Flughafen von Zaragoza erreicht, wo die braun-weiße Embraer bereits mit laufenden Triebwerken wartete. Markus hatte zwischenzeitlich ihren Freund Andres von der Polizei auf Lanzarote angerufen und ihn darum gebeten, sicherzustellen, dass niemand zu genau hinschaute, wenn sie ihren Gefangenen in den Jet bugsierten.

Als alle angeschnallt waren, stieg der Flieger ohne weitere Verzögerung in den spanischen Nachthimmel. Markus nahm Kurs auf Deutschland, wie sie es mit dem Sajeret-Kommando abgesprochen hatten. Die Israelis waren inklusive der verbliebenen Mitglieder von Gustavsens Truppe bereits am Nachmittag kurz nach ihnen aufgebrochen und würden mittlerweile bereits in Nanzenbach sein.

25

Sabitzer zog sich erneut in ihre hintere Einzelkabine zurück, um die Ereignisse der letzten Tage zu reflektieren. Das brauchte sie jetzt, um wieder ein wenig zu sich selbst zu finden. Der mittlerweile wieder abgesenkte Adrenalinspiegel und die Flugzeit von knapp drei Stunden sollten ihr dabei helfen.

Sie hatte ja seit dem letzten Herbst, als sie und ihr Vorgesetzter unversehens in einen dramatischen Fall geschlittert waren, der sie auch in Lebensgefahr gebracht hatte, so einiges erlebt. Was jedoch in den letzten beiden Tagen geschehen war, schien alles noch einmal zu toppen. *Mit dem Höhepunkt in Nigeria,* dachte Sabitzer traurig. Dass es nicht ausgeschlossen war, einmal zu tödlicher Gewalt greifen zu müssen, wusste jeder Polizist vorher. Aber irgendwie hoffte man drauf, dass es halt doch nicht passiert, und bei den meisten lief es ja auch so. Spätestens jedoch bei ihrem Eintritt in die *UGA-Connection,* die angesichts des schwelenden Konflikts mit dem Verbrecher Ernesto nie ein Hehl daraus gemacht hatte, dass es ab und an auch gefährlich werden konnte, war die Wahrscheinlichkeit, dass ein solcher Tag kommen würde, noch einmal gestiegen. Trotzdem konnte einen nichts und niemand auf so etwas vorbereiten. Und Sabitzer war selbst am meisten darüber erstaunt, wie kaltblütig sie sich vorhin erneut ihrem Gegner mit der Waffe in der Hand entgegenstellen hatte können. *Das ist alles so unwirklich,* dachte die junge Kommissarin, *ich, das Mädel vom Land, das solche*

Geschichten nur in Büchern gelesen hat, stecke jetzt mittendrin in so einem Krimi. Und das schon zum zweiten Mal.

Sie war als jüngstes von drei Kindern in einem kleinen Dörfchen im Grenzgebiet zwischen Siegerland und Westerwald aufgewachsen. Ihr Vater war Postbeamter, die Mutter Hausfrau. Sie waren in der evangelischen Kirchengemeinde aktiv und im Wanderverein. Ihre beiden älteren Brüder spielten Fußball im örtlichen Verein. Eine ganz normale Familie mithin – *früher hätte man vermutlich ›Spießer‹ dazu gesagt,* dachte Sabitzer im Rückblick schmunzelnd. Und realisierte plötzlich, dass sie es genaugenommen nicht anders gewollt hatte. Nie hatte es den Wunsch gegeben, aus der dörflichen Umgebung herauszukommen, um die große, weite Welt zu erobern.

Ihre Jugend war – wiederum – so verlaufen, wie es auf dem Land in dieser Zeit ganz normal war. Vielleicht war sie nur mit den Jungs etwas zurückhaltender gewesen als andere, obwohl ihr immer signalisiert worden war, dass sie gut aussah und sympathisch wirkte. Aber irgendwie war sie nie auf das schnelle Abenteuer aus gewesen, obwohl ihre Eltern nicht das waren, was man als übertrieben prüde bezeichnet hätte. Kurzum, sie war glücklich gewesen. Sie hatte in der Kirchengemeinde mitgearbeitet, Jungschar und Kindergottesdienst gemacht – im Nachhinein betrachtet und angesichts dessen, was sie von Osvaldo und den anderen Teammitgliedern vermittelt bekommen hatte, jedoch ohne die rechte Überzeugung. Man machte es halt so und gab die Geschichten weiter, die man selbst gehört oder gelesen hatte. Man glaubte sie ausdrücklich auch, so war es nicht, aber die persönliche Beziehung zu Jesus war noch etwas anderes, wie sie heute wusste.

Sie hatte ein so gutes Abitur gemacht, dass ihr sämtliche Türen offenstanden, bis hin zum Medizin- oder Jurastudium. Allerdings wusste sie lange Zeit nicht, wohin sie sich beruflich orientieren wollte. Dann erinnerte sie sich daran, was ihr Vater immer zu seinen Kindern gesagt hatte. Sie sollten einen möglichst guten Schulabschluss hinlegen, um dann eine echte Wahl zu haben, was sie beruflich tun wollten – er selbst hatte diese Möglichkeit nie gehabt. Und wenn sie sich dann entschieden, beispielsweise mit einem Einser-Abitur Schreiner werden zu wollen und damit glücklich wären, dann sei auch er glücklich. Diese Worte hatte die junge Sandra nie vergessen, und sie brachten sie dazu, auch ohne äußeren Druck alles dafür zu tun, dieses gute Abitur hinzubekommen.

Trotzdem verstand sie anschließend die Redewendung von der Qual der Wahl, denn die Entscheidung fiel ihr schwer. Letztlich wählte sie den Beruf der Erzieherin und machte eine Ausbildung im Kindergarten, weil sie Kinder mochte und die Arbeit mit den Kleinen in der Kirchengemeinde immer gern gemacht hatte.

Nach der Ausbildung blieb sie zunächst im dorfeigenen Kindergarten, bis eine neue Leiterin kam, deren Vorstellungen in Sachen

Kindererziehung nicht mit ihren eigenen übereinstimmten. In dieser Zeit lernte Sabitzer sich selbst besser kennen und realisierte ihren starken Gerechtigkeitsdrang. Bisher war ihr nie aufgefallen, dass sie die Dinge grundsätzlich relativ unvoreingenommen betrachtete und lediglich zwischen Richtig und Falsch einzuordnen versuchte – und dass sie große Probleme mit Autoritäten hatte, deren Verhaltensweise aus ihrer Sicht Letzterem entsprach.

Diese Einstellung führte relativ schnell dazu, dass sie ihren Arbeitsplatz kündigte und eine neue Stelle in einer kirchlichen Kita in Betzdorf antrat. Hier lernte sie dann nach kurzer Zeit, dass die Werte, die in einem Vorstellungsgespräch vermittelt wurden – sie hatte sehr ausführlich die Prinzipien abgefragt, nach denen diese Kindertagesstätte geleitet wurde –, bei weitem nicht dem entsprechen mussten, wie es in der Realität gehandhabt wurde.

So war der jungen Frau wieder schnell klar, dass sie auch hier nicht weit kommen würde, und sie zerbrach sich eine Weile den Kopf über eine weitere Veränderung. Von Institutionen, die als soziale Einrichtungen galten, hatte sie bereits genug, somit musste ein drastischerer Wechsel her. Als sie verzweifelt überlegte, wohin sie sich orientieren sollte, kam ihr unbewusst ihr älterer Bruder Michael zu Hilfe. Dieser hatte sich mit einem der Soldaten im nahegelegenen Truppenübungsplatz Daaden angefreundet. In den letzten Jahren vor seiner endgültigen Schließung wurde dessen Bewachung lockerer gehandhabt, und die dort Stationierten konnten Freunde und Bekannte mit an den Schießstand nehmen, ohne dass jemand sich daran störte. Auch Michaels Kumpel war aufgefallen, dass dessen kleine Schwester ein ziemlich hübsches, sympathisches Mädel war, noch dazu Single, und er hatte diesen deshalb bekniet, sie doch einmal mitzubringen. Irgendwann hatte Sabitzer dem Betteln nachgegeben und bekam nun zum ersten Mal eine Pistole in die Hand. Sie stellte sich von Anfang an ziemlich gut an, sehr zum Leidwesen des verliebten Soldaten, der ziemlich schnell keinen Grund mehr hatte, auf Tuchfühlung zu gehen, um seinem Schützling die richtige Haltung beizubringen. Ihre Treffsicherheit war ausgezeichnet, wenngleich die Vorstellung, auf Menschen zu schießen, sie von Anfang an abstieß.

Trotzdem wurde hier offenbar eine Weiche gestellt, denn als sie wieder einmal auf die Pappscheiben ballerte, während sie über ihre unsichere berufliche Zukunft nachgrübelte, führte sie der Gedanke an die Waffe in der Hand plötzlich zum Naheliegenden. *Du willst Gerechtigkeit. Du kannst es nicht leiden, wenn Menschen unterdrückt oder geschädigt werden. Du musst zur Polizei!* Mit einem Mal war ihr klar, was sie wollte. Gedacht, getan, sie bewarb sich bei der Polizei Rheinland-Pfalz und wurde angenommen. Nicht nur das Abitur war vorzeigenswert, auch ihre sportlichen Fähigkeiten waren überdurchschnittlich. Frank, der Soldat vom Truppenübungsplatz, war auch passionierter Kampfsportler und hatte sie bereits bis zur Blaugürtelreife im Jiu Jitsu trainiert. Das kam ihr bei der Ausbildung zugute, und bei deren Abschluss hatte sie es tatsächlich bis zum Schwarzen Gürtel und zum Ersten Dan geschafft.

Sabitzer hatte in erster Linie die Schutzpolizei angestrebt, weil sie sich davon erhoffte, den Menschen da draußen am unmittelbarsten helfen zu können. Dann jedoch musste sie im Rahmen der Ausbildung für einige Zeit in die Pathologie, und dort änderte sich ihre Einstellung. Als sie das erste Mal ein Mordopfer auf dem Seziertisch sah, beschloss sie, auf eine andere Art und Weise für Gerechtigkeit sorgen zu wollen. Sie wollte die Mörder jagen und ihrer verdienten Strafe zuführen sowie *potenzielle* Mörder davon abhalten, ihre Tat zu vollführen. So änderte sie ihre Stoßrichtung und nahm Kurs auf die Kriminalpolizei.

Nach der Ausbildung musste sie sich entscheiden, wo sie ihren ersten Dienst tun wollte. Wieder stand sie vor der Qual der Wahl, weil gleich drei Dienststellen in Hessen, Rheinland-Pfalz und Nordrhein-Westfalen sie angesichts ihrer guten Ausbildungsnoten haben wollten.

Nach den ersten beiden, durchaus vielversprechend abgelaufenen Vorstellungsgesprächen fuhr sie zum dritten und vorläufig letzten nach Dillenburg. Die dortige Dienststelle wäre die nächstgelegene von ihrem Wohnort aus, und sie war nicht sicher, ob dies ein Vor- oder Nachteil sein würde. Dazu kam, dass ihr Vater immer wieder schmunzelnd von den sturen Hessen sprach. Aber Sabitzer wollte sich selbst ein möglichst objektives Bild machen, war ihr doch klar, dass sie in ihrer zweiten Karriere nicht wieder den Jobhopper geben durfte. Der nächste Schuss, wie sie sich selbst in Anspielung auf die Art, wie die Entscheidungsfindung erfolgt war, schmunzelnd sagte, musste sitzen.

Als sie zum ersten Mal nach Dillenburg kam, war sie zunächst positiv überrascht. Ein nettes, unaufgeregtes Kleinstädtchen mit einem Fluss, der sich unterhalb des Schlosses idyllisch hindurchschlängelte. Irgendjemand hatte ihr gesagt, Dillenburg habe mehr oder weniger dieselbe Silhouette wie Salzburg, nur kleiner. Das konnte sie nicht beurteilen, war sie doch auch in Salzburg noch nicht gewesen. Jedenfalls gefiel ihr Dillenburg auf den ersten Blick sehr gut, und da sie noch etwas Zeit hatte, fuhr sie als Erstes zum einzigen Wahrzeichen der Stadt, dem Wilhelmsturm. Dillenburg war nämlich, so hatte sie gelesen, der Geburtsort Wilhelms von Oranien, dem Befreier der Niederlande und Begründer des dortigen Königshauses. Sie besichtigte das Denkmal, nahm sich vor, bei einem etwaigen weiteren Besuch die angeblich sehr sehenswerten Kasematten zu durchlaufen, und schaute auf die Stadt mit dem kleinen Flüsschen hinab. Es gefiel ihr gut hier; wie würde jetzt das Vorstellungsgespräch laufen?

Ihr gegenüber saßen der Dillenburger Polizeichef Henning Ebert, ein unauffällig wirkender, mittelgroßer Mann mit schütterem blondem Haar, sowie Sven Gustavsen, der Kriminalhauptkommissar, in dessen Abteilung eine Stelle vakant war. Der Kommissar war ein großer, massig gebauter Mann mit braunen, kurzen Haaren, grün-braunen Augen und Dreitagebart. *Er hat es noch nicht so richtig*

199

mit dem Rasierer drauf, war das Erste, was Sabitzer bei seinem Anblick innerlich schmunzelnd dachte.

Gustavsen machte einen sympathischen, gemütlichen Eindruck, aber seine Augen wirkten hellwach und schauten sie beinahe durchdringend an.

Das Vorstellungsgespräch begann, und wie üblich wurden der Lebenslauf der Bewerberin und die beiderseitigen Erwartungen abgeklopft. Auf die obligatorische Frage des Polizeichefs, ob sie *teamfähig* sei, runzelte Gustavsen die Stirn, wie Sabitzer mit einem raschen Seitenblick registrierte. *Hey, das gefällt mir,* dachte sie unwillkürlich, *vielleicht habe ich hier einen Seelenverwandten gefunden.*

»Ob ich teamfähig bin?«, antwortete sie und schaute Ebert fest an. »Das kommt in erster Linie aufs Team an, würde ich sagen. Denn wenn das nichts taugt, kommt zwangsläufig immer nur die zweitbeste Lösung raus, und wenn man selbst davon überzeugt ist, eine bessere zu haben, muss man auch schon mal auf den Tisch hauen.«

Spätestens jetzt hatte sie Gustavsens volle Aufmerksamkeit. Er schaute sie leicht überrascht an und begann breit zu grinsen.

»Der hat gesessen, Henning, was?«, blickte er zu seinem Chef.

»Diese Einstellung gefällt mir ausnehmend gut, Frau Sabitzer. Damit wären Sie bei mir absolut richtig. Ich halte nämlich den Teamgedanken und auch die Demokratie als solche nicht für die beste Organisationsform, sondern nur für die am wenigsten schlechte. Gerade wenn es brenzlig wird, braucht man meiner Erfahrung nach jemanden, der vorangeht und dabei nicht lange quatscht. Nicht umsonst gibt es ja auch beim Militär klare Befehlsstrukturen. Wenn dir nämlich im Kampf die Kugeln um die Ohren fliegen, kannst du nicht erst ein Meeting einberufen und Power-Point schauen.«

Ebert schien nicht so ganz überzeugt, sagte jedoch nichts. Gustavsen redete gleich weiter und übernahm jetzt die Fortführung des Gesprächs.

»Wenn ich Ihre Aussagen richtig interpretiere, haben Sie mit diesem Teamzeug bereits Ihre Erfahrungen gemacht und vielleicht auch tatsächlich schon mal auf den Tisch gehauen. Da würde mich jetzt interessieren, wie Ihre Vorgesetzten damit umgegangen sind. Denn irgendwie rieche ich, dass hier einer der Hauptgründe dafür liegt, warum wir heute hier zusammensitzen.«

Ui, den Kerl darf man wohl nicht unterschätzen, dachte Sabitzer, *der hat sofort die richtigen Schlüsse gezogen.*

»Sie haben vollkommen recht, Herr Gustavsen. Das Verhalten verschiedener Vorgesetzter hat mich hierhergeführt. Und es ist gut, dass Sie das Thema ansprechen, denn es bringt ja keinem von uns was, wenn wir uns jetzt Honig ums Maul schmieren und in ein paar Wochen feststellen, dass unsere Einstellung nicht kompatibel ist. Tatsache ist, dass ich absolut nichts für Politik oder politische Spielchen übrig habe und es außerdem auf den Tod nicht leiden kann, wenn jemand seine Entscheidungen nur unter der Prämisse trifft, wie sie sich für ihn selbst auswirken. Ich habe ausdrücklich kein Problem mit Hierarchien, …«, sie warf einen Blick auf Ebert, »… aber mit Autoritäten, die ihren Job nicht machen, komme ich nicht klar. Ich hoffe, Sie sehen mir meine deutlichen Worte nach. Es ist einfach so, dass ich nicht noch ein Desaster erleben will. Wenn Sie mich einstellen, bekommen Sie jemanden, der immer Vollgas geben und Sie niemals hintergehen wird. Und gleichzeitig bekommen Sie jemanden, der mit seiner Meinung nicht hinter dem Berg hält.« Selbst überrascht von ihrer emotionalen Rede, lehnte sich Sabitzer zurück und atmete tief durch.

Zu ihrer Überraschung fing nun Ebert, der auf sie eigentlich ein wenig wie der Prototyp des Karrierebeamten wirkte, den sie gerade kritisiert hatte, ebenfalls an zu grinsen.

»Tja, Gustavsen, das war jetzt wohl eine Steilvorlage für dich. Das klingt, als hätten wir die Richtige gefunden, was? Also leg schon los und sag deinen Spruch auf.«

Auch der Angesprochene grinste nun breit.

»Ja, so sieht's wohl aus«, bestätigte er, während Sabitzers Verwirrung wuchs.

»Nun, Frau Sabitzer, was Sie da in den letzten zehn Minuten gesagt haben, beeindruckt mich sehr, wenn ich ehrlich sein soll. Normalerweise kommt die Einstellung, wie Sie sie uns hier aufgezeigt haben, erst nach einiger Zeit zum Vorschein. Manchmal auch erst nach der Probezeit. Aber in diesem Fall scheinen wir von Anfang an genau zu wissen, woran wir sind. Und dazu möchte ich – abgesehen davon, dass ich Ihnen in allem hundertprozentig zustimme –

eigentlich nur noch einen einzigen Satz sagen. Und dieser lautet: Der Vorgesetzte ist zwingend zu kritisieren.«

Die junge Frau sagte nichts.

»Haben Sie das verstanden?«, fragte Gustavsen nach. »Ich will damit ausdrücken, dass ich bestrebt bin, meine Leute zu überzeugen, anstatt nur Macht auszuüben. Ich möchte es nicht haben, dass jemand abends nach Hause geht und seinem Partner erzählt, was für einen Mist der Depp wieder entschieden hat. Und ich will die beste Lösung, immer, und nicht die teamfähige. Also erwarte ich, dass man mir sagt, wo ich falschliege. Und ich liege oft falsch«, grinste er. »Aber mir fällt kein Zacken aus der Krone, wenn ich korrigiert werde. Und falls doch, bin ich ja immerhin bewaffnet.« Jetzt lachte er laut.

Sabitzer konnte nur noch nicken. Sie war geplättet – und betete, dass sie bloß diesen Job bekommen würde.

Ihr Wunsch erfüllte sich. Nachdem Gustavsen darauf bestanden hatte, dass sie noch eine Nacht darüber schliefen, telefonierten sie am nächsten Morgen und besiegelten ihre Zusammenarbeit. Kurz darauf kümmerte sich Sabitzer um eine Wohnung in Dillenburg und zog nach Ende der Ausbildung und einem kurzen Urlaub in die Bredastraße. An ihrem ersten Arbeitstag wurde sie von ihrem neuen Vorgesetzten mit einer Power-Point-Präsentation empfangen – schließlich sei keine Krisensituation gegeben, da könne man sich das leisten, hatte er grinsend dazu gesagt. Hier hatte er alles Wichtige in Kürze anschaulich aufbereitet. Auf der letzten Seite der

Präsentation erschien ein Bild des Wilhelmsturms im Sonnenuntergang. Darunter stand ein Bibelvers aus dem Brief des Paulus an die Epheser:

»Lasst die Sonne nicht über eurem Zorn untergehen.«

Damit erinnerte der Kommissar seine junge Assistentin nochmals an seine Worte aus dem Vorstellungsgespräch und schärfte ihr ein, bei Problemen, Unstimmigkeiten oder welchem Anlass auch immer unverzüglich zu ihm zu kommen.

Tja, und das hatte er gelebt. Von Anfang an. Dann tauchte Alejandros Leiche im Biebersteiner Weiher in Nanzenbach auf, und alles – auch ihr persönliches Verhältnis zu ihrem Vorgesetzten – nahm Fahrt auf.

Und zwar rasant, kehrte sie nach dem gedanklichen Ausflug in die Vergangenheit wieder ins Jetzt zurück. Und stellte fest, dass es ihrem Gefühlshaushalt gut tat, sich daran zu erinnern, wieviel Gutes sie in den letzten Monaten tatsächlich erlebt hatte. Und das führte sie zu der Erkenntnis, dass ihr Vorgehen, obwohl das Ganze mit dem Tod eines Menschen auf die schlimmstmögliche Art ausging, in Ordnung gewesen war. Es war keine Absicht gewesen, den Iraner zu töten, es war Notwehr gewesen, und es war nötig gewesen, um das Leben eines Menschen zu retten. Man konnte jetzt nur noch darüber nachdenken, ob man selbst bereit war, zur Waffe zu greifen, oder ob man die Drecksarbeit lieber anderen überließ. Denn irgendjemand musste sie machen, daran führte in dieser Welt kein Weg vorbei. Damit war man wieder bei Jack Nicholson, der diese Thematik in *Eine Frage der Ehre* so schonungslos und gleichzeitig treffend auf den Punkt gebracht hatte.

Ja, der Schuss war nötig und seine Folgen waren nicht absehbar. Das sind die Fakten, und an die muss ich mich halten, nahm sich Sabitzer vor und atmete durch. *Und jetzt müssen wir uns um die noch viel größere Bedrohung kümmern, da brauche ich einen klaren Kopf. Denn viel krasser als ein Völkermord kann es ja nun wirklich nicht mehr werden.*

Sie straffte sich, stand auf und verließ ihr Refugium. Sie nickte Gustavsen zu und suchte sich einen Sessel auf der linken Seite des Jets.

26

Im Nanzenbacher Quartier musste der gewohnte Frühsport angesichts der großen Teilnehmerzahl in Etappen durchgeführt werden. Die Teammitglieder, die erst mitten in der Nacht aus Zaragoza eingeflogen waren, durften etwas länger schlafen.

Zum Frühstück versammelten sich alle im großen Wohn- und Essbereich, der heute an seine Grenzen stieß. Zum kompletten *UGA*-Team inklusive Sabrina, der Pathologin, kam die achtköpfige israelische Sajeret-Truppe. Anja und ihre Mitstreiter in der Küche hatten alle Hände voll zu tun, um jeden satt zu bekommen. Zu ihrem Glück störten sich die Israelis, die sich jeweils zur Hälfte aus messianischen und orthodoxen Juden rekrutierten, nicht am gebratenen Schinken, sondern aßen entweder kräftig mit oder begnügten sich mit Müsli und Kaffee.

Auch die drei Gefangenen im Keller – Señor Gallego sowie die beiden Erpresser, die in Frohnhausen einkassiert worden waren – bekamen etwas. Man war schließlich Mensch.

Heute war Sonntag, und sie hatten beschlossen, alle zur Kirche nach Frohnhausen zu fahren, wo des Todes von Jens-Uwe Klein gedacht werden würde. Auch die besagten Orthodoxen hatten spontan zugesagt.

Die dienstliche Nachbesprechung der jüngsten Ereignisse und Planung der nächsten Schritte würde bis nach dem Gottesdienst warten müssen. Das eherne Gesetz, dass während des Essens nicht übers Geschäft gesprochen werden sollte, wurde auch heute nicht außer Kraft gesetzt. So war die Stimmung gelöst, und wie gewohnt vor einem Gottesdienstbesuch nahmen sich die Freunde wieder vermehrt anhand ihrer Glaubensüberzeugungen aufs Korn. Schließlich waren heute noch einige mehr anwesend, die man entsprechend aufziehen konnte. Dabei erhielten sie mehr als eine Kostprobe vom unvergleichlichen jüdischen Humor, der sie ein ums andere Mal laut zum Lachen brachte. Als Osvaldo, der dem Zölibat verpflichtete katholische Priester, Josh mit verschmitztem Grinsen fragte, wann er denn Anjas köstlichen gebratenen Schweineschinken probieren werde, antwortete dieser mit todernstem Gesicht:

»Bei deiner Hochzeit!«

Dann erzählte auch Josh seinen Lieblingswitz, der davon handelte, dass der katholische Priester ständig erkältet war und vom Arzt einen Saunabesuch verschrieben bekam. Er habe jedoch nur mittwochs frei, gab der Priester zu bedenken. Das sei aber schlecht, meinte der Arzt, da wäre nämlich gemischte Sauna. Daraufhin meinte der Priester leichthin:

»Das macht nichts, die paar Evangelischen stören mich schon nicht!«

So verflog die Zeit wie im Nu, und wieder einmal konnte man den Eindruck bekommen, es sei eine Art Kegelclub beieinander. Sabitzer jedoch wusste es besser und verstand nach ihren ersten Einsätzen auch, dass die zur Schau gestellte Lockerheit ein probates Mittel war, um den vorhandenen Druck abzubauen, und dass

alle Anwesenden ohne Verzögerung in den Kampfmodus um-
schalten würden, sollte das nötig sein.

Schließlich verteilten sich alle in die Autos und fuhren im Konvoi
über die Hirzenhainer Höhe und durch das Schwarzbachtal Richtung Frohnhausen. Sie mussten weit entfernt von der Kirche auf
dem Parkplatz des Einkaufszentrums parken; offensichtlich würde
das Gotteshaus heute voll sein. Andreas, der tatkräftige Nachbar,
wartete bereits mit der gesamten Familie Schick im Schlepptau auf
sie.

Vorbei am neu eröffneten ›Kirchen-Döner‹, den Sabitzer natürlich zwischenzeitlich auch besucht und schätzen gelernt hatte, gingen sie zur Kirche. Diese war deutlich älter als die in Nanzenbach
und lag auf einem wunderschön gestalteten Grundstück mit einer
sehr netten Außenanlage. Im Inneren war die Kirche ein wenig
verschachtelt und mit einigen Pfeilern versehen, wirkte aber sehr
einladend. Sie verteilten sich, so gut es ging, auf die wenigen noch
freien Plätze und hörten dem Spiel der Organistin zu. In der vor-
dersten Reihe seitlich der Kanzel saßen eng umschlungen Birgit
Klein, die Witwe des Ermordeten, und ihre Zwillingsschwester A-
nita sowie Birgits Kinder. Natürlich hatten Sabrina und Anja die
noch etwas unsichere Anita gestern sofort in ihren Hyundai ver-
frachtet und mit nach Frohnhausen genommen, wo es dann zu einem tränenreichen und glücklichen Wiedersehen kam. Entsprechend gelöst saßen sie nun beieinander, während Birgits Sohn

finster vor sich hinstarrte. *Der arme Kerl,* dachte Sabitzer. *In dem Alter den Papa verlieren muss schrecklich sein.* Spontan nahm ein Gedanke in ihrem Kopf Gestalt an. Sie beugte sich zu Gustavsen hinüber und wisperte:

»Hast du den Sohn der Kleins gesehen?«

»Ja«, raunte der Kommissar zurück. »Wir werden die ganze Familie nachher nach Nanzenbach mitnehmen und uns ein bisschen um ihn kümmern.«

Wieder einmal staunte die junge Frau über das enorme Einfühlungsvermögen ihres Vorgesetzten, denn genau das war auch ihre Eingebung gewesen.

Nach Eingangsliedern, Gebet und Liturgie bestieg Pfarrer Eisenkrämer die Kanzel. Mit einem mitfühlenden Lächeln nickte er zuerst Familie Klein und dann den seltenen Gästen seiner Kirchengemeinde zu.

»Liebe Gemeinde«, begann er, »wie ihr sicher bereits registriert habt, sind heute ein paar neue Gesichter unter uns. Und als man mir sagte, wer da kommen würde, sah ich mich vor eine Herausforderung gestellt. In unserer evangelischen Kirche sind nämlich heute nicht nur Besucher aus Lanzarote, Israel und Nigeria, sondern vor allem auch Gläubige katholischen und jüdischen Glaubens zu Gast.«

Spätestens jetzt hatte er die Aufmerksamkeit der gesamten Kirchengemeinde. Er lächelte den Neuankömmlingen zu und fuhr fort.

»Die Herausforderung für mich bestand nun darin, einen Predigttext auszuwählen, der allen etwas sagen und geben kann. Was sollte ich also nehmen? Bei meinem katholischen Kollegen – unser Freund Osvaldo Ardite ist Priester auf der wunderschönen Insel Lanzarote, und vielleicht habe ich sogar schon einmal vor seiner Kirche gestanden – mag das noch einfach sein. Aber was sage ich, womit auch unsere jüdischen Gäste etwas anfangen können? Einfach etwas aus dem Alten Testament? Den fünf Büchern Mose, um auf der sicheren Seite zu sein? Da war guter Rat teuer. Und dann half mir heute Morgen der Zufall – oder das, was wir manchmal Zufall nennen, obwohl es ihn vermutlich gar nicht gibt.«

Der Seelsorger schlug seine Bibel auf und holte einen Zettel heraus.

»Ich lese euch einen Artikel der ältesten Zeitung der Welt – der Jerusalem Post – vom 05. April des Jahres 33 nach Christus vor:

›Die Zahl der Neuinfizierten stieg um 537 nach 687 am Tag zuvor. Die Gesamtzahl der Infizierten liegt jetzt bei 190.359. Die Zahl der Verstorbenen ging am Sonntag um eine Person zurück auf 8.882. Wieso es hier zu einem Rückgang gegenüber dem Samstag kam, blieb zunächst offen.‹«

Der Pfarrer hielt inne und trank einen Schluck Wasser. In der Kirche war es totenstill.

»Tja, wie es aussieht, gab es vor zweitausend Jahren schon einmal ein Virus wie Corona. Oder war es die Pest?«

Im Saal hörte man noch immer keinen Laut. Den Israelis standen große Fragezeichen in die Gesichter geschrieben.

Jetzt fing Pfarrer Eisenkrämer breit zu grinsen an.

»Natürlich könnte es auch sein, dass ich euch gerade ein paar Fake News untergejubelt habe. Und so ist es auch. Wobei die Meldung schon stimmt. Sie ist aber nicht aus dem Jahr 33, sondern von heute. Und sie stand auch nicht in der Jerusalem Post – von deren Alter ich übrigens nicht die geringste Ahnung habe –, sondern war gerade heute Morgen in der WELT zu lesen.

Offensichtlich hat es irgendwo ein Erfassungsproblem gegeben, welches dazu geführt hat, dass die Zahl der Verstorbenen an Corona korrigiert werden musste. Mir ist die Meldung sofort ins Auge gefallen, und ich musste an das Ereignis an besagtem 05. April 33 denken. Das ist nämlich eins der Daten, die man für Jesu Kreuzigung und Auferstehung errechnet zu haben glaubt. Und damit hatte ich mein heutiges Thema: Auferstehung.«

Wieder machte er eine kurze Pause.

»Unter dem Aspekt der Auferstehung könnte die vorgelesene Meldung durchaus damals genauso in der Zeitung gestanden haben. Von Samstag auf Sonntag reduzierte sich die Zahl der Verstorbenen um eins. Genau das hätte das Jerusalemer Einwohnermeldeamt angesichts des leeren Grabes am dritten Tag, dem Auferstehungssonntag, in sein Protokoll schreiben müssen, ist es nicht so? Nun ist mir natürlich bewusst, dass diejenigen unter unseren jüdischen Glaubensbrüdern, die noch auf das erste Kommen des Messias warten, dies nicht ganz so sehen wie wir. Aber ich bin der Meinung, dass man als Christ nicht mit seinem Glauben hinter dem Berg halten sollte, während man aber gleichzeitig den Glauben des Anderes respektieren muss. Deshalb wage ich es, das heiße Eisen anzufassen, möchte dabei aber ohnehin noch auf etwas anderes hinaus, auf eine Gemeinsamkeit nämlich. Denn an die Auferstehung der Gläubigen glauben eben auch die Juden, nicht wahr? Im Buch Jesaja steht es nämlich folgendermaßen:

›Aber deine Toten werden leben, deine Leichname werden auferstehen.‹

Somit haben wir ein gemeinsames Ziel, die Auferstehung, unsere Auferstehung, den Himmel. Und damit steht und fällt gemäß christlicher Lehre auch unser Glaube, wie es Paulus im ersten Korintherbrief verdeutlicht:

›Ist Christus aber nicht auferstanden, so ist euer Glaube nichtig.‹

Natürlich ist das der größte Streitpunkt zwischen den großen Religionen, dessen bin ich mir bewusst. Hier verläuft auch die entscheidende Trennlinie zum Islam. Und natürlich können wir heute keinen Beweis für oder gegen die Auferstehung erbringen. Paulus war in einer anderen Situation und konnte deshalb mit absoluter Gewissheit behaupten, dass Jesus tatsächlich auferstanden ist. Er kannte Zeugen, die diesen nachher gesehen hatten, und hatte selbst ein einschneidendes Erlebnis mit ihm gehabt. Wir hingegen müssen immer die Möglichkeit in Betracht ziehen, dass die Berichte von der Auferstehung gefälscht sind. Wobei ich eins sehr bezeichnend finde: Soweit ich informiert bin, wird von keinem der damals bekannten säkularen Geschichtsschreiber, beispielsweise Tacitus oder Flavius Josephus, die leibliche Auferstehung Jesu bestritten. Und das Ganze muss doch ein gewaltiges Aufsehen hervorgerufen haben, als plötzlich ein paar Dahergelaufene behaupteten, ihr Meister sei auferstanden, und andere versuchten, diese Aussagen zu unterdrücken.

Schlussendlich geht es aber um nichts anderes als um Glauben. Glauben an diesen Jesus, Glauben daran, dass er für meine Sünden gestorben ist, Glauben an seine Auferstehung und Hoffnung auf meine eigene Auferstehung zum ewigen Leben in seiner Gegenwart. Und *das* ist auch der eigentliche Grund, warum ich dieses Thema für heute Morgen gewählt habe. Natürlich war es nicht die alberne Herleitung zu dem angeblich zweitausend Jahre alten Zeitungstext, und es war – wenngleich absolut ernst gemeint – auch nicht in erster Linie meine Absicht, unsere jüdischen Gäste zu missionieren.«

Wieder machte der sympathische Pfarrer eine kurze Trinkpause.

»Wir gedenken heute Jens-Uwe Klein, der am vergangenen Montag durch ein abscheuliches Verbrechen aus unserer Mitte gerissen wurde. Ein Mann, den wir alle kannten und mochten. Ein Mann, der treu seine Familie versorgt und auch in der Kirche unermüdlich seinen Beitrag geleistet hat. Der Schmerz ist unermesslich, vor allem für die Familie, für Birgit, Sebastian und Leah. Und das kann jeder von uns nachempfinden. Aber auf der anderen Seite ist auch Hoffnung da, und es gibt Vergebung. Vergebung? Für diese furchtbare Bluttat? Ja. Birgit hat mir im Trauergespräch deutlich gesagt, dass sie den Mördern vergibt. Das hat mich tief beeindruckt und bewegt. Ich weiß nicht, ob ich das könnte. Und Hoffnung? Ja, und hier schließt sich der Kreis zum heutigen Predigtthema. Jens-Uwe war voller Hoffnung. Er war ein Kind Gottes und hatte die unumstößliche Gewissheit, einmal aufzuerstehen und im Himmel zu sein. Und dort ist er jetzt angelangt. Bei allem Schmerz, den wir hier nicht kleinreden wollen, ist das ein unglaublicher Trost. Und ein Trost und eine Gewissheit, die alle, die wir heute hier sind, miteinander teilen dürfen. Daran wollen wir uns festhalten. Gott segne und tröste euch als Familie, und Gott segne diese Gemeinde und unsere Gäste. Amen.«

Als der Gottesdienst beendet war und die Gemeinde nach draußen strömte, drängten sich beinahe alle um Birgit Klein und ihre Familie. Als Sabitzer sich ebenfalls ins Getümmel stürzen wollte, um die drei zum Essen in Nanzenbach einzuladen, wie es Gustavsen angekündigt hatte, hielt dieser sie am Arm zurück. Er deutete auf eine Ecke neben dem Haus der Begegnung, wo Josh, der Kommandeur der Sajeret, sich angeregt mit Sebastian, dem Sohn von Jens-Uwe und Birgit, unterhielt. Der Junge hing förmlich an den Lippen des Soldaten, und von weitem schien es so, als würde der junge Mann, der während der gesamten Predigt trotzig, aber mit tränennassen Augen dagesessen hatte, regelrecht aufblühen.

»Ist es das, was ich denke, Sven?«, fragte Sabitzer ihren Vorgesetzten.

»Ja, das ist es«, bestätigte der Kommissar. »Ich kenne Josh schon sehr lange, und er besitzt ein unglaubliches Einfühlungsvermögen. Ich bin sicher, er hat genau gespürt, was mit dem Jungen los ist, und sofort gewusst, was zu tun ist. Vermutlich hat Josh schon öfters erlebt, dass ein Kamerad nicht mehr nach Hause kam und einen trauernden Jungen zurückließ. Josh ist einfach ein klasse Typ.«

»Das kannst du laut sagen«, meldete sich Wim zu Wort, der gemeinsam mit Osvaldo unbemerkt zu den beiden getreten war. »Josh kennt solche Situationen nur zu gut. Und er ist unheimlich gut darin, Menschen zu trösten. Ich bin stolz, mit ihm verwandt zu sein.«

»Ich glaube, dazu hast du allen Grund«, meinte Sabitzer, »zumindest, soweit ich ihn bisher kenne. Aber ich gehe jetzt und sage Birgit und Leah Bescheid, dass sie mit uns kommen sollen, okay?«

»Tu das, Sandra«, nickte Gustavsen.

27

Jetzt platzte der große Gemeinschaftsraum des Nanzenbacher *UGA-Hauptquartiers* endgültig aus allen Nähten. Schließlich war nun nicht nur Birgit Klein mit ihren Kindern dabei, sondern auch die gesamte Familie Schick ebenso wie die von Andreas.

Außerdem hatte Josh sich nicht nur vorbildlich um Sebastian, den Sohn des ermordeten Jens-Uwe Klein, gekümmert, sondern auch spontan den Frohnhäuser Pfarrer eingeladen.

Anja, die bedauernswerte Gastgeberin, zählte kurz durch und kam auf mehr als dreißig hungrige Mäuler. Kurzerhand wurden ausreichend Sauerländer Würstchen – für die koscher essenden Gäste gab es Geflügel- und Rindswurst – und Pommes Frites zubereitet, und jeder suchte sich irgendwo einen Platz. Die Kinder oder besser gesagt Teenager setzten sich ab und richteten sich draußen am Fischteich ein.

Während des Essens war natürlich die mutige Predigt vom Vormittag Hauptgesprächsthema, und die orthodoxen Juden aus der Sajeret-Mannschaft stritten sich lebhaft mit ihren messianischen Kollegen und den Christen darum, wie das denn jetzt wirklich wäre mit dem Messias. Dabei brachten sie sich gegenseitig immer wieder zum Lachen und überschritten nie die Grenzen des Respekts vor der jeweils anderen Konfession. Sabitzer, die in diesen Themen noch nicht so bewandert war, beschränkte sich meist aufs Zuhören und genoss die Wertschätzung, mit der sich alle begegneten. Wie hatte Gustavsen ihr einmal gesagt? *Liebe vor Lehre*, das sei

216

sein Prinzip. Das hieße ausdrücklich nicht, dass man um des lieben Friedens willen biblische Aussagen oder Vorgaben verwässern dürfe, aber in den Bereichen, wo die Bibel eine Art Grauzone biete – und das seien sehr viel weniger, als mancher liberale Christ glaube, aber auch sehr viel mehr, als viele konservative wahrhaben wollten –, müsse man bereit sein, die Dinge stehen zu lassen und die Sicht des Anderen zu respektieren. Nun verstand die junge Kommissarin, was er gemeint hatte – und stimmte ihm vollumfänglich zu.

Nach dem Essen wurden alle, die nicht zur *UGA-Connection* oder Sajeret gehörten, an die frische Luft komplimentiert – einzige Ausnahmen waren Akono und Diethelm Schick, dessen Expertise man für die Auswertung der sichergestellten Forschungsdaten heranziehen wollte.

»Okay, Leute«, begann Gustavsen, »dann müssen wir jetzt mal loslegen. Ich weiß gerade gar nicht, wo wir anfangen sollen. Sandra, du übernimmst jetzt besser, ich habe völlig den Überblick verloren.«

»Alles klar«, nickte Sabitzer. »Am besten fangen wir nochmal ziemlich weit vorne an, um alle auf den neuesten Stand zu bringen. Begonnen hat alles mit dem Mord an Jens-Uwe Klein in Frohnhausen am letzten Montag. Wir hatten, als wir von seinem Arbeitgeber hörten, sofort den Verdacht, dass es, wenn man es so nennen will, mit Medizinspionage zu tun hat. Gleichzeitig wollte es der Zufall –

an den wir nicht glauben –, dass unser neuer Freund Akono auf Lanzarote anlandete und direkt unserem Teammitglied Andres von der kanarischen Polizei in die Arme lief.

Es stellte sich heraus, dass er aus einem Versuchslabor geflüchtet war, in dem Menschenversuche mit einem Impfstoff durchgeführt wurden. Außerdem hatte er beobachtet, dass einige Versuchspersonen unter großen Schmerzen starben. Darauf konnte er sich zunächst keinen Reim machen.

Weil einige vage Indizien auf unseren guten Bekannten Ernesto hinwiesen, den wir seit langer Zeit jagen, stellte Wim die mögliche Verbindung zu dessen Jugendfreund her, der nun Geschäftsführer eines Pharmaunternehmens in Spanien ist. Diesen haben wir besucht und aufgrund seines Verhaltens den Verdacht geschöpft, dass er etwas mit der Sache zu tun hat. Daraufhin haben wir Jens-Uwes Arbeitgeber in Marburg besucht. Dabei ist uns Diethelm aufgefallen.« Sie deutete auf den Medizinforscher neben sich.

»Dieser wurde, wie wir später herausfanden, tatsächlich von zwei Männern erpresst, die ihm drohten, ihm und seiner Familie dasselbe anzutun wie Jens-Uwe, seinem Kollegen, wenn er ihnen nicht die Formel und sämtliche relevanten Daten für den Impfstoff übergibt. Dazu wäre noch zu sagen, dass die Sa-med in Marburg offenbar mit der Entwicklung dieses Impfstoffs, die ja weltweit mit Hochdruck betrieben wird, am weitesten ist.

Weil nun Diethelm gesehen hatte, was seinem Kollegen passiert war, hatte er verständlicherweise Angst, die Polizei einzuschalten, weil er befürchtete, die würde ihm nicht helfen oder nicht rechtzeitig eingreifen. Also stellte er einen unbrauchbaren Datensatz zusammen und übergab ihn den Erpressern – was eine ziemlich geniale und kaltblütige Idee war, wie ich finde. Wir haben die Übergabe beobachtet und Diethelm und seine Familie in ein sicheres Haus nach Frohnhausen gebracht.

Am nächsten Morgen sind wir nach Nigeria geflogen. Als wir beratschlagten, wie wir in dieses Labor eindringen wollten, trafen wir zufällig – wieder so ein Zufall, den es nicht gibt – die Jungs aus Israel, die jetzt alle hier am Tisch sitzen. Es stellte sich heraus, dass deren Ziel auch das Versuchslabor war, allerdings, und das hat uns alle vom Stuhl gehauen, aus einem ganz anderen Grund. Es gab nämlich Hinweise, dass der Iran oder zumindest eine einzelne iranische Geheimdiensteinheit in diesem Labor einen biologischen Kampfstoff züchten ließ, um damit Israel anzugreifen.«

Jetzt war es totenstill im Raum. Einige der Anwesenden hatten diese Information noch nicht gehabt und waren entsetzt; den anderen, die durch Sabitzers Beschreibung der Sachlage wieder realisierten, was für einer Bedrohung sie ausgesetzt waren, lief es ebenso heiß und kalt den Rücken hinunter.

»Ja«, sagte die junge Kommissarin und sah nacheinander jedem in die Augen, »das war ein echter Schock, das steht mal fest. Aber weiter im Text. Das Versuchslabor befindet sich ganz in der Nähe der großen Flüchtlingslager im Norden Nigerias und wurde von ausländischen Söldnern bewacht. Außerdem waren nach unseren

Informationen eben einige Iraner anwesend, die zur Quds-Einheit gehören, das sind die Elitesoldaten der Republikanischen Garde des Iran. Lange Rede, kurzer Sinn, wir sind nachts dort rein und haben den Laden gesichert. Die Gefangenen wurden befreit, die Söldner und Iraner festgesetzt. Fast alle.« Jetzt schluckte sie und trank einen Schluck Wasser, um sich zu sammeln.

»Wenn ich da mal einhaken darf, Sandra«, nutzte Josh die Pause und blickte in die Runde. »Wenn Sandra sagt, *fast alle*, dann meint sie damit, dass einer der Iraner durch ihre Hand zu Tode gekommen ist. Der Mann hatte sich in einem schmalen Schrank versteckt und wurde von uns übersehen, als wir das Anwesen überprüft und gesichert haben. Dann ist er herausgesprungen und mit dem Messer auf mich losgegangen. Warum er das getan hat? Ich habe keine Ahnung; Iraner gelten normalerweise nicht als Selbstmordattentäter, und ihm musste klar sein, dass er da nicht lebend rauskommt. Wie auch immer, die Wahrheit ist, Sandra hat mir das Leben gerettet. Und das hat den Iraner seines gekostet.«

Er schaute Sabitzer verständnisvoll an, bevor er weitersprach.

»Letztlich war dieser Tod nicht beabsichtigt, sondern ein Unglücksfall, wie er vorkommen kann. Sandra hatte auf die rechte Schulter gezielt. Das hat mich übrigens kein bisschen überrascht«, schmunzelte er in Richtung Gustavsen, »denn Sven und seine Mannschaft sind zumindest bei uns in Israel dafür berühmt, dass sie alles dafür tun, um ihre Gegner nicht töten zu müssen. Das gilt im Besonderen auch für ihre Scharfschützen Jürgen und Peter. Einige meiner Landsleute halten dieses Verhalten für paradox, aber soweit mir mein Vater erzählt hat, sind sie damals nie in eine gefährliche Situation gekommen, weil sie das Leben der Feinde geschont haben. Somit – Ende der Geschichtsstunde – war ich nicht verwundert darüber, dass Sandra die Schulter anvisiert hat. Allerdings hat der Kerl sich genau in dem Augenblick, als sie abdrückte, nach rechts geworfen. Das war aus seiner Sicht logisch, denn wenn er davon ausging, dass sie aufs Herz gezielt hat, also die linke Brustseite, hatte er die besten Chancen, wenn er sich nach rechts warf. In dem Fall jedoch war das ein tödlicher Irrtum. Sandra, es tut mir sehr leid, dass ich dich in eine solche Situation gebracht habe. Aber ich möchte dir versichern, dass du alles richtig gemacht hast. Du hast mir das Leben gerettet, und wie schon einmal gesagt wird man dir das nie vergessen!«

Sabitzer wirkte ein bisschen überfahren, trank einen weiteren Schluck, atmete tief durch und machte weiter.

»Okay, danke, Josh. Wo waren wir stehengeblieben? Ach so, ja. Es stellte sich hinterher heraus, dass zwei der Iraner bereits am Abend zuvor abgereist waren, und zwar mit dem Kampfstoff. Unsere Freunde von der Sajeret haben aber jede Menge Daten und Informationen sichergestellt, die uns vermutlich Aufschluss darüber geben, womit wir es zu tun haben.«

»So ist es«, meldete sich nun Ruben, der junge Mann mit dem kahlen Kopf. »Die chemischen Details erspare ich euch und werde sie nachher mit Diethelm durchgehen. Fakt ist offenbar, dass man aus oder mit dem Corona-Virus eine sogenannte Chimäre entwickelt hat, also eine Substanz, die sich aus verschiedenen Bausteinen zusammensetzt. Diese ist gemäß den sichergestellten Daten – und Akonos Beobachtungen haben das ja offensichtlich bestätigt – extrem aggressiv, verbreitet sich enorm schnell über die Luft, wenn sie freigesetzt wird, und tötet innerhalb von Minuten, und zwar unter unvorstellbaren Qualen. Also kurz gesagt ein echtes Teufelszeug.«

»Danke, Ruben«, sagte Sabitzer. »Bevor wir uns weiter mit dem Kampfstoff beschäftigen, zwischendurch noch die Information, dass gleichzeitig mit unserem Zugriff in Nigeria die beiden Erpresser, denen Diethelm die Fake-Formel angedreht hatte, in Frohnhausen auftauchten und das Haus, in dem wir ihn und seine Familie untergebracht hatten, angegriffen haben.«

»Angreifen *wollten*, sollte man besser sagen«, grinste Wolfram und berichtete nun aus erster Hand vom Zugriff und hob dabei besonders Andreas' Rolle hervor. Dieser bekam nun Applaus von der ganzen Mannschaft, was ihn zum Erröten brachte. Josh schlug ihm krachend auf die Schulter und erklärte ihn zum offiziellen Freund des Volkes Israel.

»Ja, diese beiden sitzen jetzt seit zwei Tagen unten im Keller«, fuhr Sabitzer fort. »Wir haben sie schmoren lassen und werden sie dann zeitgleich mit Señor Gallego – das ist besagter Jugendfreund von Ernesto und Manager der spanischen Pharmafirma – verhören.

Ich glaube übrigens, dass die beiden Kerle erstens zu Ernesto gehören und zweitens die Mörder von Jens-Uwe Klein sind.«

Wim, der die gesamte Diskussion bisher schweigsam verfolgt hatte, nickte.

»Ja, das könnte ich mir auch gut vorstellen. Das passt haargenau zu diesem Schweinehund. Sorry, Osvaldo«, schaute er schuldbewusst zum Priester.

»Apropos Ernesto«, übernahm wieder die Kommissarin. »Den haben wir dann am späten Freitagabend in Spanien getroffen. Oder besser gesagt nicht getroffen. Dafür einen weiteren seiner Leute, schätze ich. Wir sind nämlich, als wir von dem Kampfstoff hörten, sofort über Lanzarote nach Spanien geflogen, um Gallego einzukassieren. Der hat sich dann zunächst abgesetzt, konnte jedoch zum Glück von Ruben …«, sie schenkte dem Israeli, der offenkundig auf sie stand, ein Lächeln »… lokalisiert werden. Dort haben wir ihn uns dann geschnappt, wobei es zu einem Schusswechsel mit Ernesto und seinen Leuten kam, die uns aber dann entwischt sind. Tja, das war der Rückblick für alle, und mehr fällt mir jetzt erst mal nicht mehr ein. Somit sollten der Fall Impfstoff und vermutlich auch der Mord an Jens-Uwe mehr oder weniger aufgeklärt sein, natürlich vorbehaltlich der Frage, ob sich unser Verdacht bezüglich der Mörder bestätigen wird.«

»Das wird er!«, nahm Sabrina den Faden auf. »Wir haben DNA an Jens-Uwes Leiche sichergestellt, die ich gestern mit der der beiden Gefangenen verglichen habe. Treffer. Beide. Allein die Indizien sollten bereits für eine Verurteilung reichen, aber natürlich wären Geständnisse besser.«

»Die werden wir kriegen, aber mit Sicherheit!«, versetzte Sabitzer grimmig, die nun an die Wildkammer unten im Haus dachte, wo sie im letzten Jahr diesen Schock erlitten hatte, als sie davon ausging, dort würden Verdächtige gefoltert. *Komisch, wie sich die Denkweise ändert, wenn man so richtig im realen Leben der Verbrecherwelt ankommt,* dachte sie mit etwas Bestürzung. *Aber gäbe es irgendetwas, das wir nicht tun dürften, wenn es um den möglichen Tod Tausender durch einen Bio-Kampfstoff geht?* Sie nahm sich vor, das ausführlich mit Osvaldo zu besprechen.

»Gut. Dann wäre das vermutlich geregelt. Die Sa-med wird sicher weitermachen mit dem Impfstoff und hoffentlich tatsächlich der erste Anbieter sein. Das gönne ich ihnen jedenfalls von Herzen«, nickte sie Diethelm Schick zu.

»Dann sollten wir uns jetzt auf die Biowaffe konzentrieren und überlegen, wie die nächsten Schritte aussehen. Josh?«, wandte sie sich an den Kommandeur der Sajeret-Einheit.

28

Der drahtige Amerikaner jüdischer Abstammung räusperte sich. »Wenn ich ganz ehrlich sein soll«, begann er, »haben wir nicht besonders viel. Natürlich haben wir die chemischen Informationen zum Kampfstoff und sogar einige Proben davon. Das könnte helfen, ein Gegenmittel zu entwickeln. Allerdings weiß ich nicht, was das bringen soll, wenn irgendwo aus heiterem Himmel ein Anschlag verübt wird und binnen weniger Minuten alles stirbt. Unser Dienst arbeitet gerade an den Identitäten der gefangenen Iraner. Vielleicht finden wir Verbindungen zu anderen Personen, der iranischen Regierung vielleicht, die uns weiterhelfen. Aber das ist zurzeit alles sehr vage. Wir wissen ja nicht einmal, ob die im Auftrag ihrer Regierung handeln oder nicht.« Er schüttelte ratlos den Kopf.

»Aber spielt das denn überhaupt eine Rolle, Josh?«, fragte Sabitzer.

»Naja, es wäre schon gut zu wissen, wer der Auftraggeber ist. Das würde eventuell die Möglichkeiten von Sanktionen verbessern«, sagte der Soldat.

»Aber es ist doch genauso gut denkbar, dass es bei denen genauso abläuft wie bei uns. Ihr seid doch sicher auch nie in Nigeria gewesen, habe ich recht?«

»Das stimmt«, grinste Josh. »Wir waren in Somalia, um die dortige Regierung bei der Jagd auf die Piraten am Horn zu unterstützen. Deshalb sind wir auch so braun.«

»Dachte ich mir«, lachte Sabitzer. »Und vermutlich würde euer Präsident schwören, dass ihr in Somalia am Surfen seid. Wir machen es ganz ähnlich, wir waren auch nie irgendwo.«

»Da fällt mir ein«, kratzte sich Josh plötzlich am Kopf, »wir habt ihr das eigentlich mit Gallego gemacht? Den habt ihr doch in Spanien festgenommen und nach Deutschland verbracht. Durftet ihr das denn?«

»Nein, so was darf man nicht. Und daran haben wir uns natürlich gehalten«, grinste Gustavsen. »Als wir auf dem Siegerland-Flughafen ankamen, haben wir ihn einfach laufenlassen. Er hat ein bisschen verwundert geguckt, ist aber dann abgehauen. Zu seinem Leidwesen hat dann aber jemand anonym bei der Flughafenpolizei angerufen und mitgeteilt, ein mit internationalem Haftbefehl gesuchter Verbrecher laufe auf dem Flughafengelände herum. Also haben sie ihn einkassiert. Und weil dort einer arbeitet, der uns schon einige Male geholfen hat und der wusste, dass wir gerade gelandet waren, hat man ihn uns zu treuen Händen übergeben. Wie der Mann nach Deutschland gekommen ist? Wer weiß das schon? Vermutlich per Privatjet. Solche Leute fliegen ja nicht Linie.«

Jetzt lachten alle am Tisch.

»Sven, du bist ein ausgekochter Hund. Bist du sicher, dass du kein israelisches Blut in den Adern hast?«, schmunzelte Josh.

»Glaube nicht«, sagte der Kommissar gemütlich. »Meine Vorfahren waren, wie der Name schon sagt, Schweden. Die hatten wohl irgendwann mal genug von Knäckebrot und Köttbullar und haben sich auf den Weg gemacht. Und vermutlich waren sie dann vom Nanzenbacher Pommes-Automaten so begeistert, dass sie gleich dageblieben sind.«

»Könnte ich gut verstehen«, grinste Wim.

»Okay, zurück zum Text«, mischte sich Sabitzer wieder ein. »Was ich sagen wollte, ist, dass es vermutlich auch im Iran vorstellbar ist, dass irgendein Mullah oder Ayatollah sagt: *Ich will gar nicht wissen, was du so tust, Hauptsache, du treibst die Zionisten am Ende ins Meer.* So in der Art. Deshalb würde ich mich mit der Frage, wer dahintersteckt, gar nicht so lange aufhalten, und lieber versuchen, die Bedrohung zu eliminieren.«

»Da hast du recht, Sandra«, stimmte Josh zu. »Bleibt die Frage, wann, wie und wo. Naja, das Wie steht ja schon mal einigermaßen fest. Aber die beiden anderen Variablen eben nicht. Wir haben gemeinsam mit dem Dienst überlegt, welche Ziele die Terroristen angreifen könnten. Und sind zu keinem Ergebnis gekommen, denn unsere Sicherheitsvorkehrungen sind so streng und ausgeklügelt, dass wir es schlicht für ausgeschlossen halten, dass es Iraner mit einer Biowaffe ins Land schaffen. Es sei denn, sie hätten einen Weg gefunden, der auch für uns völlig neu wäre. Blieben also Flugzeuge oder Orte außerhalb von Israel. Und da gibt es natürlich Tausende.«

»Gibt es denn überhaupt keine Anhaltspunkte im Gepäck dieser Iraner?«, fragte Sabitzer stirnrunzelnd.

»Fast nichts«, antwortete Ruben. »Ein paar Webseiten, die sie sich angeschaut haben, aber ohne konkrete Verbindung zu irgendetwas. Und ein paar Handynummern, die einer der Kerle von seinem eigenen Handy angewählt hat. Aber seither sind die angerufenen Geräte alle aus bis auf eins, das aber harmlos ist.«

»Was meinst du mit *harmlos*?«, hakte die Kommissarin nach.

»Es ist das Handy eines Geschäftsführers einer Firma in Deutschland«, sagte Ruben nach einem kurzen Blick in seine Unterlagen.

»Was für eine Firma, und wo in Deutschland?«, insistierte Sabitzer und störte sich nicht an den irritierten Blicken rundherum.

»Eine Firma Welker in einem Ort namens Zwiesel. Warum willst du das wissen?«, fragte Ruben und runzelte die Stirn.

Statt einer Antwort griff sich die Kommissarin ihr Smartphone und tippte darauf herum. Alle schauten ihr ratlos zu, sagten aber nichts. Nach einer Weile sah sie auf.

»Jungs, ich weiß, wie es weitergeht. Markus fährt jetzt gleich zum Siegerland-Flughafen, wir verhören die drei im Keller, anschließend fliegen wir nach Bayern.«

Sichtlich überfahren meldete sich nun Gustavsen zu Wort.

»Sandra, dass du mir einen Schritt voraus bist, ist ja nicht neu. Aber jetzt ist es ein ganzer Kilometer, fürchte ich. Und wenn ich den anderen hier ins Gesicht schaue, sehe ich auch nur Fragezeichen. Also klär uns auf.«

»Klaus Fischer!«, sagte Sabitzer nur.

»Klaus Fischer? Wer soll das sein?«, fragte der Kommissar irritiert.

»Du kennst Klaus Fischer nicht? Schäm dich!«, lachte seine Assistentin.

»Ist das nicht der mit den Fallrückziehern, der das Tor des Jahrhunderts geschossen hat?«, meldete sich plötzlich einer der Israelis, ein junger, hoch aufgeschossener Mann namens Moshe.

»Genauso ist es, Moshe, dir gehören sechzehntausend Euro«, grinste Sabitzer.

»Na, dann möchte ich für zweiunddreißigtausend gerne Folgendes wissen: Was hat Klaus Fischer mit unserem Fall zu tun?«, nahm Gustavsen den Ball auf.

»Ganz einfach, Sven: Klaus Fischer stammt aus dem Ort Zwiesel in Bayern. Oder wohnt da oder hat da früher gespielt, bevor er berühmt wurde. Jedenfalls gehört Klaus Fischer zu Zwiesel. Und für vierundsechzigtausend Mäuse hätte ich gerne gewusst, welchen Beruf er erlernt hat. Na?«

»Ich fürchte, mir sind die Joker ausgegangen«, witzelte Gustavsen. »Also sag schon.«

»Er hat Glasbläser gelernt.«

»Na und? Was hat das mit unserem Fall zu tun?«, fragte der Kommissar ratlos, während dem neben ihm sitzenden Diethelm ein Licht aufzugehen schien.

»Und zurück auf fünfhundert Euro, mein lieber Kandidat. Wie schade«, grinste Sabitzer. »Diethelm, willst du aufklären?«

»Ja«, räusperte sich der Angesprochene. »Ich schätze, deine Theorie ist, dass die Terroristen sich im Bayerischen Wald passende Glasbehälter für ihre Biowaffe blasen lassen wollen.«

»Genau das ist es!«, jubelte die Kommissarin und sonnte sich in den staunenden Blicken ihrer Zuhörer.

»Das hast du alles aus der Telefonnummer geschlossen, die irgendeiner der Kerle angerufen hat?«, fragte Gustavsen.

»Ja und nein. Also nicht nur. Zwiesel ist berühmt für seine Glasbläserindustrie. Diese Firma Welker ist ein Glasbläserunternehmen. Und – das ist jetzt *mein* Joker, zugegeben – vorhin habe ich die neuesten Nachrichten im Polizei-Intranet durchgeschaut und bin an einer Meldung hängengeblieben, dass im Landkreis Regen der Sohn einer sogenannten *Lokalgröße* entführt worden ist. Ich wusste allerdings nicht, wo Regen genau liegt, ich kenne nur den Spruch mit den bayerischen Flüssen, die in die Donau fließen. Aber jetzt habe ich nochmal etwas genauer hingeschaut und festgestellt, dass Zwiesel in genau diesem Landkreis liegt. Und in dem Bericht wird sogar die Firma genannt, wenn auch nicht der Name des Geschäftsführers. Außerdem sind irgendeinem Zeugen zwei südländisch aussehende Männer in der Nähe des Entführungsortes aufgefallen. Diese Beschreibung trifft zwar auf die Hälfte der Menschheit zu, aber ich denke, wir nehmen, was wir kriegen können.«

»Das heißt«, kratzte sich Gustavsen am Kopf, »deine Arbeitshypothese lautet, die Iraner sind in Bayern eingefallen und haben den

Sohn des Geschäftsführers entführt, um diesen dazu zu bringen, ihnen maßgeschneiderte Phiolen für ihr Virus zu blasen.«

»Genauso ist es.«

»Sandra, ich habe ja schon einiges mit dir erlebt, und von Anfang an ist mir deine hervorragende Auffassungsgabe aufgefallen«, meinte Wim. »Aber wenn du jetzt wieder richtig liegst, dann weiß ich nicht, was ich noch mit dir machen soll. Darauf wäre ich nie im Leben gekommen.«

»Ich auch nicht«, murmelte Gustavsen versonnen. »Aber jetzt, wo ich darüber nachdenke, bekommt der Gedanke Hand und Fuß. Josh, was denkst du?«

»Dasselbe wie du und Wim«, sagte dieser trocken. »Um es kurz zu machen, ich bin begeistert von meiner Lebensretterin. Sandra, willst du mich heiraten? Ich werde dir ein Haus bauen aus den Zedern des Libanon, dich mit Traubenkuchen und Granatäpfeln vom Gebirge Gilead speisen und bei Sonnenuntergang mit dir zum Myrrhenberge gehen.«

Sabitzer verschluckte sich fast an ihrem Wasser, so musste sie nun lachen.

»Das klingt zu verlockend, Josh, ich werde es mir überlegen«, versprach sie hustend.

»Naja, so schön ist Israel auch nicht«, grummelte Gustavsen, »und die Zedern und den Traubenkuchen hat er aus dem Hohelied geklaut.«

»Nur keinen Neid, Gustavsen«, lachte Josh. »Wir Israelis sind nicht nur für unseren einzigartigen Humor bekannt, sondern auch für unseren unübertrefflichen Charme.«

»Okay«, versuchte Gustavsen wieder die Initiative zu ergreifen, »dann schlage ich noch eine kleine Änderung vor: Wir, das heißt Markus, Peter, Jürgen, Sandra und ich machen uns auf die Socken Richtung Bayern. Ihr anderen bleibt hier und befragt die Jungs im Keller. Wenn ihr etwas Neues erfahrt, meldet euch. Und wir werden vor Ort entscheiden, ob ihr oder ein Teil von euch nachkommen müsst.«

29

Zweieinhalb Stunden später landete die Embraer auf dem Verkehrslandeplatz Passau-Vilshofen, wie der Regionalflughafen offiziell hieß. Zwei Mietwagen standen bereit, und nachdem Markus die Formalitäten erledigt hatte, verteilten sie sich auf die Autos und fuhren Richtung Bayerischer Wald. Nach einer Dreiviertelstunde erreichten sie Zwiesel. Sie trennten sich und fuhren auf verschiedenen Routen erst einmal langsam durch den Ort, um sich einen Eindruck zu verschaffen. Die Firma Welker lag am südlichen Ende der Stadt unweit des Flusses Kleiner Regen und war ein moderner einstöckiger, natürlich von Glas dominierter Zweckbau. Sie hielten nicht an, sondern versuchten lediglich, sich die Örtlichkeit einzuprägen.

Während Sabitzer eine Telefonkonferenz mit dem anderen Fahrzeug herstellte, rief Gustavsen Ruben an, der etwas enttäuscht war, nicht die Stimme der Kommissarin zu hören.

»Ich nehme an«, mutmaßte Gustavsen, »die Telefone, deren Nummern ihr sichergestellt habt, sind weiterhin ausgeschaltet.«

»So ist es, leider«, bestätigte Ruben.

»Dann hätte ich noch eine andere Idee. Ihr habt doch die Möglichkeit, den Handyverkehr beispielsweise an verschiedenen Mobilfunkmasten zu orten, nicht wahr?«

»Das stimmt, aber worauf willst du hinaus? Wir haben ja die Handynummern der Terroristen nicht.«

»Ist mir schon klar«, sagte der Kommissar. »Aber wenn Ausländer in Deutschland mit ihrem eigenen, ausländischen Handy arbeiten, senden sie doch ihre Kennung, oder nicht?«

»Das ist richtig, aber … Moment mal, du hast ja völlig recht. Klar. Was bin ich blind!«, rief Ruben. »Wir grasen den Ort ab und schauen, ob wir auf eins oder mehrere fremde Handys stoßen, idealerweise mit iranischer Ländervorwahl. Sven, du bist ein Genie.«

»Weiß ich«, sagte Gustavsen gönnerhaft. »Und es kommt noch besser. Ich bin nämlich der Meinung, dass sich eine Ecke in dem Städtchen besonders dazu eignet, sich und ein Entführungsopfer zu verstecken. Es gibt im Nordwesten des Ortes ein Feriengebiet namens Arber, das ist in der Nähe der Arbeiterwohlfahrt. Siehst du das? Ich könnte mir gut vorstellen, dass da im Moment, wo noch keine Ferien sind, Häuser leerstehen.«

»Positiv«, antwortete Ruben. »Einen Moment, ich visiere mal den nächstgelegenen Mobilfunkmast an.«

Gespannt warteten sie ein paar Minuten, bis Rubens Stimme wieder durch die Freisprechanlage drang.

»Bingo, Sven, wir haben sie! Sogar zwei Handys mit ausländischer Kennung. Ich glaube, du liegst völlig richtig.«

»Alles klar, Ruben, besten Dank«, sagte Gustavsen zufrieden. »Dann besuchen wir jetzt mal diesen Geschäftsführer und sehen dann weiter. Und du schickst mir die genauen Koordinaten von dem Ferienhaus, in dem die Telefone sind, aufs Handy, ja?«

»Wird erledigt.«

»Okay«, fuhr Gustavsen fort, nachdem Ruben aus der Leitung war, »dann müssen wir jetzt mal den Herrn Meiswinkel konsultieren. Sandra, willst du ihm unseren Besuch ankündigen? Vielleicht ist er bei einer Frau geschmeidiger.«

»Mache ich. Allerdings frage ich mich, ob wir das Ganze nicht besser telefonisch machen sollten für den Fall, dass der Mann beobachtet wird. Was meinst du?«

»Ja, da könntest du recht haben«, überlegte Gustavsen. »Versuchen wir's erst mal so.«

»Und vielleicht erst mal besser per SMS, falls die womöglich in der Lage sind, das Telefon abzuhören.«

»Ebenfalls richtig.«

Sabitzer schrieb rasch eine SMS: ›Wir wissen, wo Ihr Sohn gefangen gehalten wird, und wollen Ihnen helfen. Wir sind eine Polizeieinheit. Bitte rufen Sie von einem Handy, das die Entführer nicht kennen, die Nummer der Kriminalpolizei Dillenburg in Hessen an.‹

Dann rief sie selbst in Dillenburg an und gab Anweisung, ein gleich eingehendes Gespräch sofort weiterzuleiten.

Nach weniger als zwei Minuten klingelte ihr Telefon. Unbekannte Nummer.

»Sabitzer, Kripo Dillenburg.«

»Was hat das zu bedeuten?«, tönte eine offenbar befehlsgewohnte, aber jetzt hörbar unter Stress stehende Stimme aus den Lautsprechern. »Was wollen Sie von mir?«

»Herr Meiswinkel, ganz kurz, wir arbeiten an einem internationalen Fall und jagen eine Gruppe Terroristen. Wir haben Grund zu der Annahme, dass diese Ihren Sohn entführt und Sie damit unter Druck gesetzt hat, um eine bestimmte Sorte Glasampullen herzustellen. Ist das richtig?«

»Ja, das … woher wissen Sie das? Sie haben mir eingeschärft, bloß die Polizei rauszuhalten, sonst werden sie Julian verstümmeln. Aber irgendjemand aus dem Ort hat offenbar die Entführung beobachtet und Anzeige erstattet, weil die ihm verdächtig vorkamen. Und natürlich war die Polizei auch schon da und hat Fragen gestellt, denen ich ausgewichen bin, so gut ich konnte. Außerdem habe ich versucht, sie auf eine falsche Fährte zu locken, deshalb suchen sie im Moment auf der tschechischen Seite. Was werden die bloß jetzt mit meinem Jungen tun?« Nun weinte der Mann.

»Machen Sie sich keine Sorgen, Herr Meiswinkel«, sagte Sabitzer, die insgeheim die Geistesgegenwart des Mannes bewunderte. »Solange die Entführer nicht haben, was sie wollen, ist Ihr Sohn nicht in Gefahr. Außerdem ermitteln wir im Augenblick noch inoffiziell, die hiesige Polizei weiß nichts von unserer Anwesenheit. Und wir werden Ihnen helfen und ihn befreien. Wir glauben zu wissen, wo Julian festgehalten wird, und sind bereits vor Ort. Wenn Sie gleich aus dem Fenster schauen, sehen Sie einen grauen VW Passat vorbeifahren. Kurze Zeit später kommt ein schwarzer Ford Mondeo von der anderen Seite. Ich winke Ihnen aus dem VW zu. Jetzt.«

»Ja, ich sehe Sie«, bestätigte Meiswinkel nach wenigen Sekunden. »Aber was haben Sie jetzt vor?«

»Ganz einfach, wir werden unauffällig Ihr Haus bewachen und, sobald es dunkel ist, Ihren Sohn rausholen und die Entführer festsetzen.«

»Aber ist das nicht gefährlich?«, jammerte der Manager. »Was ist, wenn dabei was schiefgeht und Julian zu Schaden kommt?«

Immerhin interessiert er sich für seinen Sohn, wenn wir ihm schon egal sind, dachte Sabitzer, ließ sich aber nichts anmerken.

»Wir haben Erfahrung mit solchen Zugriffen. Wir sind sicher, Julian unbeschadet befreien zu können. Wir müssten vorab nur noch wissen, wie es mit diesen Ampullen aussieht. Können Sie uns Näheres darüber sagen? Vor allem, wann Sie die herstellen wollen?«

»Sie meinen, wann ich *den Rest* herstellen will«, sagte Meiswinkel.

»Heißt das, Sie haben bereits etwas für die Kerle gefertigt?« Jetzt war Gustavsen alarmiert und ging in das Gespräch hinein.

»Wer sind Sie denn jetzt?«, fragte der Geschäftsführer.

»Tut nichts zur Sache«, fuhr ihn der Kommissar an. »Reden Sie!«

Eingeschüchtert fuhr Meiswinkel fort.

»Ich habe gestern Nachmittag, als ich allein im Betrieb war, 20 Prototypen hergestellt, die ich dann unter einer Bank am Flussufer deponieren musste. Ich komme aus der Fertigung, habe das von der Pike auf gelernt, deswegen war das kein Problem, nachdem sie mir die Anforderungen beschrieben haben.«

»Welche Anforderungen waren das?«, fragte Sabitzer.

»Sie haben mir die genauen Maße gegeben, hundert hoch, zwanzig Durchmesser, und ich sollte die dünnste Wandstärke nehmen, die eingebettet in eine weiche Umhüllung trotzdem noch unzerbrechlich ist. Das war alles. War ganz leicht. Ach ja, zweihundertfünfzig Stück wollen sie insgesamt haben.«

»Haben sie irgendeine Andeutung gemacht, was sie mit den Phiolen vorhaben?«, fragte Sabitzer.

»Kein Wort. Und sie haben mir eingeschärft, bloß keine Fragen zu stellen. Daran habe ich mich gehalten. Mir war aber sofort klar, dass die irgendeine große Schweinerei damit planen. Ich meine, wer entführt denn einen unschuldigen Jungen für ein paar Glasampullen?« Wieder fing der Manager an zu weinen.

»Alles klar, Herr Meiswinkel, wir wissen dann, was wir wissen müssen. Wie gesagt werden wir zwei Leute in der Nähe Ihres Hauses auf die Lauer legen und heute Abend Ihren Sohn rausholen. Bitte vertrauen Sie uns; wir haben so etwas tatsächlich schon des Öfteren gemacht. Sagen Sie also zu niemandem etwas. Selbst wenn aus irgendeinem Grund die hiesige Polizei auftauchen sollte, sagen Sie kein Wort über uns, um den Zugriff nicht zu gefährden. Geben Sie denen allenfalls die Nummer der Kripo Dillenburg. Okay?«

»Okay«, kam es leise aus dem Hörer.

Sabitzer beendete das Gespräch. Wortlos verließ Jürgen das Auto und ging unauffällig um die Straßenecke. Peter, der im anderen Mietwagen gesessen hatte, tat das Gleiche und ging in die entgegengesetzte Richtung. Die anderen fuhren weiter. Gustavsen lenkte den Passat zum Fluss und suchte die beschriebene Bank.

»Da ist natürlich nichts mehr, aber es kann nicht schaden, sich mal umzusehen. Manchmal stößt man unversehens auf irgendeine Spur.«

Sie untersuchten die fragliche Bank und die Umgebung, fanden aber nichts. Also fuhren sie nacheinander an den östlichen Waldrand und warteten auf den Sonnenuntergang.

30

Als es ausreichend dunkel war, machten sich die Freunde auf Richtung Feriengebiet, nachdem sie Jürgen und Peter im Ort eingesammelt hatten. Gustavsen hatte von Ruben die genauen Koordinaten des in Frage kommenden Ferienhauses erhalten und auch dessen Grundriss. Außerdem hatten sie eine Wärmebildkamera dabei, die ihnen gute Dienste leisten würde. Sie stellten die Autos an der Straße nach Klautzenbach ab, näherten sich dem Anwesen von Norden im Schutz der Bäume und verteilten sich in ausreichendem Abstand um das Haus. Kurz vorher hatten sie sich noch einmal bei Ruben rückversichert, dass die georteten Handys sich tatsächlich in besagtem Objekt befanden – schließlich wollten sie mit ihrer Kampfausrüstung inklusive Sturmhauben keine harmlosen Urlauber zu Tode erschrecken.

Markus schlich sich vorsichtig und langsam an die Seite der Hütte und aktivierte seine Wärmekamera. Nach kurzer Zeit klickte es fünfmal in den Headsets, die alle trugen. Somit hatten sie es mit vier Gegnern und dem entführten Jungen zu tun.

»Vier sind unten im Hauptraum, einer im oberen Stockwerk«, gab Markus durch.

»Okay. Wenn wir Glück haben, ist das der Junge, und die Entführer hocken alle zusammen«, wisperte Gustavsen ins Mikro. »Das können wir aber nicht im Vorhinein herausfinden, die Fenster sind alle dicht. In jedem Fall scheinen die sich ziemlich sicher zu fühlen. Trotzdem sollten wir die Kerle nicht unterschätzen, auch wenn ich schon in Nigeria den Eindruck hatte, dass die Quds nicht mehr das sind, was sie mal waren. Also mit Krach rein und wachsam sein, auf wen wir treffen. Markus, wenn der Junge unten ist, gehst du sofort hoch und machst den vierten Tango unschädlich.«

Es klickte zur Bestätigung.

»Also auf drei. Eins, zwei, los!«

Zeitgleich wurden die Fenster auf der linken und der rechten Seite der Hütte eingeschlagen sowie die Haustür mit Wucht eingetreten. Dann traten Peter und Sabitzer zur Seite, worauf sich Jürgen und Markus blitzschnell durch das Fenster und nach links warfen, direkt danach folgten die beiden anderen und postierten sich rechts. Im selben Moment donnerte Gustavsen wie ein Berserker durch den Haupteingang. Bevor die Entführer realisierten, was geschah, waren sie allesamt von ihren Sesseln und vom Sofa gerissen worden und lagen bäuchlings auf dem Boden, ohne dass einer auch nur seine Waffe aus dem Gürtel reißen konnte. Blitzschnell waren ihre Hände hinter dem Rücken mit Kabelbindern gefesselt. Gustavsen, der sich mit vorgehaltener Waffe bereitgehalten hatte, brauchte gar nicht einzugreifen.

Markus hielt sich nicht lange mit seinem Opfer auf, sondern sprintete die Treppe hinauf und rief nach kurzer Zeit: »Gesichert.« Eine Minute später kam er mit einem etwa vierzehnjährigen, blonden Teenager, dem die pure Verwunderung ins Gesicht geschrieben stand, wieder herunter. In der Zwischenzeit waren Jürgen und Peter bereits losgerannt, um die Autos zu holen, und die beiden

Kommissare bewachten ihre Gefangenen, die denen, die sie in Nigeria festgesetzt hatten, wie aus dem Gesicht geschnitten schienen. Sie sagten kein Wort und schienen nur auf eine Gelegenheit zur Flucht zu warten.

»Ihr braucht gar nicht erst darauf zu spekulieren, dass ihr uns übertölpeln könnt, ihr Arschlöcher«, sagte Gustavsen auf Englisch. »Euer Weg endet hier. Und da, wo wir jetzt gleich hinfahren, freuen sich schon ein paar Leute auf euch.«

Dann wandte er sich grinsend zu seinen Freunden.

»Aber nicht Osvaldo verraten, okay?«

»Unsere Lippen sind versiegelt!«, versprach Markus. »Außerdem hast du uns allen aus der Seele geredet. Was die vorhaben, ist so was von menschenverachtend, dafür gibt es überhaupt kein adäquates Schimpfwort.«

»So ist es«, bestätigte Gustavsen und wandte sich zu dem befreiten Jungen.

»Julian, wir nehmen die Gangster jetzt mit. Du hast es ja nicht weit bis nach Hause. Magst du dahin laufen?«

Der Sohn des Geschäftsführers der Glasbläserfirma stand völlig neben sich und sagte kein Wort.

»Sven, das funktioniert so nicht«, mahnte Sabitzer. »Ich habe den Vater schon angefunkt. Er ist auf dem Weg.«

»Okay, das ist auch in Ordnung.«

Tatsächlich war Meiswinkel noch vor den beiden anderen Teammitgliedern mit den Autos da. Er sprang vollkommen aufgelöst aus seinem Mercedes und nahm seinen Sohn stürmisch in die Arme. Beide umklammerten sich eine ganze Zeitlang und weinten. Dann wandte sich der Vater an Sabitzer.

»Wie kann ich Ihnen danken? Sie haben meinen Sohn gerettet! Danke! Danke!«, stammelte er.

»Ist schon gut, Herr Meiswinkel«, sagte Sabitzer beruhigend. »Sie könnten uns nochmal helfen und uns sagen, wie diese zwanzig Prototypen, die Sie bereits ausgeliefert haben, verpackt waren. Wir haben nämlich weder in der Hütte hier noch im Gepäck der Gangster etwas gefunden, was wie diese Ampullen aussieht.«

»Naja, die waren in einem ganz normalen Karton, vielleicht so groß wie ein Schuhkarton. Innen mit Dämmmaterial ausgelegt«, erinnerte sich Meiswinkel.

»Nein, so etwas ist hier nicht zu finden. Wir werden das Gepäck später noch genauer untersuchen, müssen wir aber wohl davon ausgehen, dass sie die Dinger entweder woanders versteckt haben …«

»… oder es waren noch mehr Leute, und einer oder zwei sind bereits weg – mit den Ampullen. So wie in Nigeria«, mutmaßte Gustavsen.

»Ja, das könnte auch sein. Wie auch immer, die Autos sind da, und wir hauen jetzt ab. Herr Meiswinkel, Julian, bitte redet über diesen Fall, auch wenn's schwer fällt, mit niemandem außer der

Familie und der Polizei, okay? Und Herr Meiswinkel, wir werden alles mit der hiesigen Polizei regeln. Alles Gute für Sie.«

Weitere Dankesbekundungen des glücklichen Vaters und seines Sohnes wehrten sie ab, schleppten die Gefangenen zu den Autos und fuhren davon.

Drei Stunden später – es war nach Mitternacht – landeten sie auf dem Siegerland-Flughafen und nahmen Kurs auf Nanzenbach. Dort verfrachteten sie die gefangenen Iraner in den Keller und erstatteten den Zurückgebliebenen nur noch stichwortartig Bericht, bevor sie todmüde in ihre Betten fielen.

31

Es war Montagmorgen, und im *UGA-Hauptquartier* gab es frische Jakobsbrötchen aus der guten Bäckerei in Eibach. *Wolfram hatte heute ganz schön zu schleppen auf seiner Joggingrunde,* dachte Sabitzer schmunzelnd, als sie die Mengen an Brötchen sah, die der Kampfsporttrainer und Sicherheitsbeauftragte von seinem Morgenlauf mitgebracht hatte.

Die Israelis waren begeistert von den wohlschmeckenden Brötchen – endlich hatte ›Kümmel‹ Gustavsen einen Geistesverwandten gefunden, denn auch Ruben, der kahlköpfige Sajeretmann, liebte Kümmelbrötchen über alles. *Auch der Frauengeschmack scheint derselbe zu sein,* dachte Osvaldo und schalt sich innerlich schmunzelnd selbst für diesen unpassenden Gedanken.

Als sie alles vertilgt und mit Anjas köstlichem Kaffee hinuntergespült hatten, eröffnete Gustavsen die dienstliche Diskussion.

»Okay, Leute, wir fangen mal mit unserem Bericht an. Wir sind nach Zwiesel gefahren, haben dort mit Rubens Hilfe den Standort der Entführer ausfindig gemacht und den Jungen befreit. Das ist die Kurzform, Einzelheiten gibt's dann beim gemütlichen Beisammensein nach Lösung des Falls. Sandra hatte recht, die Kerle wollten zweihundertfünfzig maßgeschneiderte Ampullen oder Phiolen oder wie die Dinger heißen. Maße hundert mal zwanzig, außerdem so dünn wie möglich. Das ist alles, was wir wissen. Und das waren die *guten* Nachrichten. Die schlechte Nachricht ist, zwanzig von den Dingern wurden vorab als Muster hergestellt und sind unauffindbar. Wir vermuten, dass noch mehr Iraner da waren und einer oder zwei von ihnen mit den Prototypen abgereist sind. Ja, das ist der Stand, und wir wissen nicht viel mehr als vorher. Wir kommen den Kerlen zwar näher, aber sie sind uns immer einen Schritt voraus. Was habt ihr bei den Befragungen erfahren, Jungs?«

»So gut wie nichts, Sven«, sagte Wim bedauernd, »oder besser gesagt, nicht viel, was wir nicht bereits vorher wussten. Ach ja, Josh schuldet mir zehn Schekel.« Jetzt grinste er.

»Gallego ist völlig zusammengebrochen und hat alles gestanden. Nur die Sache mit dem Anschlag auf Israel will er nicht gewusst haben. Man habe ihm gesagt, dies sei eine reine Verteidigungsangelegenheit. Da die Feinde im Nahen Osten und der Große Satan den Iran angreifen wollten, brauche man ein Druckmittel, habe aber selbstverständlich nicht vor, es jemals einzusetzen blablabla.«

»Okay, Wim, das können wir mal dahingestellt lassen«, sagte Gustavsen. »Damit sollen sich dann die Richter herumschlagen. Aber gute Arbeit. Was gibt es noch? Ist die Verbindung zu Ernesto klar?«

»Ja, ist sie. Es war alles genauso, wie wir es von Anfang an vermutet haben. Vielleicht mit dem Unterschied, dass nicht Gallego, sondern Ernesto der Urheber des Plans mit der Sa-med war. Er wohnt nämlich mittlerweile in einem Mehrfamilienhaus in Gladenbach – oder besser *wohnte,* denn ich gehe mal davon aus, dass er sich mal wieder aus dem Staub gemacht hat, weil er weiß, dass wir ihm auf den Fersen sind. Und wenn ich *Mehrfamilienhaus in Gladenbach* sage, müsste bei euch eigentlich was klingeln, oder?«

Der alte Mann im Nachbarhaus, wurde es Sabrina klar. *Das war Ernesto, und ich hab es nicht kapiert.* Laut sagte sie:

»Anja und ich haben ihn dort gesehen!«

Jetzt schauten alle überrascht zu ihr und Anja.

»Im Ernst, Sabrina?«, fragte Gustavsen.

»Ja, jetzt, wo Wim es sagt, wird es auch mir klar«, sagte Anja. »Da war ein älterer Mann, der auch mir bekannt vorkam und im Nebenhaus verschwand, als wir auf dem Weg zu Anita waren. Das war mit Sicherheit Ernesto, auch wenn ich ihn nur von Fotos kenne.«

»Ja, so wird es wohl gewesen sein«, fuhr Wim fort. »Dort ist ihm offensichtlich Jens-Uwe aufgefallen, der scheinbar regelmäßig eine Prostituierte besuchte. So wie es aussieht, hat Ernesto den Sa-med-Aufkleber an Jens-Uwes Dienstwagen gesehen und – vielleicht aufgrund der Berichterstattung bezüglich Impfstoff – seinen perfiden Plan entwickelt. Damit ist er dann an Gallego herangetreten. Anschließend hat er versucht, Jens-Uwe zu erpressen. Und nachdem sich herausstellte, dass dieser weder Zugang zu den erhofften Informationen hatte noch wegen Anita wirklich erpressbar war, hat er ihn einfach töten lassen und den Mord obendrein als Druckmittel für die nächste Erpressung benutzt.« Nun knirschte Wim zornig mit den Zähnen. »Hätten wir diesen Drecksack doch früher aus dem Verkehr gezogen, dann wäre einigen Menschen viel Leid erspart geblieben.«

»Da hast du recht, Wim. Aber wir haben es versucht und werden es weiter versuchen«, sagte Gustavsen. »Hat Gallego eigentlich etwas dazu gesagt, wie die Iraner ins Spiel gekommen sind?«

»Nein, das wurde nicht abschließend geklärt. Da ist wohl noch etwas Ermittlungsarbeit nötig.«

»Das macht nichts, Hauptsache, wir haben die eine Schweinerei aufgedeckt und können die zweite noch verhindern. Aber nur fürs Protokoll noch die Frage: Ist mit den beiden Typen, die Wolfram und Andreas festgesetzt haben, alles klar? Haben die gestanden?«

»Einer ja«, grinste Wim. »Wir haben das bewährte Spiel gespielt und sie getrennt voneinander untergebracht, aber dafür gesorgt, dass sie sich gesehen haben. Dann haben wir den einen mit den Beweisen konfrontiert, DNA und so, und schon hat es der erste auf den zweiten geschoben. Der zweite ist dann, als wir ihn damit konfrontierten, ausgeflippt, hat sich aber im letzten Moment besonnen und nach einem Anwalt gekräht. Ich denke, die sind geliefert.«

»Gut«, sagte Gustavsen nachdenklich. »Dann haben wir alles soweit geklärt, bis auf die Frage, was haben die Iraner vor und wie können wir es verhindern. Ich nehme an, die Kerle, die wir gestern kassiert haben, werden kein Wort reden, es sei denn, wir würden ihnen so richtig wehtun, was mir aber dann doch widerstrebt. Josh, was meinst du?«

»Naja, ich habe mir eure Wildkammer angeschaut; hier sind übrigens deine zehn Schekel, Wim«, hielt er dem rundlichen Holländer einen Geldschein hin und erklärte auf die fragenden Blicke seiner Soldaten grinsend: »Wim hat gewettet, dass Gallego sich einnässt, wenn er in die Wildkammer kommt. Und so ist es gekommen.«

Die anwesenden Frauen schüttelten ob dieses typisch männlichen Verständnisses für Humor den Kopf.

Josh wurde wieder ernst.

»Da wäre schon etwas möglich in der Wildkammer. Aber wir wollen euch nicht in Verlegenheit bringen, deshalb war ich so frei und habe bereits ein Flugzeug angefordert, das in etwa einer Stunde auf dem Siegerland-Flughafen landen wird. In der Zwischenzeit bringen wir die Typen dorthin und lassen sie nach Israel fliegen. Dort werden sie reden, nehme ich an. Bei einer solchen Bedrohung stößt selbst der jüdische Humor an seine Grenzen, wenn ihr versteht, was ich meine.« Er grinste düster.

»Das ist eine ausnehmend gute Idee, Josh«, sagte der deutsche Kommissar anerkennend und grinste. »Wir werden nämlich bereits mit all den anderen Dingen, die sich in letzter Zeit ereignet haben, alle Hände voll zu tun haben. Unser Freund Ebert, der Polizeichef von Dillenburg, wird alles geben müssen, um all die bürokratischen Verwicklungen hinzubiegen.«

Sabitzers Smartphone klingelte. Sie schaute aufs Display, warf einen kurzen Blick auf ihren Vorgesetzten und verließ rasch den

Raum. Gustavsen schaute ihr nachdenklich hinterher, sagte aber nichts.

»Das ist alles schön und gut«, fuhr er dann fort. »Aber wie und wo machen wir jetzt weiter? Warten, bis der Mossad etwas aus den Iranern herausgeholt hat, oder versuchen, das Rätsel zu lösen?«

»Letzteres, Sven«, sagte der Sajeret-Kommandeur mit Nachdruck. »Diese Quds-Typen sind mit Sicherheit ausgiebig darauf trainiert, mit Folter umzugehen und auch mit Lügendetektoren. Und wer kann sagen, dass sie einem irgendwann ihren Zusammenbruch nur vorspielen und irgendeine vorbereitete Geschichte erzählen? Nein, wir müssen zweigleisig fahren und weiter überlegen, wie wir vorankommen. Übrigens hat es mich gewundert, dass ihr die vier offenbar ohne größere Probleme festsetzen konntet. Entweder ist das doch nur die zweite Garnitur, oder …«

»… oder die *UGA-Connection* ist einfach gut«, lachte Gustavsen laut. »Such's dir aus. Aber ich weiß nicht, wo wir ansetzen können, ehrlich gesagt.«

Mittlerweile war Sabitzer wieder an den Tisch zurückgekehrt. Jetzt konnte Gustavsen doch nicht mehr an sich halten, und gespielt beiläufig fragte er:

»War das Frank?«

»Nein, das war nicht Frank«, sagte Sabitzer und schaute ihm angriffslustig in die Augen. »Aber Frank hat gerade möglicherweise ungefähr …«, sie unterbrach sich und tippte eine Weile auf ihrem

Smartphone, »… oder besser gesagt genau zweitausendneunhundertvierundsechzig Menschen das Leben gerettet.«

Es wurde totenstill im Raum. Gustavsens Hand, die gerade seine Kaffeetasse zum Mund führen wollte, verharrte auf halbem Weg.

»Wie war das?«

»Ich weiß, was das Anschlagsziel ist!«, sagte Sabitzer.

Nun riefen die Israelis aufgeregt durcheinander, bis Josh die Hand hob.

»Sandra, wie meinst du das? Was hast du herausgefunden? Sag schon!«, drängte er die junge Kommissarin.

»Okay, okay, der Reihe nach«, sagte Sabitzer. »Fangen wir vorne an. Wir sind uns einig, dass der Anschlag in erster Linie Israel gilt und möglicherweise in einem zweiten Schritt den USA. Richtig?«

»Richtig.«

»Die USA sind durch eure Leute mittlerweile gewarnt, und ihr habt vereinbart, dass nicht gemeinsam, sondern parallel ermittelt und sich gegenseitig auf Stand gehalten wird. Richtig?«

»Richtig.«

»Wir sind uns außerdem einig, dass sich das Anschlagsziel höchstwahrscheinlich nicht in Israel befindet, weil dort die Sicherheitsvorkehrungen so hoch sind, dass ein Erfolg fraglich wäre. Richtig?«

»Richtig. Mach schon weiter«, drängte Josh.

»Geht ja schon weiter. Wir waren uns aus den vorgenannten Gründen einig, dass wir die Angelegenheit für den Fall, dass es doch Israel selbst betrifft, den dortigen Behörden überlassen und uns deshalb auf mögliche Ziele außerhalb Israels konzentrieren können. Richtig?«

»Richtig!«, rief jetzt Ruben zur Abwechslung. »Worauf willst du hinaus, Sandra?«

»Kommt jetzt. Mein guter Freund Frank …«, sie lächelte ihren Vorgesetzten honigsüß an, »… und Julian Meiswinkel, der Junge, den wir gestern Abend befreien konnten, haben das Rätsel gelöst. Unwissentlich. Das war nämlich gerade sein Vater am Telefon, nicht Frank.« Ein weiterer strafender Blick zu dem eifersüchtigen Gustavsen, der schuldbewusst seine Kaffeetasse musterte.

»Lange Rede, kurzer Sinn – ich will euch ja nicht zu sehr auf die Folter spannen –, Julian ist wohl so etwas wie ein Sprachgenie. Und er hat einiges aufgeschnappt, als er im Obergeschoss des Ferienhauses angebunden war. Diese Hütten sind ja bekanntlich ziemlich hellhörig, und die Entführer waren nicht gerade leise. Dadurch hat er einige Wortfetzen verstanden, darunter das Wort *Forint* und einen Begriff auf Farsi, der laut Julian sinngemäß so viel wie *Klage* oder *Klagelied* bedeutet – und über den die Kerle sich kaputtgelacht haben. Darüber hat sich Julian verständlicherweise gewundert, und daran hat er sich erinnert. Tja, und deshalb ist jetzt alles klar.«

Josh runzelte die Stirn. »Sven, ist dir irgendetwas klar? Mir jedenfalls nicht. Sandra, bitte mach es uns leicht und lass uns nicht dumm sterben.«

»Ist schon gut, Josh«, grinste die junge Frau. »Forint ist die Währung in Ungarn. Und mein lieber Freund Frank heißt mit vollständigem Namen Frank Ulrich Bognar. Sein Vater stammt aus Ungarn. Und mich haben sie vor vielen Jahren mal mitgenommen, um die Großeltern zu besuchen. Die wohnen ausgerechnet in Gödöllő, das ist die Stadt, wo das Schloss von Kaiserin Sisi ist. Sabrina und Anja kennen das bestimmt aus den Weihnachtsfilmen, nicht wahr?«

»Darauf kannst du wetten«, sagte die Pathologin verträumt.

»Tja, und als wir dort waren, haben wir natürlich auch Budapest besucht. Neben Barcelona für mich übrigens der schönste Ort, in dem ich je war – natürlich abgesehen vom Gebirge Gilead mit dem Myrrhenberg«, grinste sie Richtung Josh.

»Also weiter. Budapest ist wirklich klasse, der Blick von der Zitadelle über die Stadt und die Donau ist atemberaubend. Und eine der Sehenswürdigkeiten, die mir Franks Großvater stolz gezeigt hat, ist rein zufällig die größte Synagoge Europas. Mit wie bereits erwähnt zweitausendneunhundertvierundsechzig Plätzen.«

Sabitzer lehnte sich zurück und trank einen Schluck Fanta Zitrone.

Ihre Zuhörer waren fassungslos.

»Das heißt«, fasste Josh das Gehörte zusammen, »du gehst davon aus, dass die Iraner sich darüber unterhalten haben, dass sie ungarisches Geld brauchen, weil sie dorthin wollen. Und weil dort die Synagoge steht, hältst du es für wahrscheinlich, dass dort der Anschlag erfolgen soll. Richtig zusammengefasst?«

»Korrekt.«

Josh wandte sich an Gustavsen.

»Was hältst du davon? Ich meine, ich habe in der kurzen Zeit mit Sandra schon einige Male ihre Intuition bewundern dürfen, und insgesamt gesehen sind wir auch schon mit weniger Informationen in den Kampf gezogen.«

»Ich schätze, das hast du in jeder Hinsicht perfekt auf den Punkt gebracht«, pflichtete der Kommissar ihm bei. »Aber nochmal zurück zu unserem Freund Julian. Du hattest das mit der Klage erwähnt und dass die Kerle sich darüber so mokiert haben. Was hat es damit auf sich?«

»Das ist sozusagen das Sahnehäubchen«, sagte Sabitzer, »denn dadurch wissen wir jetzt auch den Zeitpunkt des Anschlags.«

Nun war Josh nicht mehr zu halten. »Sandra, ich verspreche dir, neben dem Haus aus Zedernholz bekommst du auch noch ein Ferienhaus in Eilat und Datteln und Feigen bis ans Lebensende. Aber jetzt sag bitte endlich, was du hast.«

»Der Neunte Aw!«

Jetzt war es endgültig um die Israelis geschehen. Sie saßen mit offenen Mündern um den Tisch herum und starrten die junge

Deutsche an, als habe die ihnen gerade erzählt, die Philister stünden vor der Tür.

Wieder war es der offenbar hochgebildete Moshe, der die Stille durchbrach.

»Das ist es. Sandra hat recht!«, sagte er tonlos und schaute seinen Kommandeur an. Der wiederum starrte immer noch ungläubig zu Sabitzer. Als er sich wieder gefasst hatte, stand er auf und nahm die junge Kommissarin in den Arm.

»Ja, du hast recht, Sandra. Und ich habe keine Ahnung, wie der Staat Israel das wieder gutmachen will.«

Jetzt wirkte auch Sabitzer, die es sichtlich genossen hatte, ihre Mitstreiter auf die Folter zu spannen, verlegen. Zum Glück kam ihr Gustavsen zu Hilfe.

»Tja, Leute, wenn ich mich hier so umschaue, sehe ich einige, die wie ich irgendetwas Entscheidendes nicht mitbekommen haben. Also könnte uns wohl bitte jemand aufklären?«

»Sandra?«, fragte Josh.

»Gern«, sagte Sabitzer und räusperte sich. »Als wir damals in Budapest waren, gab es in der Synagoge Informationen über Sitten und Gebräuche und die jüdischen Feiertage. Das hat mich interessiert, gerade auch wegen den entsprechenden Erzählungen in der Bibel. Also habe ich mir ein paar dieser Broschüren mitgenommen. Und einer dieser Feiertage ist besonders bei mir hängengeblieben, weil der Name so ungewöhnlich war.«

»Der Neunte Aw«, sagte Ruben.

»Richtig. Ich fand das irgendwie lustig. Der hebräische Name ist mir leider entfallen. Aber ich erinnere mich, dass es da um eine dreiwöchige Trauer- und Fastenzeit geht und am Ende dieser drei Wochen die Klagelieder gelesen werden. Und deshalb hat es bei mir Klick gemacht. Die Iraner haben sich bei dem Begriff kaputtgelacht. Wahrscheinlich hat einer gesagt: *Wenn wir das Virus freisetzen, werden sie endlich mal einen richtigen Grund für ihre Klagelieder haben.* Oder so ähnlich.«

»Tischa beAw«, sagte Wim.

»Was meinst du, Wim«, fragte Gustavsen.

»Tischa beAw. Das ist das hebräische Wort für den Neunten Aw«, antwortete sein alter Freund. »Sandra hat alles vollkommen korrekt erklärt. Und ich bin davon überzeugt, dass ihre Annahme absolut richtig ist. Sandra, ich weiß nicht mehr, was ich sagen soll.«

»Lass uns erst mal abwarten, ob wir erstens richtig liegen und zweitens den Anschlag vermeiden können«, gab die Gelobte bescheiden zurück.

»Du sagtest, wir kennen den Zeitpunkt. Wann ist dieser Feiertag?«, fragte Wolfram.

»Am 30. Juli«, antwortete Sabitzer.

»Das ist in drei Tagen«, überlegte Gustavsen. »Nicht viel Zeit, um Budapest auf den Kopf zu stellen.«

»Genaugenommen sind es nur zwei Tage«, korrigierte Sabitzer, »denn üblicherweise geht man am Abend vorher in die Synagoge, wo dann die Klagelieder gelesen werden. Ist das richtig, Moshe?«

»So ist es«, sagte der Gefragte düster.

»Also geht es so schnell wie möglich nach Ungarn, würde ich sagen«, sagte Gustavsen. »Arbeitshypothese ist ab sofort, dass mindestens zwei Iraner, eher noch ein paar mehr, mit einem Kanister respektive zwanzig Ampullen einer Biowaffe auf dem Weg nach Budapest sind, um Mittwochabend das Virus in der dortigen Synagoge freizusetzen. Das bedeutet, alles, was Beine hat, klettert gleich in ein Flugzeug.«

32

Nach einem schnellen, kalten Mittagessen in Buffetform fuhren die achtköpfige israelische Spezialeinheit mit den gefangenen Iranern sowie die inklusive Akono, des Arztes aus Nigeria, aus neun Personen bestehende Truppe um Gustavsen zum Siegerland-Flughafen, um den Flug nach Budapest anzutreten. Aufgrund der Gefahr, der sie sich aussetzen würden, hatte der Kommissar jeden Teilnehmer eindringlich auf das Risiko hingewiesen, aber alle, die für den Einsatz in Frage kamen, hatten ausdrücklich darauf bestanden, mitzukommen.

Spätnachmittags kamen sie im Hotel Aquincum in der Nähe der Margareteninsel an. Nach dem Einchecken nutzte Sabitzer ausgiebig den großen SPA-Bereich des schönen Hotels, bevor sich alle zum Essen im hoteleigenen Restaurant trafen. Hier – unter den anderen Hotelgästen – kam ihnen jetzt die Fähigkeit zugute, die Anspannung für eine gewisse Zeit abzuschütteln und sich gewissermaßen wie der berühmte Kegelclub auf Tour zu benehmen. Lediglich ein sehr aufmerksamer Beobachter hätte anhand der durchtrainierten Körper – wenn man vom gemütlichen Wim absah – und der latenten Körperspannung und steten Wachsamkeit erkannt, dass hier eine Kampftruppe zusammensaß.

Nach dem Abendessen versammelten sich alle in einem von Wim angemieteten Konferenzraum, vergewisserten sich, dass sie ungestört waren, und begannen, einen Plan zu erarbeiten.

Ruben berichtete, dass er und zwei andere von der Sajeret am Nachmittag bereits in der Synagoge gewesen waren. Sie hatten mit den Verantwortlichen über die Sicherheitsvorkehrungen besonders an den jüdischen Festtagen gesprochen und waren davon überzeugt, dass niemand auf normalem Weg in die Synagoge gelangen konnte, um einen Anschlag durchzuführen.

»Mir ist es ein Rätsel, wie sie das anstellen wollen!«, sagte Josh ratlos. »Die würden sich doch nicht die Mühe machen mit diesen kleinen Ampullen, wenn sie beispielsweise die Gläubigen auf dem Weg in die Synagoge treffen wollten. Damit würden sie nur ein paar töten, bevor ein riesiger Aufruhr entsteht. Nein, die müssen irgendwie hinein. Aber wie?«

»Ruben, haben die Verhörprotokolle oder Auswertungen der Laptops und Handys nichts weiter ergeben?«, fragte Sabitzer den jungen Israeli, dessen frisch rasierter Schädel im Licht der Deckenlampe glänzte.

»Nichts«, sagte dieser, »absolut nichts. Keine verdächtigen Telefonnummern, keine Lagepläne, keine Skizzen oder Beschreibungen, rein gar nichts. Das Einzige, was man im Browserverlauf eines Laptops findet, sind touristische Informationen, Riverride und so.«

»Riverride?« Jetzt war Sabitzer hellwach. »Die haben Riverride gegoogelt?«

»Ja, haben sie«, bestätigte Ruben unsicher. »Was soll damit sein?«

»Was damit sein soll? Das ist die Erklärung, wie sie es anstellen wollen«, sagte die Kommissarin mit fester Stimme und erlebte zum mittlerweile dritten Mal während dieses Falles, dass man sie kollektiv fassungslos anstarrte. Sie wandte sich wieder zu Ruben.

»Bring mal die Homepage von Riverride auf den Beamer«, wies sie ihn an. Ruben klickte ein paarmal auf den Tasten seines Laptops, der an den Projektor angeschlossen war, und auf der Leinwand erschien die gewünschte Website.

»Jetzt spiel das Video ab«, führte Sabitzer ihn weiter durch die Menüs. Nachdem der kurze Clip abgelaufen war, schauten sich Josh und Gustavsen bedeutungsvoll an und nickten sich zu.

»Sandra, du hast recht, fürchte ich«, sagte Josh.

»Was meint ihr?«, fragte Ruben verwirrt. »Was habe ich gerade nicht mitbekommen?«

»Sandras Arbeitshypothese lautet«, meldete sich Gustavsen zu Wort, »die Terroristen wissen, dass sie auf normalem Weg nicht in die Synagoge kommen, und wollen deshalb von unten eindringen, und zwar über die Kanalisation oder so. Sandra, stimmt das so in etwa?«

»Es stimmt genau, Sven«, bestätigte seine Assistentin. »Wie ihr alle gesehen habt, fährt dieser Bus, nachdem er die touristischen Höhepunkte in der Innenstadt abgeklappert hat, in die Donau, um den Rest der Sehenswürdigkeiten, die am Fluss entlang angeordnet sind, zu besichtigen. Ich habe das damals übrigens auch gemacht, und es war ein echtes Erlebnis. Und weil ich anschließend jedem, der es hören wollte, davon vorgeschwärmt und fleißig den Link zu dieser Homepage verbreitet habe, hat es bei *Riverride* sofort Klick gemacht. Und ich glaube, dass es so ist, wie Sven beschrieben hat. Mit dem kleinen Unterschied, dass es vermutlich nicht in erster Linie die Kanalisation ist, sondern einer der kleinen Nebenarme der Donau, durch die die Terroristen unter die Synagoge kommen wollen. Diese liegt etwa einen Kilometer vom Fluss entfernt, und ich schätze, wenn wir die entsprechenden Informationen bekommen, werden wir sehen, dass so ein Arm nah an der Synagoge vorbeiführt. Vielleicht steigen sie dann in die Kanalisation um, oder vielleicht führt so ein Flüsschen auch untendrunter durch.«

Plötzlich schlug Ruben sich an die eigene Stirn.

»Was ist los, mein Freund?«, fragte Moshe beunruhigt.

»Nichts weiter«, stöhnte Ruben. »Mir ist nur gerade klargeworden, dass ich der dämlichste Idiot vom gesamten Stamme Levi bin und warum Sandra mir Sven vorzieht.«

Gustavsen konzentrierte sich plötzlich vollständig auf die Fliege, die hektisch um eine der Deckenleuchten flog, während Sabitzers Wangen endgültig die Farbe der von Josh versprochenen Granatäpfel annahmen und der Rest der Truppe schallend lachte.

»Naja, Ruben«, grinste der Kommandeur, »vielleicht ist es auch die Haarpracht, die den Ausschlag gegeben hat. Aber warum bist du so dämlich? Für einen Leviten fand ich dich eigentlich immer ganz pfiffig.«

Wieder grölten alle laut los.

»Weil ich vor lauter Orangen den Kibbuz nicht gesehen habe, ich Dummkopf«, geißelte sich der junge Elitesoldat weiterhin selbst.

»In Budapest ist gestern in einem Sportgeschäft eingebrochen worden, das ein Landsmann betreibt, der auch zur jüdischen Gemeinde gehört. Gestohlen wurden … zwei Taucherausrüstungen.«

»Bingo!«, sagte Sabitzer. »Das dürfte kein Zufall sein, das steht mal fest. Allerdings halte ich das für ziemlich unvorsichtig, wie diese Iraner vorgehen. Entweder ist das zweite oder dritte Garnitur, oder sie sind nervös, weil wir ihnen auf den Fersen sind. Dass wir ihre Kumpels festgesetzt haben, dürfte ihnen ja mittlerweile klar sein.«

»Ja, solche Schnitzer kann ich mir auch nur mit großer Nervosität erklären«, bestätigte Josh. »Allerdings kann es auch sein, dass wir ihren Anführer kassiert haben und das noch gar nicht wissen. Und ohne den, der ihnen sagt, wo Osten ist, sind sie hilflos.«

»Ich verstehe daran etwas Grundsätzliches nicht«, sagte Jürgen. »Warum dieser Aufwand mit dem Bus? Die würden doch bestimmt irgendwo in der Nähe der Synagoge einen anderen Weg finden, um in die Kanalisation zu kommen. Außerdem ist der Bus doch weitgehend über Wasser, wenn ich mir die Bilder anschaue. Die müssten ja dann irgendwie durch die Fenster raus oder ein Loch in den Boden schneiden.«

»Guter Einwand, Jürgen«, sagte Gustavsen. »Das müssen wir überprüfen. Vielleicht arbeiten die von vorneherein zweigleisig und mit Back-up, falls eins der Teams geschnappt wird. In jedem

Fall haben wir, so glaube ich, jetzt etwas, womit wir arbeiten können. Wenn wir uns sicher sind, dass sie oben auf keinen Fall hineinkommen … aber warte mal«, er wandte sich an Ruben, »… würdest du sagen, dass auch ohne eine konkrete Warnung an die Wachen – denn wir sollten zunächst davon ausgehen, dass die Iraner nicht wissen, dass wir bereits so nah an ihnen dran sind – vor der Synagoge keine Möglichkeit für Terroristen bestünde, dort reinzukommen?«

»Das würde ich definitiv sagen«, bestätigte der Angesprochene.

»Wir Israelis haben ja gezwungenermaßen die Paranoia erfunden, das heißt wir rechnen eigentlich zu jeder Tages- und Nachtzeit mit Angriffen. Somit lehne ich mich wohl nicht zu weit aus dem Fenster, wenn ich ein Eindringen an den Wachen vorbei ausschließe. Es sei denn, die Terroristen führen einen Rundumschlag aus der Luft durch oder rammen die gesamte Synagoge mit einem Bulldozer nieder.«

»Okay, so habe ich es mir vorgestellt«, sagte Gustavsen. »Dann schlage ich zweierlei vor. Erstens erarbeiten wir einen Plan, der die gerade von Ruben skizzierten Möglichkeiten, also Luftangriff oder Brachialattacke, ausschließt. Das machen wir wohl am besten mit Drohnen, oder?«

»So sieht's aus«, sagte Josh. »Das kriegen wir in den Griff. Wir haben drei dieser Dinger dabei und werden einige Leute an strategischen Punkten postieren. Und was ist Nummer zwei, Sven?«

»Wir erheben den Zugang von unten zur wahrscheinlichsten Arbeitshypothese und richten uns darauf ein, dass die Burschen parallel über den Bus und auf irgendeinem anderen Weg reinwollen. Dazu schlage ich vor, dass wir drei Dreiergruppen bilden, die an diesem Tag abwechselnd jede Tour des Amphibienbusses mitfahren und mit Taucherausrüstungen ausgestattet sind. Gehe ich richtig in der Annahme, dass ihr ABC-Anzüge beschaffen könnt, mit denen man zumindest eine Weile unter Wasser bleiben kann?«

»Können wir.«

»Gut. Dann könnten die Gruppen zur Not auch tauchen, falls es die Situation erfordert, und wären gleichzeitig geschützt, falls die Terroristen die Waffe im Bus freisetzen.«

»Guter Plan, Sven«, sagte Josh anerkennend. »Und was machen die Übrigen?«

»Die streifen durch die Stadt, behalten die Eingänge zur Kanalisation im Auge und achten auf Terroristen«, sagte Gustavsen lapidar.

»Das klingt gut, Sven, so machen wir es«, sagte der Chef der Sajeret-Einheit, der sich durch Gustavsens bestimmtes Auftreten überhaupt nicht brüskiert fühlte. *Muss Svens Heldenstatus sein,* grinste Sabitzer in sich hinein.

Ihr Vorgesetzter war schon wieder einen Schritt weiter und diktierte Moshe, der hektisch auf seinen Laptop einhämmerte und verzweifelt Anschluss zu halten versuchte, die Aufteilung der Einsatzteams.

»Markus, Wolfram, Moshe Tauchgruppe eins. Osvaldo, Jürgen, Peter Tauchgruppe zwei.«

»Daniel, Noam, Uri Tauchgruppe drei«, ergänzte Josh.

»Ruben und Wim Drohnensteuerung«, war Gustavsen wieder dran.

»Levi, Elias und ich gehen in die Synagoge«, fuhr Josh fort.

»Da bin ich auch dabei«, meldete sich nun Akono, der nigerianische Arzt.

Als Josh und Gustavsen bereits nickten und Moshe weitertippte, ging Sabitzer dazwischen.

»Das geht nicht, Akono. Sorry, versteht mich bitte nicht falsch«, setzte sie schnell hinzu, als alle sie anstarrten. »Akono ist schwarz und fällt auf. Auch wenn er es schafft, keinerlei Blickkontakt mit den anderen zu halten, ist das Risiko meines Erachtens zu groß, dass einer der Terroristen Verdacht schöpft. Tut mir leid, Akono, du weißt, wie ich das meine«, fügte sie entschuldigend hinzu.

»Habe ich verstanden«, sagte Akono lachend. »Besser, an dieser Stelle keine Farbe ins Spiel zu bringen. Dann steckt mich einfach in eins der Busteams. Tauchen kann ich ziemlich gut, und falls es im engen Bus zu einem Handgemenge kommt, könnte ich auch etwas ausrichten.«

Gustavsen und Josh schauten sich kurz an.

»Akono, das ist zu gefährlich«, mahnte der Kommissar. »Das sind hochspezialisierte, bewaffnete Kämpfer. Der Gefahr können wir dich nicht aussetzen.«

»Obladi, Oblada«, sagte Akono und schaute ihn fest an.

Gustavsen grinste.

»Ich weiß zwar nicht, was du damit sagen willst, mein Freund«, sagte er stirnrunzelnd, »aber wenn du schon die Beatles zitierst, dann würde wohl in diesem Fall *Yellow Submarine* besser passen, wenn ich mir die Farbe des Busses so anschaue.«

Stolz auf seine Schlagfertigkeit sah er triumphierend in die Runde.

»Obladi, Oblada …«, wiederholte Akono, »… ist Yoruba und bedeutet ›Es kommt, wie es kommt‹. Ich nehme das Risiko in Kauf und gehe mit in den Bus.«

Wieder schauten sich die beiden Kommandeure an – und nickten.

»Alles klar, so machen wir es«, sagte dann der Sajeret-Mann. »Moshe, du gehst mit in die Synagoge und Akono übernimmt deinen Platz in Tauchgruppe eins.«

»Geht klar«, sagte Moshe.

»Geht klar«, sagte Akono.

»Gut«, sagte Gustavsen, »dann hätten wir das soweit. Josh, du solltest dann noch vier Zweimannteams vom Synagogen-Wachpersonal rekrutieren, die sich dort postieren, wo die theoretischen Bulldozer entlangkommen könnten. Damit müssten wir soweit alles abgedeckt haben, oder fällt noch jemandem was ein?«

Keiner der Anwesenden hatte noch etwas anzumerken.

»Plan?«, fragte Josh in die Runde.

»Plan!«, hallte es vielstimmig zurück.

»Okay«, sagte der deutsche Kommissar, »dann schlage ich vor, wir hauen uns jetzt aufs Ohr. Morgen haben wir dann mehr oder weniger frei, was wir dazu nutzen sollten, durch die Stadt zu streifen – die übrigens tatsächlich unglaublich schön ist – und die Augen offen zu halten. Vielleicht läuft uns ja der eine oder andere üble Kerl über den Weg. Gute Nacht allerseits.«

33

Der Dienstag war ereignislos verstrichen – zumindest was den konkreten Fall betraf. Nach einem ausgiebigen Aufenthalt im SPA-Bereich des Hotels und einem ebenso ausgiebigen Frühstück hatten sie sich alle in kleinen Gruppen aufgeteilt und waren durch die wunderschöne Hauptstadt Ungarns gestreift.

Sabitzer hatte darauf bestanden, bereits zum Sonnenaufgang auf der Zitadelle zu stehen, und Gustavsen und das gesamte UGA-Team waren mehr oder weniger freiwillig aufgestanden. Als sie jedoch die Sonne über der zweigeteilten Donau aufgehen sahen, war die Müdigkeit schnell verflogen und durch Staunen ersetzt worden. Besonders Wim und Akono waren vollkommen fasziniert von dem Anblick, der sich ihnen bot, als das Sonnenlicht sich auf dem Wasser spiegelte und die herrlichen Bauten entlang des Ufers anstrahlte.

Einziger vorgegebener Programmpunkt nach dem Frühstück war eine Fahrt mit dem Amphibienbus, damit sich jeder einen Eindruck davon verschaffen konnte, was darin möglicherweise am nächsten Tag passieren würde. Die Idee, Budapests wichtigste Sehenswürdigkeiten von der Donau aus zu besichtigen, war genial, und als der Bus ins Wasser fuhr und halb eintauchte, bekam Gustavsen das Grinsen gar nicht mehr aus dem Gesicht.

Natürlich besichtigten sie auch die Synagoge und machten sich unauffällig Notizen zu den Möglichkeiten, hinunter in die

Kanalisation oder in einen der unterirdischen kleinen Nebenarme der Donau zu gelangen.

Zum Abendessen gingen sie ins Gundel, eins der vornehmsten Restaurants der Stadt. Hier sorgte Gustavsen für Heiterkeit, als er einen möglichst lieblichen Weißwein zum Fisch bestellte, was die Sommelière dazu veranlasste, ein wenig die Nase zu rümpfen. Später kam sie dann zurück an den Tisch und entschuldigte sich wortreich, sie habe ja bei der Weinbestellung nicht gewusst, welches Essen Gustavsen bestellt habe, und dazu würde der Wein ja perfekt passen. Die arme, aufgelöste Frau konnte erst wieder lachen, als ihr Markus, der Pilot versicherte, sein Freund komme aus einem kleinen Dorf aus der deutschen Provinz und könne Wein allenfalls an der Farbe unterscheiden, habe aber nicht die geringste Ahnung, welcher Wein zu welchem Gericht passe. Gustavsen versuchte, beleidigt auszusehen, scheiterte aber kläglich, sodass diesmal die anderen Gäste des noblen Restaurants die Nase rümpften, weil das laute Lachen am Tisch der Freunde das vornehme Spiel des Violinisten übertönte.

Nun war es Mittwochnachmittag – Sabitzer und einige andere aus dem Team hatten den Vormittag weitgehend im Schwimmbad verbracht –, und man rüstete zum Aufbruch. Josh hatte ein sicheres Haus in der Altstadt organisiert, wo die Ausrüstung für die Teammitglieder bereitlag.

Die Taucher packten ihre Masken und Atemgeräte in Rucksäcke und die erste Gruppe machte sich auf Richtung Amphibienbus, um die Terroristen keinesfalls zu verpassen. Während Wim und Ruben im Haus bleiben und von hier mit den Drohnen den Außeneinsatz leiten würden, fingen alle anderen an, weitläufig um die Synagoge herum zu patrouillieren. Der Tag würde lang werden, aber sie konnten es sich nicht erlauben, die Iraner zu verpassen.

»Ich bin ein klein wenig erstaunt, dass wir bisher noch keine Spur von den Kerlen entdeckt haben«, sagte Sabitzer stirnrunzelnd zu Gustavsen. »Und das, obwohl wir in einer so großen Mannstärke seit zwei Tagen die Stadt durchkämmen.«

»Da hast du recht, Sandra«, stimmte ihr der Kommissar nachdenklich zu. »Das gibt mir auch zu denken. Und sagt uns, dass die Burschen ziemlich gut sein müssen und vielleicht sehr gekonnt verkleidet sind. Das heißt, wir müssen aufpassen wie die Schießhunde – im wahrsten Sinn des Wortes.«

Stundenlang liefen sie immer wieder an den potenziellen Eingängen in den Untergrund vorbei, entdeckten aber nichts Verdächtiges. Da sie über Funk mit allen anderen in Verbindung waren, würde ihnen nicht entgehen, wenn ein Trupp etwas bemerkte, aber bisher gab es keinerlei Sichtung.

Als es langsam Abend wurde, blieben sie auf der Straße und aßen lediglich einen Hotdog an einem kleinen Stand unweit der Synagoge.

Es wurde dunkel. Ein Klicken im Headset.

»Tauchgruppe eins Sichtkontakt. Zwei Tangos mit Rucksäcken«, hörte man Markus' leise Stimme.

»Jetzt wird's spannend«, sagte Gustavsen.

»Ihr seid sicher, dass es die Iraner sind.«

»Positiv«, antwortete der Pilot. »Eindeutig Burschen, die etwas Übles vorhaben. Kein Zweifel. Wir haben großes Glück, der große Andrang ist vorbei, und im Bus sind außer uns und denen nur noch ein junges Pärchen und der Fahrer. Sollen wir warten, bis die irgendwas anfangen, oder zuschlagen?«

»Zugriff, sofort!«, befahl Gustavsen. »Um Vergebung bitten kann man hinterher immer noch.«

»Verstanden«, wisperte es aus den Headsets.

Die drei warteten ab, bis der Bus sich der Rampe näherte, von der aus er in die Donau eintauchen würde. Das Geschaukel und die Ablenkung wollten sie nutzen, um die vermeintlichen Terroristen zu überwältigen. In dem Moment, als der Bus die steinerne, abschüssige Zufahrt hinunterfuhr, standen sie langsam auf und näherten sich den beiden von hinten. Plötzlich sprang der erste auf. Er hatte wohl im Fenster gesehen, dass sich hinter ihm etwas tat, und sofort reagiert. Er sagte kein Wort und griff, als er die drei Männer sah, die auf ihn und seinen Begleiter zukamen, in seinen Rucksack und holte blitzschnell eine Pistole hervor.

»Waffe!«, brüllte Wolfram und rannte los, um die letzten Meter zu überbrücken. Sofort merkte er, dass er es nicht schaffen würde, bevor der Terrorist zum Schuss kam. In diesem Augenblick packte Akono den Haltegriff des Sitzes, an dem er gerade vorbeikam, schwang sich nach oben und sprang mit beiden Beinen voran in den Iraner hinein. Er traf ihn voll an der Brust, sodass er über die Lehne des Sitzes vor ihm geschleudert wurde. Der Terrorist konnte noch abdrücken, der Schuss ging jedoch harmlos in die Decke. Akono wurde vom eigenen Schwung mitgetragen und landete auf dem Kerl. Noch in der Bewegung schlug er ihm mit aller Kraft aufs Handgelenk, sodass die Waffe auf den Boden fiel, und drückte ihm mit der anderen Hand auf die Kehle.

Gleichzeitig hatten Markus und Wolfram den anderen Terroristen erreicht und jeder einen Arm des Mannes in den Klammergriff genommen. Sofort holte Wolfram Kabelbinder aus der Tasche und fesselte den Kerl, bevor er zu Akono sprang und dessen Opfer ebenfalls fixierte.

»Tangos gesichert!«, meldete Markus über Funk, bevor er den Busfahrer und die beiden anderen Insassen, denen natürlich der Schreck ins Gesicht geschrieben stand, zu beruhigen versuchte.

»Das ist eine verdeckte Polizeiaktion«, sagte er auf Englisch und fuhr an den Busfahrer gewandt fort: »Die Situation ist unter Kontrolle. Bitte drehen Sie um und fahren Sie wieder an Land.«

Währenddessen durchwühlten Wolfram und Akono die Rucksäcke der beiden Festgenommenen. Sie waren leer bis auf je eine Taucherausrüstung und jeweils fünf …

»Kerzen. Das sind Kerzen«, sagte der nigerianische Arzt.

»Kerzen? Was hat das zu bedeuten?«, fragte Wolfram, bevor ihm ein Licht aufging.

»Diese Drecksäcke!«, entfuhr es ihm, und er sah aus, als würde er am liebsten noch einmal auf die verhinderten Mörder losgehen.

Akono hatte bereits ein Foto gemacht und schickte dieses per WhatsApp an Sabitzer. Diese schaute auf ihr Display – und erbleichte.

»Kerzen, Sven. Guck mal hier. Die haben …«

»Diese Bastarde«, zischte Gustavsen. »Josh, die haben Chanukka-Kerzen dabei!«

Auch über die schlechte Tonqualität des Headsets hinweg hörte man, wie der Kommandeur der Sajeret-Truppe scharf die Luft einsog.

»Alles klar, Sven. Alle herhören. Der Kampfstoff ist in Chanukka-Kerzen eingebettet. Das bedeutet, sie wollen die Kerzen in der Synagoge austauschen. Die Klagelieder werden ausschließlich bei Kerzenlicht gelesen. Wahrscheinlich sind die Phiolen so ausgelegt, dass durch die Hitze irgendwann die Wände wegschmelzen und das Virus dadurch freigesetzt wird. Sven, wieviel Kerzen habt ihr sichergestellt?«

»Zehn«, antwortete Akono an Gustavsens Stelle. »Jeder hatte fünf.«

»Dann ist alles klar«, entschied Josh. »Es gibt mit Sicherheit mindestens ein zweites Team, das ebenfalls mit diesen Kerzen bewaffnet ist und sich auf andere Art und Weise Zugang zur Synagoge zu verschaffen versucht. Oder es bereits geschafft hat, denn die Kerzen werden in den nächsten Minuten angezündet. Wir müssen da rein.«

Gustavsen und Sabitzer rannten jetzt los Richtung Synagoge und achteten weiterhin auf sämtliche Möglichkeiten, in den Untergrund zu gelangen. Plötzlich ertönte Joshs panische Stimme.

»Scheiße, wir sind festgesetzt!«, rief er über Funk. »Wir sind von der ungarischen Polizei umstellt, alle vier. Wir kommen nicht rein. Sven, Sandra, macht, dass ihr irgendwie da reinkommt, falls die uns nicht gehen lassen.«

»Verstanden«, sagte Gustavsen knapp und wandte sich an seine Assistentin.

»Wie kommen wir jetzt da rein?«, fragte er. »Vorne ist vermutlich erst mal kein Durchkommen mehr.«

Sabitzer schaute sich ratlos um. Direkt vor ihnen saß ein Obdachloser auf dem Pflaster, vor sich einen Hut, in dem sich einige wenige Münzen befanden. Als er sah, dass sich die beiden Fremden hektisch umschauten, winkte er ihnen. Sabitzer ging zu ihm. Der Mann zeigte zum Seiteneingang des Hauses, an dem er saß und murmelte etwas, das wie *Synagoge* klang. Die Kommissarin folgte dem ausgestreckten Zeigefinger und sah einen Kellereingang, dessen Tür gesplittert war und halb offen stand.

»Sven, schau hier«, rief die junge Frau ihren Vorgesetzten herbei. »Siehst du das? Es würde mich nicht wundern, wenn hier der Ausgang eines Fluchttunnels ist. Die Juden waren doch oft genug Ziel von Angriffen, da haben sie bestimmt vorgesorgt.«

»Ich glaube, du hast recht. Also los«, sagte Gustavsen und drückte die Kellertür vollends auf. Sie nickten dem Obdachlosen dankend zu und liefen hastig die Treppe hinunter, bis sie auf eine weitere Tür stießen.

»Aufgesprengt, eindeutig. Hier sind wir richtig.«

Er trat die Tür auf und sie liefen in einen langen Gang hinein. Dieser war zwar stockdunkel, aber hoch und breit genug, sodass sie in vollem Sprint hindurchrennen konnten. Ob die Richtung stimmte oder nicht, vermochte Gustavsen nicht mehr zu sagen, aber sie hatten keine Zeit mehr und mussten jetzt alles auf eine Karte setzen in der Hoffnung, dass der Weg sie letztlich unter die Synagoge führen würde.

Der Tunnel endete vor einer weiteren Tür. Diese waren nicht aufgesprengt, sondern offenbar per Dietrich aufgemacht worden. *Klar, hier durften sie keinen Lärm machen,* dachte Sabitzer. *Das ergibt alles Sinn. Und die Gangster sind schon drin. Lieber Gott, mach, dass wir noch rechtzeitig kommen!*

Sie beide brauchten jetzt nicht mehr auf Lärm zu achten. Nun ging es um Leben und Tod, und vielleicht hatten sie nur noch Sekunden. Gustavsen trat die Tür zur Seite, und beide rannten eine kurze Treppe hinauf. Eine weitere Tür, diesmal aus Holz und nicht abgeschlossen, führte offenbar in den Hauptraum der Synagoge. Sabitzer stieß sie auf und stand in dem großen Saal.

Die Synagoge war voll besetzt. Die Bänke waren voller Menschen, es brannte keine Lampe, der gesamte große Raum wurde ausschließlich von Kerzenlicht ein wenig erhellt. Das Lesen der Klagelieder war bereits in vollem Gang.

In dem Moment, als Sabitzer die Tür aufriss und in die Synagoge sprang, stand ein schwarz gekleideter, schlanker Mann mit schwarzem Schnurrbart vor ihr. Noch ehe sie reagieren konnte, hatte der Kerl einen Revolver in der Hand und zielte auf sie. Sabitzer warf sich nach rechts, sah das Mündungsfeuer und spürte gleichzeitig einen harten Schlag an die Brust, der ihr die Luft aus den Lungen trieb. Im selben Augenblick hörte sie hinter sich ein donnerndes Krachen und spürte Gustavsens Kugel haarscharf an ihrem Arm vorbeifliegen. Das Projektil traf den Terroristen voll in die Brust, und er fiel ohne einen weiteren Laut nach hinten. Noch ehe Sabitzer auf dem Boden aufgekommen war, hatte Gustavsen den Lauf seiner Glock bereits herumgeschwenkt und auf den zweiten Iraner gerichtet, der kurz hinter dem ersten gestanden hatte.

»Hände hoch, sofort!«, brüllte er mit schneidender Stimme, und sein Gesichtsausdruck ließ keinen Zweifel daran, dass er dieses Angebot nicht wiederholen würde.

Der Terrorist schaute panisch und riss die Hände nach oben. Sabitzer rappelte sich mühsam auf die Knie und vergewisserte sich, dass der Niedergeschossene tot war und keine Gefahr mehr darstellte. Gustavsen war bereits dabei, den zweiten Mann mit Kabelbindern zu fesseln.

In nächsten Moment geschah zweierlei. Die hintere Eingangstür der Synagoge flog auf und Josh sowie seine Leute stürmten mit gezogenen Waffen herein. Noch während sie sich hektisch umschauten, um etwaige weitere Terroristen ausfindig zu machen, fing eine der Kerzen an der seitlichen Wand der Synagoge plötzlich an zu zischen und zu flackern. Sabitzer hockte immer noch auf den Knien und versuchte krampfhaft zu atmen. Die kugelsichere Weste hatte ihr das Leben gerettet, aber das Kaliber, welches der Iraner verwendet hatte, verfügte offenbar über mannstoppende Wirkung und hatte ihr einen heftigen Schlag versetzt. Trotzdem reagierte sie reflexartig, riss ohne Schrecksekunde die Waffe hoch und gab einen beidhändigen Schuss auf die Kerze ab, die sich etwa acht Meter von ihr entfernt befand. Die Flamme zischte noch einmal, loderte noch einmal auf und verlosch.

Josh verlor keine Zeit und brüllte durch die Synagoge.

»Sofort alle Kerzen aus. Anschlag!«

Die anwesenden Gläubigen und die Soldaten der Sajeret, die mit Josh hereingestürmt waren, rannten zu den Wänden, und binnen weniger Sekunden war die gesamte Synagoge stockdunkel. Die Soldaten zogen Magnesiumleuchten aus den Taschen, brachen sie durch und ließen sie, wo sie gerade standen, zu Boden fallen.

Sandra Sabitzer saß auf einer Bank im vorderen Bereich der Synagoge und schluchzte völlig aufgelöst vor sich hin. Gustavsen, ihr Vorgesetzter, kniete mit ebenfalls tränennassem Gesicht vor ihr und hielt ihre Hände. Josh kam hinzu und drückte sie fest an sich; er brachte kein Wort heraus.

Langsam löste sich die Schockstarre bei den Gläubigen, und nacheinander kamen alle – einige hatten intuitiv begriffen, was da gerade geschehen war, und es den anderen erklärt – nach vorne, um sich bei den beiden Fremden für die Rettung zu bedanken. Wobei – nicht für jeden im Saal waren es Fremde. Ein Mann, dem man den Soldaten von weitem ansah, riss, als er sich Gustavsen näherte, plötzlich ungläubig die Augen auf und brüllte:

»Sven. Bist du das?«

Der deutsche Kommissar richtete sich auf.

»Yossi. Ich werd verrückt!« Die beiden fielen sich in die Arme. Als der Israeli sich von ihm löste, schaute er fragend um sich.

»Bist du etwa schon wieder dabei, israelisches Leben zu retten?«

»Naja«, sagte Gustavsen bescheiden und mit noch immer brüchiger Stimme. »Wir hatten Glück, und ich gleich doppelt, denn ich habe eine wunderbare Frau an meiner Seite, die zuerst das Denken übernommen und dann die ganze Arbeit getan hat. Yossi, ich möchte dir Sandra vorstellen, ohne die du jetzt tot wärst. Sandra, das ist Yossi, Sajeret-Veteran und einer, ohne den *ich* tot wäre.«

Sabitzer stand auf und wurde von dem ehemaligen israelischen Elitesoldaten schraubstockartig in den Arm genommen. Und dass sie nun auf den Füßen stand, wurde jetzt von der gesamten Versammlung gnadenlos ausgenutzt, sie wurde geherzt und gedrückt und mit Dankesbekundungen nur so überschüttet. Ganz am Schluss war der Rabbi der Synagoge dran, nahm sie in den Arm – *Dürfen die das überhaupt?* dachte Sabitzer noch, bevor der nächste Weinkrampf begann – und sagte zu ihr:

»Wer nur ein einziges Leben rettet, rettet die ganze Welt!«

Den Rest des Abends erlebte die junge Kommissarin wie durch Watte, während ihre Mitstreiter zu rekapitulieren versuchten, wie das Ganze abgelaufen war. Augenscheinlich hatten sich die Terroristen tatsächlich wie vermutet von unten Zugang in die Synagoge verschafft und ungesehen die Kerzen an den Saalseiten gegen ihre präparierten Exemplare ausgetauscht. Dann hatten sie kaltblütig gewartet, bis das Gotteshaus sich füllte und die Kerzen angezündet wurden. Nun wollten sie sich unauffällig verkrümeln, denn sie hatten wohl wenig Lust, das gleiche schreckliche Schicksal zu erleiden wie ihre Opfer. Dazu kam, dass Iraner sich generell normalerweise nicht als Selbstmordattentäter auszeichneten. So waren sie den beiden Kommissaren in die Arme gelaufen, und diesmal hatte Gustavsens blitzschnelle Reaktion die Situation gerettet.

Anschließend war Sabitzer wieder dran, die rein intuitiv erkannt hatte, was die Stunde schlug, als besagte Kerze zu zischen begann. Dass sie obendrein derart präzise getroffen hatte, dass lediglich die Flamme ausging, das mit dem Virus gefüllte Röhrchen im unteren Teil der Kerze jedoch unversehrt blieb, war wohl in erster Linie ihrem zielstrebigen Training mit Wolfram und einer Menge Glück zu verdanken. Die gläubigen Juden indes hatten eine andere Erklärung.

Sabitzer hätte hinterher nicht mehr sagen können, mit wem sie alles geredet und sich im Arm gelegen hatte oder wie sie alle zurück ins Hotel gekommen waren. Sie fiel in ihr Bett und innerhalb von Sekunden in einen komatösen Schlaf.

Epilog

In der Frohnhäuser Kirche hätte keine Maus mehr Platz gefunden. Als Pfarrer Eisenkrämer auf die Kanzel stieg, war es mucksmäuschenstill.

»Liebe Gemeinde, liebe Gäste«, begann der Geistliche mit einem lächelnden Blick auf die vollständig versammelte Sajeret-Truppe inklusive des Veterans Yossi, »das ist schon etwas ganz Besonderes, was wir heute hier erleben. Ihr habt ja die Geschichte um den Terroranschlag in Budapest in den Medien mitbekommen. Und an dieser Stelle muss ich etwas Wichtiges zum Ablauf sagen. Denn die Beteiligten an dem Fall und seiner Aufklärung haben ausdrücklich darum gebeten, kein großes Aufhebens aus ihrer Aktion zu machen. Und so schwer es mir auch fällt, möchte ich diesem Wunsch entsprechen. Lediglich einen Aspekt aus dem ganzen Geschehen der letzten Woche will ich herausgreifen.«

Er griff kurz zum Wasserglas, bevor er seine Bibel aufschlug und einen darin liegenden Zettel hervorholte.

»Im Talmud, einer der wichtigsten Schriften des Judentums, steht folgender Satz:

›Wer nur ein einziges Leben rettet, rettet die ganze Welt‹.

›Wer nur ein einziges Leben rettet, rettet die ganze Welt‹.«

Er machte eine kurze Pause.

»Warum habe ich diesen Vers als Predigttext ausgesucht?«, fragte er mit einem lächelnden Blick zu Sabitzer, die neben den anderen Mitgliedern des UGA-Teams in der ersten seitlichen Reihe neben der Kanzel saß und nun unauffällig den Zeigefinger vor die Lippen hielt. Er nickte ihr zu und fuhr fort.

»Nun, ich habe ihn ausgewählt, weil er meiner Ansicht nach ziemlich gut zu einem Vers aus dem Neuen Testament passt. Nämlich zu folgendem aus dem Matthäus-Evangelium:

›Was ihr für einen meiner geringsten Brüder getan habt, das habt ihr mir getan.‹

Um es euch gleich vorweg zu sagen, diesen Vers verstehe ich nicht. Denn er scheint jedem, der einem Nachfolger Jesu etwas Gutes tut, den Weg zum ewigen Leben zu bahnen. Gleichzeitig aber wissen wir, dass der christliche Glaube ausschließlich – eben – auf Glauben basiert. Nämlich auf dem Glauben, dass ich ein Sünder bin, der in Rebellion gegen Gott lebt. Dass Jesus Christus deshalb stellvertretend am Kreuz sterben musste, um Gottes Zorn zu besänftigen und den Weg zu ihm zu ebnen. Dass ich Buße tun muss, das heißt, meinen Ungehorsam und mein Fehlverhalten zugeben muss. Das ist ein scharfer Gegensatz zu allen Religionen dieser Welt«, warf er einen kurzen Blick zu den jüdischen Soldaten in der zweiten Reihe.

»Hier aber klingt es so, als könne man tatsächlich aktiv etwas *tun*, um sich das Seelenheil zu verdienen. Ähnliches findet sich übrigens auch an anderen Stellen in der Bibel. Beispielsweise heißt es im siebten Kapitel desselben Buches wie folgt:

›Es werden nicht alle, die zu mir sagen: Herr, Herr!, in das Himmelreich kommen, sondern die den Willen tun meines Vaters im Himmel.‹

Die den Willen Gottes tun, kommen ins Himmelreich? Aber wie soll das gehen? Oder anders gefragt, wie oft muss ich den Willen Gottes tun, um in den Himmel zu kommen? Jedes zweite Mal? Oder meistens? Oder immer? Immer? Dann dürften im Himmel ganz schön viele Wohnungen leerbleiben, oder? Es kann also so wörtlich nicht gemeint sein, denn ich denke, wir sind uns alle einig, dass niemand immer und zu jeder Zeit den Willen Gottes tut, nicht wahr? Und ich denke, diese Erkenntnis hilft auch ein wenig, um die vorhin betrachtete Aussage etwas besser einzuordnen.

Nach wie vor bleibt die auf Glauben und Buße basierende persönliche Beziehung zu Jesus Christus entscheidend und nicht etwa die guten Werke, die man anhäuft.

Gleichzeitig darf ich mit Gewissheit sagen, dass jedes gute Werk, das ein Mensch tut, im Himmel registriert wird.«

Anschließend leitete der Pfarrer über zu der bekannten Geschichte vom barmherzigen Samariter und verknüpfte diese gekonnt mit dem eben Gehörten. Dabei schaffte er es tatsächlich, die realen Ereignisse der letzten Woche außen vor zu lassen, so wie es die Beteiligten gewünscht hatten.

Nach dem Gottesdienst trafen sich alle im Haus der Begegnung und auf der Freifläche davor. Hände wurden geschüttelt, Umarmungen verteilt und die Israelis herzlich in die Dorfgemeinschaft aufgenommen.

Was Sabitzer besonders rührte, war die Anwesenheit des Obdachlosen, der ihnen in Budapest den Eingang zum Fluchttunnel gezeigt und dadurch erst die Rettung ermöglicht hatte. Die Israelis hatten bewiesen, dass ihre Aussage, niemals zu vergessen, wenn jemand ein israelisches Leben rettete, nicht nur ein Lippenbekenntnis war. Sie hatten den Mann direkt nach der Aktion in der Synagoge aufgegriffen und ihm eine vollständige neue Existenz verschafft – und ihn heute mit nach Frohnhausen gebracht.

Die Gastronomen des Dorfes hatten sich zusammengetan und ein üppiges Buffet aufgebaut. Es roch verführerisch nach Döner, Pizza und Bratwurst. Das UGA-Team und die Jungs von der Sajeret verteilten sich zwischen den Anwohnern und wurden ausgiebig nach ihren Erlebnissen befragt.

»Wo ist eigentlich Josh?«, fiel Gustavsen plötzlich das Fehlen des Amerikaners israelischer Abstammung auf.

»Der hat kurz was zu erledigen«, entgegnete dessen Großonkel Wim knapp. Kaum hatte er ausgesprochen, kam der Vermisste durch die Tür, und wie auf Kommando sprangen alle Sajeret-Soldaten inklusive des Veteranen Yossi auf und nahmen Haltung an.

Komisch, dachte Gustavsen, *der war doch früher eher respektlos zu seinen Chefs und hat deshalb dauernd Ärger gehabt. Deshalb haben wir uns vermutlich so gut verstanden. Was wird denn jetzt mit dem los sein?*

Im nächsten Augenblick erhielt er die Antwort, als er sah, wer hinter Josh das Haus der Begegnung betrat.

»Sven, wer ist denn das, und warum sind die Israelis plötzlich so aufgeregt?«, fragte Sabitzer verwundert.

»Naja, vielleicht wärst du ja auch ein klein wenig nervös, wenn die Bundeskanzlerin reinkäme, oder?«

»Heißt das etwa …«

»Das heißt es!«, versetzte Gustavsen mit Nachdruck. »Das ist der neue israelische Ministerpräsident.«

»Wow!«, sagte die junge Kommissarin. »Der israelische Ministerpräsident in Frohnhausen. Das ist ein Ding.«

»Ja, der kann sich glücklich schätzen«, grinste ihr Chef.

Zielsicher steuerte der Neuankömmling auf ihren Tisch zu. Unsicher stand Sabitzer auf und schaute ihm entgegen.

»Guten Abend, junge Frau. Sie sind sicher Frau Sabitzer«, sagte er in akzentfreiem Deutsch. »Mein Name ist Eitan Silbermann und ich freue mich von ganzem Herzen, Sie kennenzulernen.«

»Es ist mir eine Ehre …«, setzte die hilflose Sabitzer an.

»Die Ehre ist heute Abend ausschließlich auf meiner Seite, liebe Frau Sabitzer«, unterbrach sie der charismatische Politiker. »Ich bin hier, um Ihnen im Namen des Volkes Israel meinen tiefen Dank auszusprechen. Sie haben, wie mir berichtet wurde, durch ihre

Klugheit und ihren Mut viele jüdische Leben gerettet, und das wird Ihnen der Staat Israel niemals vergessen. Vielleicht kennen Sie den Talmud? Dort heißt es …«

»…Wer nur ein einziges Leben rettet, rettet die ganze Welt?«, vervollständigte Sabitzer fragend.

»Genau so«, bestätigte Silbermann. »Genau so. Ich habe außerdem gehört, Sie seien gläubige Christin. Dann wissen Sie ja, dass Christentum und Judentum denselben Ursprung haben und denselben Gott anbeten. Nur über die Rolle des Messias besteht noch eine kleine Unstimmigkeit«, sagte er lächelnd.

»Und Sie sind jetzt mit dem Volk Israel, mit Gottes Augapfel wohlgemerkt, noch mit einem zusätzlichen Band verbunden. Unser Volk steht tief in Ihrer Schuld. Und in der von Ihnen allen«, wandte er sich nun zu den anderen Mitgliedern von Gustavsens Truppe, bevor er weiterredete und den Kommissar anschaute.

»Übrigens finde ich es unglaublich, dass sich fünfundzwanzig Jahre nach den Ereignissen in Montana die Geschichte quasi wiederholt und ausgerechnet eine Kollegin von Sven Gustavsen eine solche Tat vollbringt. Und es ist mir eine Ehre, auch dich endlich kennenzulernen, den Mann, dessen Namen jeder in der Sajeret kennt. Ich bin sehr dankbar, dass es sich einrichten ließ, auf meinem Weg in die USA hier vorbeizukommen und euch allen persönlich zu danken. Aber selbstverständlich möchten wir euch auch noch einmal offiziell im Rahmen einer Feierstunde in der Knesset,

dem israelischen Parlament, besonders ehren. Hier ist die dazugehörige Einladung«, zog er einen Umschlag aus der Innentasche seines Sakkos.

»Wow, ich weiß gar nicht, was ich sagen soll«, sagte Sabitzer
und rang um Fassung. »Ich meine, so oft bin ich ja noch keinem
Ministerpräsidenten begegnet.«

»Keine Sorge, Sie machen das perfekt, meine Liebe. Aber jetzt
muss ich erst mal etwas essen, und wir reden nachher weiter,
okay?«, grinste der leutselige Israeli, der, wie Gustavsen wusste,
ebenfalls lange Zeit bei der Sajeret gedient hatte und dort sogar
Ausbilder gewesen war. Trotz seines vorgerückten Alters war er
nach wie vor gertenschlank, hielt sich weiterhin kerzengerade
und vermittelte den Eindruck, bei einem Zweikampf durchaus
noch ein Wörtchen mitreden zu können. Gleichzeitig machten ihn
die Lachfältchen um die Augen sympathisch. *Da haben sie scheinbar
den Richtigen gewählt,* dachte der Kommissar.

Silbermann schaute sich um und steuerte zielsicher auf den
Stand des Bayern-Grill zu. Heinz, der Inhaber, stand hinter der
Theke und hatte natürlich den Aufruhr um den Neuankömmling
mitbekommen, wusste aber erkennbar nicht, wer dieser war. Hilfe-
suchend blickte er zu Gustavsen, der ihm mit den Händen ein Zeichen gab.

»Sie sind der Bayern-Grill, nicht wahr?«, sagte Silbermann zu
Heinz. »Von Ihnen habe ich schon viel Gutes gehört. Würden Sie
mir bitte eine Currywurst mit Pommes machen? Aber bitte vom

Rind, Sie wissen schon …«, grinste der israelische Ministerpräsident.

Heinz hatte Gustavsens Zeichen verstanden und spielte das Spiel mit.

»Tut mir leid, mein Herr. Das ist heute ein besonderer Anlass, weil sich einige von uns Verdienste um die Sicherheit des Staates Israel erworben haben. Und nur die bekommen heute etwas umsonst. Alle anderen müssen sich meine Wurst verdienen.«

Silbermann blickte verwirrt um sich.

»Aber was soll ich tun? Mir fällt spontan nichts ein.«

Heinz grinste breit.

»Lass dir was einfallen. Wenn du aus Israel kommst, dann vielleicht einfach was typisch Israelisches.«

Silbermann störte sich nicht im Geringsten daran, dass er, der Spitzenpolitiker, der morgen Abend im Weißen Haus dinieren würde, von einem deutschen Imbissbudenbesitzer geduzt wurde. Er dachte kurz nach und grinste dann.

»Kriege ich meine Rindswurst, wenn ich, sagen wir, … einen Rabbi-Witz erzähle?«

Heinz blickte zu Gustavsen.

Gustavsen nickte.

»Deal!«, sagte der Mann vom Bayern-Grill.

»Deal!«, sagte die *UGA-Connection.*

Ende

Glossar (in fast alphabetischer Reihenfolge)

Die UGA-Connection

Der Name eines Freundeskreises, der sich einerseits dem christlichen respektive jüdischen Glauben verpflichtet fühlt, andererseits jedoch ausnahmslos durch gewalttätige Krisensituationen zueinander geführt wurde, was dem Ganzen nach Ansicht des Autors eine besondere Würze verleiht.

UGA ist der Name eines Ortes auf der Kanareninsel *Lanzarote*, in dem einer der Hauptprotagonisten wohnt.

UGA wird übrigens nicht U-G-A gesprochen, sondern ganz einfach ›Ugga‹!

Die UGA-Connection ist gleichzeitig auch der Obertitel der Buchreihe, von der Sie aktuell den zweiten Band in der Hand halten. Der erste Band hat hierbei im Gegensatz zu ›Corona-Mord‹ keinen Untertitel.

Adrian Plass

Ein britischer Autor, der auf unnachahmliche Weise christliche Themen mit Humor und Tiefgang behandelt und damit der Christenheit und den hier gepflegten, manchmal etwas sonderbaren Verhaltensweisen liebevoll den Spiegel vorhält. Sein bekanntestes Werk ist das *Tagebuch eines frommen Chaoten,* aber auch viele andere seiner Bücher sind lesenswert.

Ärzte ohne Grenzen
Im Jahr 1971 gegründete Organisation für medizinische Nothilfe. International bekannt als *Médecins Sans Frontières* (MSF). 1999 erhielt sie den Friedensnobelpreis, seit 2016 lehnt sie Gelder der Europäischen Union wegen deren Migrations- und Asylpolitik ab.

Barcelona
Eine der Lieblingsstädte des Autors – nicht nur wegen des wirklich unglaublich guten Rodizio in der Carrer Consell de Cent, 403. Absolut zu empfehlen eine Tour mit dem Hop-On-Hop-Off-Bus, wobei man zwischen verschiedenen Linien wählen, diese leicht kombinieren und aus- und einsteigen kann, wo man möchte. Toll.

Black Ops
Militärische oder geheimdienstliche Aktivitäten, die oftmals gegen geltendes Recht verstoßen und deshalb verdeckt ablaufen – vor allem, damit die Urheber im Falle des Scheiterns ihre Kenntnis abstreiten können.

Budapest
Die zweite europäische Lieblingsstadt des Autors. Wunderbare Atmosphäre und herrliche Sehenswürdigkeiten. Der Blick von der Zitadelle ist atemberaubend. Und total zu empfehlen – besonders ohne Terroristen an Bord – ist eine Tour mit dem Amphibienbus (www.riverride.hu).

Café Lifetime
Ein sehr nettes christliches Etablissement in Biedenkopf für Junge und Junggebliebene, wo auch Kneipengottesdienste abgehalten werden.

Dienst
Das ist die Kurzbezeichnung des Israelis für den Mossad, einen der bestinformierten und effizientesten Geheimdienste der Welt.

Fortune 500
Die fünfhundert umsatzstärksten Unternehmen in den USA. Fortune ist ein amerikanisches Wirtschaftsmagazin. In den Fortune 500 sind fast ausschließlich, aber nicht nur börsennotierte Firmen aufgeführt. Wer nicht an der Börse ist, muss einen vorgegebenen Geschäftsbericht vorweisen. Dies führt dazu, dass einige Firmen nicht aufgelistet sind – weil sie eben diesen Bericht verweigern –, obwohl sie vom Umsatz her dazugehörten.

Frohnhausen
Dillenburg-Frohnhausen (der Hinweis auf Dillenburg ist wichtig, denn selbst in der näheren Umgebung gibt es zwei weitere Orte gleichen Namens, einmal mit dem ersten »h«, einmal ohne) ist ein Vorort der ehemaligen Kreisstadt Dillenburg und lediglich um eine Bergkuppe getrennt von dem anderen weltbekannten Dillenburger Ortsteil *Nanzenbach*, in welchem der erste Band der Reihe vornehmlich spielt.

Frohnhausen ist mit etwa viertausend Einwohnern jedoch ungleich größer und spielt hinsichtlich Infrastruktur und Verkehrsanbindung in einer anderen Liga. Beispielsweise befindet sich im Gegensatz zu Nanzenbach der – leider nicht mehr besonders stark frequentierte – Bahnhof hier tatsächlich innerhalb des Ortes. Leider aber auch eine unsäglich stark frequentierte Bundesstraße, die seit Jahren nach einer Ortsumgehung schreit. Vielleicht wird es ja jetzt etwas, wenn die aufgrund dieses Buches zu erwartenden Touristenströme die Straßen zusätzlich verstopfen.

Ganz besonders tut sich Frohnhausen in kulinarischer Hinsicht hervor. Neben dem erwähnten *Bayern-Grill*, der sich seit vielen Jahren durch enorm großzügige Portionen, sehr nette Bedienung und besten Geschmack auszeichnet, gibt es diverse Dönerläden, die alle eine Empfehlung wert sind, hervorragende Metzger und Bäcker. Es gibt Autohäuser, Apotheke, Leihbücherei, Kitas, weiterführende Schule, mithin alles, was man braucht.

Die *Auerhahnhütte* liegt eigentlich in der Gemarkung Offdilln, wird aber landläufig zu Frohnhausen gerechnet. Sie wurde Mitte des neunzehnten Jahrhunderts von Herzog Adolph Wilhelm Carl August Friedrich von Nassau-Weilburg erbaut. Heute ist die Hütte, neben der sich ein netter Waldspielplatz befindet, in erster Linie Anlaufpunkt verschiedener Wanderwege.

Fünfter April 33

Einer der von Astronomen und Historikern als möglich erachteten Tage der Auferstehung Jesu. Genau weiß man das natürlich nicht, aber das macht ja nichts – Hauptsache, es ist tatsächlich geschehen. Und es ist in der Tat so, dass die leibliche Auferstehung von keinem säkularen Zeitzeugen bestritten wird. Dazu kommt, dass die Jünger Jesu dessen Auferstehung anschließend so klar und deutlich bezeugten, dass sie fast alle schließlich den Märtyrertod starben. Würde das jemand für *Fake News* tun?

Gundel

Die beschriebene Geschichte ist dem Autor im Jahr 2011 tatsächlich fast genauso passiert. Er war mit amerikanischen Geschäftsfreunden in dem Restaurant und bestellte einen möglichst süßen Wein – was ein echter Kenner wohl niemals tut. Als die Sommelière dann kam und sich entschuldigte sowie den Autor für seine exzellente Weinkenntnis lobte, brauchte er jedoch weder einen Piloten noch einen Geschäftspartner, der die Dinge für ihn klarstellte, sondern hat selbst eingestanden, keinerlei Ahnung von Wein zu haben …

Lanzarote
Die Lieblingsinsel des Autors.

Und tatsächlich, das sagen Hals-Nasen-Ohren-Ärzte, das beste Klima der Welt, quasi eine Art Nordseeklima ohne Reiz:

https://www.hallokanarischeinseln.com/das-beste-klima-der-welt/

Demgegenüber landschaftlich absolut *reiz-voll*, wie der Autor findet. Immer und zu jeder Jahreszeit eine Reise wert – eben wie Nanzenbach!

Ebenso gibt es Nazaret auf Lanzarote, das im Gegensatz zu seinem aus der Bibel bekannten Pendant in der anderen Himmelsrichtung hier tatsächlich ohne ›h‹ geschrieben wird.

Maiduguri
Ein Ort im Nordosten Nigerias, das extrem von der fundamentalistischen Terrormiliz Boko Haram heimgesucht worden ist. Dort vegetieren tausende Flüchtlinge in Lagern unter furchtbaren Bedingungen.

Manta-Platte
Scherzhafte, auf den Mantawitzen der Achtziger und Neunziger basierende Bezeichnung für Currywurst mit Pommes.

Neunter Aw

Auch *Tischa beAw* (oder Tischa beAv) genannt. Der neunte Tag des Monats Aw und ein jüdischer Fast- und Trauertag, an dem der zweimaligen Zerstörung des Jerusalemer Tempels gedacht wird, und Höhepunkt und Abschluss einer dreiwöchigen Trauerzeit. Neben Jom Kippur der einzige öffentliche lange Fasttag. Er dauert von Sonnenuntergang am Vorabend bis zum Erscheinen der Sterne am nächsten Tag. Im Gottesdienst in der Synagoge werden unter anderem bei Kerzenlicht die Klagelieder gelesen.

Obladi, Oblada

Tatsächlich ein nigerianisches Sprichwort aus dem Stamm der Yoruba. Wirklich bekannt natürlich eher durch den Welthit der Beatles, wie auch das berühmte gelbe Unterseebot, die Yellow Submarine.

Yoruba ist gleichzeitig eine in Westafrika, nicht nur in Nigeria, weitverbreite Sprache.

Ohnezahn

Diese gemütliche Buchhandlung gibt es in Dillenburg leider so nicht. Es gibt dort jedoch die Buchhandlung Rübezahl, die in Sachen Ambiente, Fachkenntnis und Angebot ihrem Fantasiependant durchaus das Wasser reichen kann und einen Besuch wert ist.

Policía Canaria

Die Polizei der Autonomen Gemeinschaft der Kanarischen Inseln.

Pommes-Automat

Ihn gab es wirklich – man kann es gar nicht oft genug betonen! Er stand, soweit sich der Autor erinnert, Ende der Sechziger oder Anfang der Siebziger an der Metzgerei in der Nanzenbacher Hauptstraße, und es gab für eine Mark eine Portion leckere Pommes.

Regen

Vollständig heißt das Lied von den Nebenflüssen der Donau, an das sich Sandra erinnerte, wie folgt:

»Iller, Lech, Isar, Inn fließen rechts zur Donau hin. Wörnitz, Altmühl, Naab und Regen kommen ihr von links entgegen.«

Restaurant Pedrola

Liegt im Wald außerhalb von Pedrola bei Zaragoza und ist tatsächlich eine bessere Bretterbude mit Wellblech- und Plexiglaswänden. Man nannte es ›Restaurant Mamma‹, und es wurde hauptsächlich von den Mitarbeitern und Besuchern des Opel-Werks Zaragoza frequentiert. Ein Muss für Leute aus dem Stammsitz Rüsselsheim, die dienstlich nach Zaragoza kamen. Arbeiter und Schlipsträger saßen nebeneinander auf Bierzeltgarnituren und genossen das einzigartige Ambiente und das jeweils einzige Gericht des Tages. Als die betagten Besitzer das Restaurant nicht mehr halten konnten, schloss sich ein Konsortium aus Opel-Mitarbeitern zusammen und übernahm das Restaurant, ließ es aber die bisherigen Besitzer weiterführen. Falls es noch existiert, absolute Empfehlung des Autors, wenn Du, lieber Leser, mal dort in der Gegend sein solltest.

Sajeret

(Verschiedene) Einheiten der israelischen Streitkräfte. Die bekannteste ist die Sajeret Matkal, die sich hauptsächlich der Terrorismusbekämpfung widmet.

Sa-med

Komplett fiktives Unternehmen. Bei den Behring-Werken in Marburg bzw. auf deren Gelände tummeln sich viele Unternehmen, die sich möglicherweise mit den entsprechenden Forschungen beschäftigen. Sa-med jedoch ist bis auf den Standort frei erfunden – ebenso übrigens wie die *Laboratorios Sant Esteve S.A.*, bei der noch nicht einmal der Standort eine Bedeutung hat. Außer dass der Autor einige Male in besagtem Golfhotel übernachtet hat.

Scones

Weiches, krustenloses Gebäck, das in England vor allem zur Tea Time gegessen wird, dann meistens mit Clotted Cream.

Spotter

Person, die sich mit dem gezielten Beobachten von Objekten oder Phänomenen beschäftigt. Wird auch von Scharfschützen als Beobachter eingesetzt.

Tabor

Gegründet 1909 als Brüderhaus Tabor in Marburg, ist Tabor heute eine evangelische Hochschule pietistischer Prägung. Der Pietismus war bzw. ist eine Frömmigkeitsbewegung im deutschen Protestantismus.

Viren

Alles, was in diesem Buch über Viren und Chimären als Kampfstoffe geschrieben steht, ist erfunden oder aus irgendwelchen Quellen zusammenfantasiert. Ebenso sämtliche medizinischen Aspekte und Informationen.

Wer nur ein einziges Leben rettet, rettet die ganze Welt.

Dieser Spruch stammt tatsächlich aus dem jüdischen Talmud. Weltweite Berühmtheit hat er jedoch erlangt, als im Rahmen des Films ›Schindlers Liste‹ bekannt wurde, dass der Ring, den die von Oskar Schindler vor den Nazis geretteten Juden schenkten, ihn als Inschrift trug. Insofern hat der Autor schon ein schlechtes Gewissen, seinen trivialen Unterhaltungsroman auch nur ansatzweise mit einem Mann wie Oskar Schindler und dem, was dieser für Israel getan hat, in Verbindung zu bringen.

When the shit hits the fan

Auf Deutsch »Wenn die Sch…. den Ventilator trifft« oder »Wenn die K…. am Dampfen ist«. Dass dies ein israelisches Volkslied sei, ist allerdings frei erfunden. Wobei dies angesichts dessen, was das jüdische Volk in seiner Geschichte alles erlebt und ertragen hat, nicht abwegig wäre.

Wildkammer

Ein Insider aus dem ersten Band ›Die UGA-Connection‹. Der vorherige Besitzer des heutigen deutschen UGA-Hauptquartiers war Jagdpächter und hatte sich zum Zerlegen des erlegten Wilds einen entsprechenden Raum eingerichtet. Diesen hat die *UGA-Connection* inklusive aller martialischen Metzgerwerkzeuge in seinem ursprünglichen Zustand belassen, um Verdächtigen zu suggerieren, sie würden gleich gefoltert, und sie damit zum Geständnis zu bewegen. Außerdem läuft zwischen Gustavsen und Wim eine Wette, ob die Gefangenen sich beim Anblick des Raumes in die Hose machen. Ein zugegebenermaßen etwas unappetitlicher Teil der UGA-Reihe, aber schließlich handelt es sich ja letztlich um Krimis, und da gibt es halt auch Späne, wo gehobelt wird.

WvO

Die Wilhelm-von-Oranien-Schule in Dillenburg. Ein Gymnasium, das der Autor nie von innen gesehen hat – außer als Gast oder Besucher –, welches er jedoch durch seine Kinder kennen und schätzen lernen durfte.

Zeitung

Die Aussage ›*Die Gesamtzahl der Infizierten liegt jetzt bei 190.359. Die Zahl der Verstorbenen ging am Sonntag um eine Person zurück auf 8882. Wieso es hier zu einem Rückgang gegenüber dem Samstag kam, blieb zunächst offen.*‹ ist wirklich nicht erfunden, sondern war tatsächlich am 22.06.2020 in der *Welt* zu lesen:

https://www.welt.de/politik/deutschland/article210043521/Coronavirus-R-Wert-wieder-ueber-2-was-das-bedeutet.html?cid=onsite.onsitesearch

Dir hat das Buch gefallen?

Dann würde sich der Autor sehr über eine entsprechende kurze Rückmeldung oder Rezension bei Amazon oder BoD freuen.

Und vielleicht hast Du auch Lust auf den nächsten Band?

Die UGA-Connection – Glaubenskrieg, Bert Schönauer

In einem Dillenburger Ortsteil brennt ein Wohnhaus vollständig ab. Die türkische Familie besitzt keine Feuerversicherung und steht mit einem Schlag vor der Nichts.

Gustavsens Organisation nimmt sich des Falls an und baut der Familie ein neues Haus. Bei der Übergabe wird die Familie mit Waffengewalt angegriffen.

Ist das Attentat islamistischen Ursprungs, weil die betroffene muslimische Familie sich von einer christlichen Organisation helfen ließ und man befürchtet, sie könne konvertieren?

Oder sind die marokkanisch-stämmigen Angreifer in Wahrheit von Ernesto in Gang gesetzt worden, der sich an Gustavsen und seinem Team rächen will?

Werden Gustavsen und das *UGA*-Team den Fall aufklären und weitere Angriffe verhindern?

Werden sie diesmal den skrupellosen Verbrecher Ernesto, der ihnen schon einmal entkommen ist, zur Strecke bringen?

Und wie wird sich das Verhältnis der beiden Kommissare zueinander weiterentwickeln?

Band 1 der Reihe – Die UGA-Connection, Bert Schönauer

Kriminalhauptkommissar Gustavsen ist derb und sensibel, albern und ernst, liebt Kümmelbrötchen ohne Salz.

Er ist Christ und Pazifist – und jederzeit bereit, den Frieden mit einem gezielten Faustschlag herbeizuführen.

Ist es diese scheinbare Widersprüchlichkeit, die ihn für seine neue Assistentin Sandra Sabitzer so anziehend macht?

Ein Leichenfund erschüttert das beschauliche mittelhessische Dörfchen Nanzenbach. Schnell wird den ermittelnden Kommissaren klar, dass der aufgedeckte Mordfall Jahrzehnte zurückreicht und sein Auslöser auf der Kanareninsel Lanzarote liegt. Als sie dort in Lebensgefahr geraten, realisieren sie, dass die Mörder selbst nach dieser langen Zeit alles dafür zu tun bereit sind, die Aufklärung zu verhindern.

Gemeinsam mit einem bunt zusammengewürfelten Team aus Gustavsens Vergangenheit als Elitesoldat stellen sie sich ihrem Gegner, der in all den Jahren nichts von seiner Raffinesse und Skrupellosigkeit eingebüßt hat.

Wird die *UGA-Connection* den Fall endgültig lösen und die Täter zur Strecke bringen?

Werden die plötzlich entdeckten Gefühle füreinander die beiden Kommissare in ihrer Konzentration beeinträchtigen und in Gefahr bringen?